HEIKE WOLPERT

Schönheitsfehler

MIT SCHARFER KRALLE Das ist nicht Kater Sockes Tag. Erst wird er in einer Katzenbox ausgesetzt und kaum befreit, findet er im Park eines Hotels eine Leiche. Ausgerechnet bei der Feier zur Präsentation des neuen Antifaltenmittels eines großen Pharmakonzerns wird der Schönheitschirurg Dr. Karl-Heinz Finkenburg erschossen. Hauptkommissar Peter Flott und sein Team nehmen die Ermittlungen auf und auch der Kater kann das Schnüffeln nicht lassen. Der Ermordete war in einen Skandal wegen defekter Brustimplantate verwickelt. Nach einem belauschten Gespräch ist Kater Socke überzeugt: hier liegt das Motiv.

Unterdessen nehmen die Kommissare das private Umfeld des Toten unter die Lupe und finden eine wenig erschütterte Witwe, eine junge Geliebte und deren eifersüchtigen Exfreund vor. Letzterer avanciert schnell zum Hauptverdächtigen, war er doch am Mordabend als Bodyguard auf der Präsentationsfeier tätig. Aber hat der Medizinstudent tatsächlich den tödlichen Schuss abgegeben? Oder hat der überraschende Tod einer reichen Patientin Finkenburgs etwas mit dessen Ermordung zu tun?

© Marianne Kaindl, See-Marketing

Heike Wolpert wurde 1966 in Bad Mergentheim geboren. Inzwischen lebt und arbeitet sie in Hannover. Abwechslung von ihrem Alltag als Businessanalystin bei einer großen Landesbank findet sie im Schreiben von Krimis und Kurzgeschichten. An ihrer Reihe rund um den tierischen Schnüffler Kater Socke, erfreuen sich Katzen- und Krimifreunde gleichermaßen. 2019 wirkte sie außerdem an dem kriminellen Freizeitführer »Mörderisches aus Hannover« mit. In »Taubertaltod« widmet sich die Autorin ihrer Heimatstadt Bad Mergentheim, in der sie bis zu ihrem 19. Lebensjahr lebte und in die sie nach wie vor gern zurückkehrt.

HEIKE WOLPERT

Schönheitsfehler

KRIMINALROMAN

GMEINER

Immer informiert

Spannung pur – mit unserem Newsletter informieren wir Sie
regelmäßig über Wissenswertes aus unserer Bücherwelt.

Gefällt mir!

Facebook: @Gmeiner.Verlag
Instagram: @gmeinerverlag
Twitter: @GmeinerVerlag

MIX
Papier | Fördert
gute Waldnutzung
FSC® C083411

Besuchen Sie uns im Internet:
www.gmeiner-verlag.de

© 2015 – Gmeiner-Verlag GmbH
Im Ehnried 5, 88605 Meßkirch
Telefon 0 75 75 / 20 95 - 0
info@gmeiner-verlag.de
Alle Rechte vorbehalten
6. Auflage 2023

Lektorat: Claudia Senghaas, Kirchardt
Herstellung: Mirjam Hecht
Umschlaggestaltung: U.O.R.G. Lutz Eberle, Stuttgart
unter Verwendung eines Fotos von: © Marc Walter / photocase.de
Druck: CPI books GmbH, Leck
Printed in Germany
ISBN 978-3-8392-1693-4

KAPITEL 1

Es war aus. Genau genommen hatte es eigentlich nie angefangen. Es bedurfte eines Biers und zwei doppelter Wodkas, bis Uwe sich das eingestand. Als er Alexa vor knapp
zwei Monaten kennengelernt hatte, war ihm alles so leicht
erschienen. Er machte ein bisschen auf Frauenversteher,
als sie ihm von ihrer Arbeit beim Tierschutz erzählte. Und
nach einigen Prosecco stimmte sie freudig einem Wiedersehen zu.

Vor dem zweiten Treffen hatte er sicherheitshalber sein
Bett frisch bezogen, aber soweit war es leider bis heute
noch nicht gekommen. Dabei begann es dieses Mal noch
vielversprechender. Auf seinen Vorschlag hin waren sie
in einer angesagten Cocktailbar gelandet, und Alexa ließ
es zu, dass er ihr einen ›Sex on the Beach‹ bestellte. Doch
schon bald erzählte sie ihm wieder von all den armen Krea-
turen im Tierheim. Die meisten Menschen wollten ja nur
die jungen, niedlichen und gesunden Tiere, die in die Jahre
gekommenen oder gar behinderten mussten ihr Dasein
meist bis zum Ende ihres kurzen Lebens im Tierheim fris-
ten. Er starrte, entsetzt über so viel Gefühlskälte, in ihren
Ausschnitt und überlegte krampfhaft, wie er das Thema
wechseln konnte. Doch auch bei einem weiteren Cock-
tail gelang ihm das nicht, und irgendwann hatte er dann zu
viel getrunken – und so war außer einer freundschaftlichen
Umarmung auch an diesem Abend wieder nichts passiert.

Umso mehr freute er sich, als sie am nächsten Tag plötzlich vor seiner Tür stand mit einem Katzentransportkorb
unterm Arm. Dieses Requisit hätte ihn stutzig machen sol-

len, aber er sah nur eine zierliche, schutzbedürftige junge Frau, die schwer an einer unförmigen Plastikbox schleppte, und bat sie in seine Wohnung. Sie stellte ihre Last auf den Couchtisch und öffnete ein Gitter an der Vorderseite der Kiste. Vorsichtig lugte ein schwarzer Katzenkopf heraus. Das sei der Kater mit dem gelähmten Schwanz, erklärte Alexa ihm, kein Baby mehr und deshalb – nach Meinung der meisten Menschen – Ausschuss. Das Tier hatte währenddessen offensichtlich die Lage in Uwes Wohnzimmer erfasst und verließ jetzt blitzschnell sein Gefängnis, um sich unter dem Sofa zu verschanzen.

»Im Tierheim herrscht momentan akute Platznot, die ganzen Maikätzchen«, Alexa war den Tränen nahe, als sie das erzählte.

»Ach ja …«, nickte er bedeutsam, dabei rasten seine Gedanken: Was um Himmels willen waren Maikätzchen? Und was hatte sie ihm gestern noch alles erzählt, an das er sich jetzt nicht mehr erinnerte?

»Ich dachte, du könntest ihn aufnehmen – du warst gestern so verständnisvoll. Nur vorübergehend?«, putzte Alexa geräuschvoll ihre Nase. »Für Futter und Katzenstreu kommt das Tierheim auf – wir bringen es dir sogar einmal die Woche vorbei.«

Tränen hatte er noch nie sehen können, und die Aussicht auf einen wöchentlichen Besuch Alexas gab schließlich den Ausschlag. Noch am selben Abend bereute er seine Zusage. Als nämlich seine Kumpel über den Krüppelkater und vor allem über ihn lästerten. Hatte er sich doch von seiner Angebeteten ausgerechnet einen ›schwanzlahmen‹ Kater aufschwatzen lassen. Ob sie da wohl gewisse Vergleiche gezogen habe? Müsse man sich um ihn etwa Sorgen machen? Das Gelächter nahm kein Ende. Auch die wöchentliche Lieferung von Futter und Streu war eine Enttäuschung. Entweder hatte Alexa nur wenig Zeit oder sie schickte gleich einen anderen Vertreter des Tierheims.

Und seit zwei Wochen herrschte nun ganz Funkstille. Davor hatte er sich überreden lassen, an einer Demo gegen Tierversuche teilzunehmen, obwohl ihm dieses Thema eigentlich herzlich egal war. Als dann der Vertreter irgend so einer Pharma-Firma dort aufgetaucht war mit seinem schicken Anzug und dem überheblichen Getue, war es mit ihm durchgegangen und er hatte zugeschlagen. Aber dieser eingebildete Schnösel hatte es wahrlich verdient. Seither erreichte er nur noch Alexas Anrufbeantworter oder ihre Mailbox. Der Besuch des Tierheimvertreters blieb aus, der Kater hatte seit drei Tagen nichts mehr zu fressen gekriegt, und das Katzenklo verschmähte er, seit Uwe die Streu nicht mehr wechselte. Aber so viel brauchte er das ja eh nicht, wenn er kein Futter bekam, und fürs ›kleine Geschäft‹ benutzte er den Badezimmervorleger. Angeekelt kippte Uwe den Rest des dritten Wodkas hinunter. Seine Wohnung stank wie ein öffentliches Pissoir – das Vieh musste verschwinden. Und in seinem alkoholumnebelten Kopf entwickelte sich auch schon ein Gedanke wohin … Er musste grinsen.

»Komm Katerchen, es gibt Fressi Fressi!«

*

Heute war es ein Jahr her. Vor exakt zwölf Monaten hatte ER ihr Leben beendet. Ein Leben als normale Frau in einem schönen Körper.

Die Brustvergrößerung war ihr Traum gewesen, sie hatte lange gespart und den Tag der Operation herbeigesehnt.

Aber kurz danach, der Verband war noch nicht entfernt, begannen die Schmerzen. Unerträgliche Schmerzen. ER untersuchte sie und behauptete dann, alles sei normal, sie solle sich etwas mehr Zeit geben. Doch die Schmerzen wurden immer schlimmer, sie konnte nicht mehr schlafen. Verzweifelt flehte sie IHN an, ihr zu helfen. Aber ER redete dauernd von einem psychischen Problem und riet ihr zu einer Therapie, nannte sogar Adressen. Wahrscheinlich machte ER das immer so, um seine Fehler zu verschleiern. Schließlich hielt sie es nicht mehr aus und bestand auf eine erneute Operation. ER führte auch diesen Eingriff durch, die Implantate wurden wieder entfernt. Danach riet ER ihr wieder, dringend einen Therapeuten aufzusuchen. Diesmal vereinbarte er sogar einen Termin für sie. Selbstverständlich nahm sie diesen Termin nicht wahr. Sie verzichtete auch darauf, ihr Geld zurückzufordern. ER saß am längeren Hebel, seine Komplizen waren sicher längst eingeweiht. Ab diesem Moment ging sie nirgends mehr hin. Drei Monate war sie für niemanden zu sprechen. Ihre Freunde zogen sich zurück, keiner hatte Verständnis. Ihre Stelle als Verkäuferin in einem Dessousladen kündigte sie. Nie könnte sie mit einem derart entstellten Körper einer Kundin Unterwäsche verkaufen. Stattdessen verbrachte sie ihre Zeit damit, alles über den Mann herauszufinden, der ihr Leben zerstört hatte. Ihr einziger Luxus, den sie sich noch gönnte, war ihr PC. Ihn benötigte sie, um IHN auszuforschen. ER war so eitel, dass ER sein Leben in der digitalen Welt ausbreitete, nicht nur sein Berufliches. Jeden Tag suchte sie nach Neuigkeiten über IHN.

Doch die virtuelle Beobachtung genügte ihr bald nicht mehr. Sie musste IHN mit eigenen Augen sehen. Sie veränderte ihr Äußeres. Ließ sich die Haare schneiden, färbte sie, kaufte sich eine Brille mit Fensterglas, veränderte ihre Statur durch Polster in der Kleidung. Aus dem Internet erfuhr sie, wo sie IHN fand. IHN wieder zu sehen, waren Demütigung und Genugtuung gleichzeitig. Demütigung, weil ER so unbeschwert sein Leben genoss, mit einer unverschämt jungen Geliebten, während ihr eigenes Leben zerstört war. Genugtuung, weil ER nicht ahnte, wie nahe sie IHM kam. Mit geändertem Namen gelang es ihr sogar, eine Stelle als Putzhilfe in seiner Klinik zu bekommen. Als sie die Zusage bekam, fühlte sie sich zum ersten Mal seit ihrer OP wieder glücklich.

Sie putzte abends. IHN traf sie selten an und wenn, nahm ER sie nicht wahr, aber sie hatte Zugang zu seinem Büro. Und seine Sekretärin war nicht besonders vorsichtig, was seinen Terminkalender anging. Jetzt wusste sie immer, wo ER sich befand. Und wenn möglich war sie auch da. Heute Abend war ER von diesem Pharma-Riesen zur Einweihung des neuen Luxushotels an der Messe eingeladen. Sie hatte sich bereits vor Ort umgesehen. Sie war vorbereitet.

*

›Eine Prämie für besondere Leistungen‹ – so stand es in dem Schreiben, das Anton Killian gerade von seinem Chef, Klaus Zuber, Leiter der PharmaBel AG erhalten hatte, zusammen mit einer Flasche eines wahrscheinlich sündhaft teuren Cognacs. Blumen für die Dame, die persönliche Assistentin des Chefs, eine Flasche für den Herrn und für beide ein diskreter Umschlag. Man feierte die Einweihung des neuen Luxushotels, das Zuber direkt an der

Messe hatte bauen lassen. Schon das Grundstück musste ein Vermögen gekostet haben. Geladen war nur ein kleiner auserwählter Kreis von Gästen, der hannoverschen Prominenz aus Politik, Wirtschaft und ein paar handverlesene Pressevertreter. Den eigentlichen Grund zum Feiern aber offenbarte der Chef der PharmaBel erst im zweiten Teil seiner launigen Rede: die Zulassung des neuen Antifaltenmittels, gegen das Botox angeblich nur ein Schönheitspflästerchen war.

So, oder so ähnlich würde die Presse hoffentlich morgen berichten. Dafür wurde ordentlich was geboten: Zunächst speiste man fürstlich, der Champagner floss in Strömen, und auch beim Wein ließ sein Chef sich nicht lumpen. Nach dem Essen dann die unvermeidliche Rede, die Vorstellung des neu zugelassenen Produkts und als Abschluss ein grandioses Feuerwerk. Zum Ende der Rede dankte der, ach so sozial eingestellte Herr Zuber noch seinen Mitarbeitern, ohne die das alles nicht möglich gewesen wäre. Er bat, »stellvertretend für die vielen fleißigen Kollegen«, Killian und die Assistentin zu sich auf die Bühne.

Anton Killian arbeitete seit beinahe zehn Jahren als Chefchemiker für den bekannten Pharmariesen, und genauso lange kannte er Klaus Zuber. Der Manager höchstpersönlich hatte ihn, den vielversprechenden Wissenschaftler, eingestellt. ›Gekauft‹ war wohl der richtige Ausdruck. Als Mitglied eines Forschungsprojekts der Uni Hannover hatte es Killian zwar bereits zu gewissem Ansehen, mitnichten aber zu finanziellem Wohlstand gebracht. Das Angebot Zubers lautete über das Dreifache seines bisherigen Gehalts. Killian hatte nicht lange gezögert. Schon lange verachtete er sich selbst dafür.

Auch heute zeigte sich der Chef des Pharmariesen generös. Auffällig unauffällig drückte er seiner Assistentin und seinem Chefchemiker den Umschlag in die Hand, seine Gäste sollten sehen, was für ein großzügiger Arbeitgeber die PharmaBel AG war. Immerhin war Zuber so schlau, ihnen nicht das Mikrofon zu reichen. Killian hatte schon reichlich getankt und seine Aussprache war etwas verwaschen. Sein Chef hatte missbilligend die Augenbrauen hochgezogen. Das zeigte wieder mal, wie verlogen die PharmaBel war: Beim Essen wurde ständig nachgeschenkt, aber vor drei Wochen hatten sie ihm diese Sozialtante vorbeigeschickt. Von Alkoholproblemen war die Rede, dass er doch auch mal an seine Arbeit im Konzern denken solle und man ihm gerne helfen würde. Wie genau diese Hilfe aussehen sollte, kam nicht zur Sprache, sowieso blieb das Gespräch eher unverbindlich – eine Pflichtübung. In der Branche war schon lange durchgesickert, dass Killian Alkoholiker war. Aber er würde es ihnen zeigen, er würde aufhören, und dann konnten Zuber und die PharmaBel sich einen neuen Chefchemiker suchen, den sie ausbeuten und um seine Patente betrügen würden. Zuber war es doch nur recht, wenn Killians Ruf ruiniert den Bach runterginge – denn dann würde er woanders nichts werden können. Es war der blanke Hohn, ihm eine Flasche hochprozentigen Alkohols zu schenken. Er ballte seine Faust, er musste hier weg. In einer halben Stunde begann das große Abschlussfeuerwerk hier im Park des Hotels, da wollte er nicht dabei sein. Er hatte sich ein Zimmer genommen, die Firma bezahlte. Er würde sich dort noch ganz in Ruhe ein Glas des Super-Cognacs genehmigen. Und morgen würde er aufhören. Heute hatte er sowieso schon zu viel getrunken, und es wäre ja schade um den guten Tropfen. Das Feuerwerk konnte er sich auch vom Balkon seines Zimmers anschauen ...

*

»Ein wunderbarer Abend, Schatz! Und deine Rede war einfach klasse!!«, schaute Elena Zuber, geborene Wyczkowski, mit pflichtschuldiger Bewunderung ihren Mann an.

Klaus Zuber winkte ab. Seine dritte Frau ging ihm bereits nach zwei Monaten Ehe auf die Nerven. Sie sah toll aus, aber auf Dauer war das nicht alles. Er hatte um sie, das gefeierte Model, geworben und viele gutaussehende, aber weniger reiche Männer ausgestochen. Die Jagd hatte ihm gefallen. Jetzt, da er die Beute sicher hatte, verlor er das Interesse. Und dieses ganze Getue und wie sie ihn anhimmelte, war doch ein bisschen ›too much‹. Je mehr sie um seine Aufmerksamkeit buhlte, umso mehr verachtete er sie. Er wedelte mit der Hand, als wolle er ein lästiges Insekt verscheuchen.

»Sei doch so gut und kümmere dich um den Bratlinger von der HAZ*, der soll noch ein paar schöne Bilder von dir machen.« Er kniff ihr in den Hintern, »damit wir morgen in der Presse eine gute Figur machen.« Mit einem Klaps entließ er sie.

Elena Zuber zog zwar einen Schmollmund, besagter Pressemann war ein dicker, unattraktiver Kerl, trollte sich aber ohne Widerrede. Zuber schloss die Bürotür hinter ihr ab. Bevor das Feuerwerk anfing, hatte er noch etwas zu erledigen, ungestört.

Seine Frau hatte recht. Bisher war der Abend nach Plan verlaufen. Aber der Abschluss, das Wichtigste, fehlte noch. Nervös schaute er auf seine Armbanduhr, eine Rolex, die

---

* Hannoversche Allgemeine Zeitung

ihm Elena zum Geburtstag geschenkt hatte – natürlich von seinem Geld. Er hätte diese Frau nicht heiraten sollen, sie war dumm und langweilig. Immerhin war er so geistesgegenwärtig gewesen, einen Ehevertrag zu machen, so würde er sie wenigstens ohne große Verluste loswerden.

Er schüttelte den Kopf, jetzt galt es erst einmal andere Probleme zu lösen. Ein erneuter Blick auf die Uhr. In fünfundzwanzig Minuten würde das Feuerwerk beginnen …

*

Es wurde gerade dunkel, als Uwe hinter der Messe ankam. Das Gelände war wirklich ideal. Er stoppte hinten auf der Wendeplatte und schnappte sich den Katzenkorb. Lautstarkes Miauen, Fauchen und Zappeln war die Folge. Er beeilte sich, in den Park zu gelangen. Dort kannte Uwe sich einigermaßen aus, hier hatte er sich bei der Tierversuchsdemo vollends zum Deppen gemacht.

Die Erinnerung an diese demütigende Aktion machte ihn wütend. Er, der diese Weicheier, diese Jutetaschenträger und Vegetarier immer verachtet hatte, fand sich plötzlich auf einer Demo gegen Tierversuche wieder. Und das alles wegen einer Frau, bei der er nicht landen konnte. Plötzlich tauchte dann auch noch der oberste Boss der Pharma-Firma, gegen die sie demonstrierten, auf. Seine Mitdemonstranten machten daraufhin einen auf ›Peace and Love‹, und bei Uwe brannten die Sicherungen durch. Mit einem Ziegelstein ging er auf den Anzugträger los und lieferte sich eine Prügelei mit dessen Bodyguards. Die hielten ihn in Schach, bis die Polizei kam. Das letzte Mal, dass er Alexa gesehen hatte, war, als ihn die Polizei genau hier, wo er sich jetzt befand, in den Streifenwagen beförderte.

Dieser hintere Teil des Parks war mit Büschen und Bäumen bepflanzt und konnte vom Hotel aus nicht eingesehen werden. In diesem schien gerade eine Veranstaltung im Gange zu sein. Wahrscheinlich war Alexa und ihr Gefolge auch in der Nähe. Der Gedanke amüsierte ihn. Er ging mitten durch das Unterholz und gelangte zu der kleinen Lichtung mit der Bank. Darauf deponierte er den Katzenkorb. Das Vieh gab einfach keine Ruhe, deshalb ließ er den Korb verschlossen zurück. Er hatte keine Lust, nachdem er es bis hierher ohne Blessuren geschafft hatte, sich jetzt noch beißen oder zerkratzen zu lassen.

Irgendwann in den nächsten Tagen wird wohl mal jemand vorbeikommen und den Kater sehen, beruhigte er sein Gewissen.

Bei der Vorstellung, dass dieser Jemand den Kater ins Tierheim und damit möglicherweise zu Alexa bringen könnte, musste er grinsen. Bevor er in seinen Wagen stieg, schaute er den Karl-Schurz-Weg entlang, und da hätte er beinah laut losgelacht. Neben dem Hotel stand tatsächlich eine kleine Gruppe Tierschützer mit ein paar Transparenten. Und wenn ihn nicht alles täuschte, war Alexa dabei. Wenn die wüsste, dass ihr armer behinderter Kater sich gerade nur wenige Meter entfernt von ihr befand und sich die Seele aus dem Leib miaute.

Hah, Rache war eben doch süß. Beschwingt fuhr er die Spittastraße entlang. Jetzt würde er feiern gehen. Mit quietschenden Reifen nahm er die Kurve, gab Gas und drehte mit der rechten Hand das Radio lauter. In diesem Moment sah er das Blaulicht …

*

Es war eine laue Sommernacht. Aus den umliegenden Gärten hörte man Gemurmel und vereinzelt Gelächter. Der Duft von Gegrilltem lag in der Luft. Als Hauptkommissar Peter Flott seinen Motorroller vor seinem Reihenendhaus im Karl-Schurz-Weg abstellte, löste sich die kleine Gruppe von Tierschützern, die vor dem Hotel Wache gehalten hatten, gerade auf. Seine Nachbarin, Frau Bilgur, stand dabei und unterhielt sich mit den jungen Leuten. Als sie in dem großen, sportlichen Rollerfahrer ihren Nachbarn erkannte, winkte sie ihm und beendete das Gespräch. Dann kam sie langsam auf ihn zu. Peter betrachtete kurz und etwas wehmütig ein paar graue Haare in seinem Helm, die seit seinem 50. Geburtstag im Februar leider immer häufiger wurden, dann wandte er sich der alten Dame zu.

»Guten Abend, Frau Bilgur«, grüßte er.

»Guten Abend, Herr Flott, ach, das sind so nette junge Menschen. Und so engagiert für den Tierschutz.« Die Nachbarin war eine große Tierliebhaberin, Mitglied im Tierschutzverein und hatte ein Herz für sämtliche Tiere, allen voran für ihre eigenen vier Katzen.

»Heute Abend hatten die von diesem Pharmakonzern mal wieder eine Veranstaltung da drüben«, klärte sie Peter auf. »Als es dunkel geworden ist, haben sie sogar noch ein Feuerwerk abgebrannt. Meine vier Tiger hatten natürlich Stubenarrest.«

Peter schmunzelte, außer der Katze mit dem eigenwilligen Namen Clooney waren die pelzigen Hausgenossen seiner Nachbarin bisher sowieso Hauskatzen. Frau Bilgur hatte die offensichtlich heimatlose und genauso offensichtlich schwangere Clooney vor einiger Zeit bei sich aufgenommen. Nach deren Niederkunft in Frau Bilgurs Kleiderschrank forderte die junge Mutter schnell wieder ihren Freigang ein. Frau Bilgur sorgte als überzeugte Tierschützerin für Kastration und Impfung und schickte sie dann ins Unvermeidliche. Die ›Kleinen‹ aber sollten zunächst im Haus bleiben, kannten sie doch die böse Welt noch nicht. Und so war es geblieben, es hatte sich bis jetzt noch nicht der richtige Moment gefunden. Gismo allerdings, ein besonders vorwitziger Sohn Clooneys, zeigte immer mehr Interesse für die Welt außerhalb seiner bekannten vier Wände und war, sehr zu Frau Bilgurs Kummer, auch schon das ein oder andere Mal entwischt.

Heute Abend aber wohl glücklicherweise nicht. Und so war seine Nachbarin entspannt und zum Plaudern aufgelegt: »Die jungen Leute waren vom Tierheim und haben eine Mahnwache vor dem Hotel gehalten. Ich finde es gut, wenn junge Leute sich für ihre Umwelt interessieren!«

Da musste Peter ihr recht geben.

»Bei der Demo gegen die Tierversuche neulich waren die auch dabei«, erklärte sie weiter. »Schade, dass das so ausgeartet ist, aber schwarze Schafe gibt's halt leider überall.«

Peter nickte, wer wusste das besser als ein Hauptkommissar der Mordkommission.

»Die Zeitungen haben sehr negativ berichtet und diesen Leiter von dem Konzern in Schutz genommen. Aber ich denke, wo Rauch ist, da ist auch Feuer! Es ist auch so, dass der Staat Tierversuche subventioniert, auch wenn es andere Methoden gäbe, die Medikamente zu testen. Auf so was muss man als mündiger Bürger doch aufmerksam gemacht werden, man will schließlich wissen, was mit unseren Steuergeldern passiert.«

Peter gab ihr abermals recht, und gemeinsam gingen sie zu ihren nebeneinander liegenden Haustüren. Seine Nachbarin setzte ihr Plädoyer gegen die Tierversuche und für die jungen Tierschützer fort.

»Was war das eigentlich für eine Veranstaltung?«, fragte Peter dazwischen, als sie kurz Luft holte.

»Die Einweihung von dem Riesenkasten, den sie uns vor die Tür gesetzt haben«, entrüstete sich Frau Bilgur und deutete auf den Gebäudekomplex, der in einiger Entfernung zu erkennen war. »In der Zeitung stand, dass es ein Hotel für die Angestellten dieser PharmaBel sein soll, also eine Unterkunft für Vertreter oder so was. Na, und wenn Messe ist, ist das auch für die Öffentlichkeit zugelassen.« Sie seufzte. »Das war so ein schönes Freigelände für die Tiere, und jetzt?«

»Wenigstens haben sie den vorderen Teil als Park angelegt und fast so gelassen, wie er war«, versuchte Peter halbherzig, den Pharma-Riesen in Schutz zu nehmen.

Aber das konnte seine Nachbarin nicht recht überzeugen. »Sonst hätten die wahrscheinlich auch keine Genehmigung bekommen hier zu bauen, das waren sicher die Auflagen.«

»Ja, da könnten Sie natürlich recht haben. Aber es hätte wirklich schlimmer kommen können, hier gegenüber mit den Büschen und Bäumen, das ist doch ganz schön geworden.«

»Zum Glück, so kann meine Clooney wenigstens ihren Auslauf genießen.« Frau Bilgur öffnete ihre Tür und – als hätte sie gehört, dass man von ihr redet – spazierte die rundliche Katze heraus. »Na Mäuschen, hast du Hunger?«

»Miau.« Es schien, als habe Clooney auch das verstanden, denn sie drehte sich auf der Pfote um und verschwand im Haus.

»Dann auf zur Fütterung der Raubtiere«, schmunzelte die Nachbarin, und mit einem »Schönen Abend noch« verschwand sie ebenfalls im Inneren ihrer Wohnung.

»Danke, für Sie ebenfalls«, schickte Peter nach, dann betrat er sein eigenes kleines Häuschen.

Es war ein schöner Abend und morgen war Sonntag. Er ging in die Küche und goss sich ein Glas Wein ein. Anschließend setzte er sich auf seine Terrasse und schaute nachdenklich in den Sternenhimmel.

KAPITEL 2

Ruhig bleiben, nur nicht die Nerven verlieren, beschwor sich Socke. Inzwischen war es totenstill um ihn herum. Nicht mal einen Vogel hörte man zwitschern, und nur ab und zu raschelte eine Maus durchs Unterholz. Dann knurrte sein Magen. Aber die kleinen Nager hielten sich wohlwissend fern, und er schaffte es einfach nicht aus dieser blöden Box raus.

So einen schlimmen Abend hatte er schon lange nicht mehr erlebt. Zunächst hatte Uwe ihn mitsamt der Katzenbox auf einer Bank abgestellt, und der schwarze Kater mit den weißen Pfoten hatte sich die Seele aus dem Leib gemaunzt. Und es dauerte auch gar nicht lange bis er daraufhin Schritte hörte.

»Miaumiau!!!« Ohne, dass jemand sich für deren lautstarken Inhalt interessiert hätte, wurde die Box hochgehoben und im Gebüsch deponiert.

Socke versuchte es noch einige Dezibel lauter. Keine Reaktion, aber die Schritte entfernten sich auch nicht. Wahrscheinlich hatte sich die Person – dem Geruch nach war es ein Mann – auf die Bank gesetzt, von der er Socke gerade unsanft entfernt hatte.

Plötzlich setzte lautes Donnern und Zischen ein. Socke erschrak beinah zu Tode. Mit klopfendem Herzen drängte er sich ganz hinten in die Box. Nachdem er sich etwas beruhigt hatte, kombinierte er, dass das, was er gerade zu hören bekam, ein Feuerwerk sein musste. Zum ersten, und bisher glücklicherweise einzigen Mal hatte er so was im Winter erlebt. Die Menschen nannten es Silvester. Ob Silvester oder sonst was, es war nicht besonders angenehm für einen Kater. Ruhig bleiben, beschwor sich Socke an diesem Abend. Trotz des Lärms hörte er wieder Schritte. Er setzte erneut zu seinem Katzenjammer an: »Miaumiaumiau!!!«

Das Geknalle wurde sogar noch lauter, und jetzt roch es auch noch unangenehm nach Verbranntem. Socke ließ sich nicht beirren und maunzte weiter gegen den Krach an. Als plötzlich jemand die Box, und damit auch ihn, hochhob und hineinschaute, war er so überrumpelt, dass er reflexartig mit der Pfote ausholte und zuschlug. Keine gute Reaktion, wie der Kater feststellen musste. Scheinbar hatte er die Person getroffen, denn der – es war ein Mann, aber nicht der Gleiche wie vorher – fluchte und warf die Box noch tiefer ins Gebüsch. Leider war dieser Plastikkasten so stabil, dass er dadurch weder nennenswert beschädigt wurde, noch sich die vergitterte Klappe öffnete. Die Schritte entfernten sich. Ob der erste Mann noch da war, konnte der Kater in seinem Gefängnis nicht feststellen, er hörte nur Donnern und Zischen. Danach wurden die Geräusche immer weniger und die Nacht immer dunkler.

Morgen … nachher, wenn es hell werden würde, da mussten doch irgendwann Menschen vorbeikommen, und dann würde er ein Katzenkonzert anstimmen, das hatte die Welt noch nicht gehört. Er versuchte, bis dahin etwas zu schlafen.

Ein Rascheln ließ ihn aufhören. Das war keine Maus, das war etwas Größeres. Je näher es kam, desto sicherer wurde er, ein Artgenosse.

»Miaumiaumiau!!!!«

»Ruhe! Mit diesem Krach verscheuchst du ja alle Mäuse,

du Blödmann. Häh, was ist denn das?« Ein getigerter Katzenkopf erschien auf der anderen Seite des Gitters. »Was machst du denn da drin?«

Socke schnaufte mühsam beherrscht durch. »Ein Mensch hat mich eingesperrt und hierher gebracht.«

»Und wo ist dein Mensch jetzt?«

»Also, erst mal ist das nicht mein Mensch – und außerdem, woher soll ich das wissen? – Und es interessiert mich auch gar nicht«, setzte Socke trotzig hinzu.

»Der kommt nicht wieder, du bist ausgesetzt worden«, stellte die Grautigerin ungerührt fest.

»Kannst du mich bitte rauslassen? Du musst nur den Hebel auf der Seite runterdrücken, dann geht das Gitter auf.« Zum x-ten Mal versuchte Socke, mit seiner Pfote den begehrten Hebel zu erwischen.

»Vielleicht könntest du dich erst mal wie ein wohlerzogener Kater vorstellen?«

»Ich wusste gar nicht, dass der Katzenknigge solche Situationen überhaupt abhandelt. Genau genommen weiß ich nicht mal, ob es einen Katzenknigge gibt.« Erneutes tiefes Durchschnaufen. »Aber gut, also ich bin Socke, ich komme aus dem Tierheim.«

»Und die haben dich ausgesetzt? Das ist aber komisch.«

»Nee, die haben mich bei einem Menschen untergebracht, weil im Tierheim nicht genug Platz war und ich sowieso schwer vermittelbar bin, weil behindert.«

»Behindert?«

Langsam ging die Fragerei Socke auf die Nerven. »Weißt du nicht, was das ist?«

»Doch schon, aber du siehst so normal aus.«

»Meinst du, Behinderte haben alle zwei Köpfe oder was?«, fauchte der Kater entnervt.

»Ist ja schon gut.« Verlegen machte sich die Grautigerin endlich an dem Hebel zu schaffen. Das Gitter sprang auf und Socke schnellte heraus, bevor sie es sich anders überlegen konnte.

Die Katze maß den schwarzen Kater mit den vier weißen Pfoten und dem weißen Latz. Socke seinerseits musterte die rundliche Tigerin. Die druckste herum, aber schließlich war die sprichwörtliche kätzische Neugier größer.

»Was hast du denn jetzt für eine Behinderung?«, erkundigte sie sich vorsichtig.

Socke drehte ihr das Hinterteil zu. »Ich bin gelähmt, glücklicherweise erst ab dem Schwanz, die Hinterpfoten funktionieren noch. Aber du brauchst kein Mitleid haben, ich komme gut damit klar – kann springen und klettern wie jede Katze.« Socke erinnerte sich nicht gerne an den Unfall, bei dem er nur knapp mit dem Leben davongekommen war. »Und wer bist du?«, wechselte er deshalb schnell das Thema.

»Ich heiße Clooney, ich wohne hier in der Nähe. Mich haben sie auch ausgesetzt, da war ich tragend, aber ich habe ein super Zuhause gefunden, für mich und meine Kinder. Die Verpflegung ist fantastisch!«, schwärmte die Katze.

»Meinst du, ähm, ich meine könnte ich da vielleicht auch ein bisschen was bekommen?«

Clooney betrachtete den mageren Kater. »Du bist wirklich dürr. Eigentlich teile ich ja nicht so gerne, aber heute kannst du mal mitkommen.«

Socke spitzte erfreut die Ohren.

»Aber dann musst du dir schon ein eigenes Zuhause suchen … ich bin kein Hotel«, setzte die Tigerin streng hinzu.

Socke gab ihr ein spontanes Nasenküsschen.

»Nun, nun«, brummte die rundliche Katze verlegen. »Komm mit, wir werfen meine Menschin aus dem Bett.« Sie drehte sich um und ging auf die Lichtung zu.

Socke folgte ihr, doch plötzlich prallte er auf ihr Hinterteil.

»Großer Mäuseköttel, was ist denn das?« Langsam bewegte Clooney sich auf die Bank zu. Socke trat neben sie.

»Na, der braucht jedenfalls nichts mehr zu fressen.« Sie sprang neben den Mann, der leblos vornübergesackt auf der Bank saß. »Tot, mausetot«, stellte sie fest.

Socke näherte sich ebenfalls der Leiche. »Also der ist keines natürlichen Todes gestorben. Der riecht so angekokelt. Und den kenn ich, also ich meine, ich habe ihn heute schon mal gerochen. Da lebte er aber noch. Er hat meine Box ins Gebüsch befördert.«

Clooney war inzwischen hinter die Bank gesprungen. »Kein Wunder, dass der so komisch riecht, schau doch mal.«

Auf dem oberen Teil seines Rückens hatte der Mann ein rundes Loch, dessen Rand verbrannt war.

»Erschossen«, konstatierte Socke.

Clooney schüttelte angewidert ihre rechte Vorderpfote. »Was machen wir jetzt, den können wir doch nicht liegen lassen?«

»Hast du 'ne bessere Idee?« Socke inspizierte die Umgebung der Leiche. Neben dem Mann auf der Bank lag ein Handy, von einer Waffe keine Spur, das hätte er gerochen.

»Wir müssten einen Menschen darauf aufmerksam machen.« Die Grautigerin schien angestrengt nachzudenken.

»Du kennst die Leute hier besser als ich. Wenn wir keinen hierher kriegen können, müssen wir halt warten, bis sie ihn von selbst finden.«

»Mir fällt aber was ein, vielleicht klappt das.« Clooney war plötzlich ganz aufgeregt. »Ich könnte meinen Sohn Gismo hierher schicken. Der darf eigentlich nicht raus, und wenn er entwischt und unsere Menschin sieht ihn, läuft sie ihm immer hinterher. Vielleicht kann er sie so hierher locken.«

Socke hatte seine Untersuchung inzwischen ohne weitere Entdeckungen abgeschlossen. »Einen Versuch wäre es wert.«

✳

Sie erwachte schweißgebadet. ER war tot. Der Mann, der seit Monaten ihre Gedanken beherrschte, war heute Nacht gestorben. Sie hatte es mit eigenen Augen gesehen. ER hatte seine gerechte Strafe erhalten. Mühsam stand sie auf, ging ins Badezimmer, schaufelte sich kaltes Wasser ins Gesicht.

»ER ist tot!«, sagte sie zu ihrem Spiegelbild, aber das erwartete Glücksgefühl stellte sich nicht ein.

Sie ging in ihr Wohn- und Schlafzimmer, stellte den PC an und rief seine Facebook-Seite auf. Lachend sah ER ihr entgegen. Nein, ER lebte – hier stand nichts davon, dass ER tot war. Sie hatte nur geträumt. Heute Abend würde er seine Geliebte vom Flughafen abholen, das wusste sie aus seinem Kalender. Sie würde dabei sein.

✳

Ein Sonntagmorgen wie aus dem Bilderbuch. Und sein erster freier Tag seit Langem. Hauptkommissar Peter Flott schenkte sich eine Tasse Kaffee ein, nahm die Zeitung vom

Sonnabend und machte es sich auf der Terrasse gemütlich. Bis gestern war er noch mit der Fertigstellung seines Berichts über einen Eifersuchtsmord am Steintor beschäftigt gewesen. Aber jetzt waren alle Beweise zusammengetragen und konnten am Montag dem Staatsanwalt vorgelegt werden. Für ihn und seine Kollegen war vorerst nichts mehr zu tun. Vielleicht würde einer von ihnen noch beim Prozess als Zeuge auftreten müssen, aber bis dahin war es noch eine Weile. Der heutige Sonntag war also frei.

Natürlich hatte er Bereitschaft. Als Leiter der Mordkommission war er quasi immer im Dienst. Eine Tatsache, die ihn schließlich seine Ehe gekostet hatte. Vor einem Jahr war er geschieden worden und lebte seither in dem kleinen Häuschen in Mittelfeld, direkt an der Messe. Inzwischen war er darüber sehr froh. Die dauernden Vorwürfe seiner Frau, seine Arbeit sei ihm wichtiger als sie, hatten ihn zermürbt. Eigentlich hatte sie gewusst, worauf sie sich einließ, als sie ihn vor gut 18 Jahren heiratete, denn ihr Vater war bis zu seiner Pensionierung ebenfalls Hauptkommissar bei der Mordkommission gewesen. Dadurch hatten sie sich ja erst kennengelernt. Damals war seiner Frau ihre Arbeit bei einer Werbeagentur genauso wichtig gewesen wie ihm seine bei der Polizei. Genau aus diesem Grund klappte es am Anfang auch so gut. Als dann die Aufträge in der Werbebranche weniger wurden und seine Frau plötzlich doch einen Kinderwunsch verspürte, war es zu spät. Zu spät für ein Kind und erst recht zu spät für ihre Ehe. Zu diesem Zeitpunkt hatte Peter gerade seine Beförderung zum Hauptkommissar erhalten und verbrachte seine Abende lieber im Büro als mit endlosen Diskussionen über verpasste Chancen. Die Eröffnung seiner Frau, sie wolle ihn verlassen, nahm er dann eher mit Erleichterung zur Kenntnis. Die Scheidung war problemlos über die Bühne gegangen. Seine Ex tröstete sich inzwischen mit einem hannoverschen Geschäftsmann, der besaß ein gutgehendes Schmuckgeschäft, hatte drei Angestellte und viel Zeit. Peter war nach wie vor Single, mangels Gelegenheit. Aber das Alleinsein hatte auch sein Gutes, so konnte er nach eigenem Gutdünken über seinen freien Sonntag verfügen. Wahrscheinlich würde er gleich mal eine kleine Tour mit dem Motorrad machen und später noch bei seinem Kumpel Tom vorbeischauen. Tom hatte sein Hobby zum Beruf gemacht und besaß eine kleine Autowerkstatt, die auf Oldtimer spezialisiert war. Dort hielt sich sein Kumpel auch sonntags gerne auf und schraubte an seinem eigenen, nicht unbeträchtlichen antiken Fuhrpark. Seit seiner Scheidung half Peter bei Tom mit, sofern es seine knapp bemessene Freizeit zuließ, und träumte davon, einmal seinen eigenen Oldie zu restaurieren.

Es klingelte. Mit der inzwischen leeren Kaffeetasse stand er auf und öffnete die Tür.

»Herr Flott, ach es ist furchtbar!« Eine völlig aufgelöste Frau Bilgur stand ihm gegenüber.

»Ja, was ist denn passiert, Sie sind ja ganz aufgeregt, kommen Sie doch erst mal rein«, versuchte Peter sie zu beruhigen.

»Nein«, sie schrie es fast, »Sie müssen mitkommen, Gismo hat ... ach es ist furchtbar!«

»Ist Ihrem Kater etwas passiert, soll ich ihn zum Tierarzt bringen?«

»Nein, es ist nicht der Kater, es ist ein Toter. Ich, also Gismo, er hat eine Leiche gefunden, einen Mann! Sie müssen mitkommen!« Sie packte Peter am Ärmel.

»Jetzt mal ganz langsam, Sie haben einen Toten gefunden?«, versuchte Peter die Situation zu erfassen. Wenn

Frau Bilgur nicht gerade den Verstand verloren hatte, musste es sich hier um mehr handeln als nur um eine entlaufene Katze.

»Also«, die Nachbarin holte tief Luft, »Gismo ist entwischt, aber ich konnte ihm hinterherlaufen, er ist direkt in den Park – und dort auf der Bank ... ein Toter – ein toter Mensch auf der Bank!« Frau Bilgur rang um Fassung.

Peter wurde mulmig, das hörte sich nicht gut an. »Können Sie mich dort hinbringen, wo er ... also können Sie mir die Bank bitte zeigen?«, fragte er vorsichtig und ergriff sein Diensthandy, das auf der Garderobe lag.

Frau Bilgur führte ihn in den Park zu einer Bank auf eine kleine, eigentlich ganz idyllische Lichtung. Jetzt war die Idylle empfindlich gestört durch eine Leiche, die auf der besagten Bank mehr lag als saß. Es handelte sich um einen Mann mittleren Alters, gut gekleidet. Auf dem Rücken konnte man ein Einschussloch erkennen. Neben ihm auf der Sitzfläche lag ein Handy, eine Waffe war nicht zu sehen.

Peter nahm den Arm der Nachbarin. »Vielen Dank, Frau Bilgur, ich bringe Sie jetzt nach Hause und rufe derweil die Kollegen. Wenn Sie erlauben.« Er zückte sein Handy und setzte die übliche Maschinerie in Gang.

Die alte Dame brachte er zu ihrem Haus zurück, versicherte sich, dass es ihr gut ging und bat sie, sich bereitzuhalten. Danach rief er seine Kollegin an.

*

Lisa Sander vertiefte sich in das Rezept für die Lammkeule, die es heute Abend geben sollte. Die Zutaten lagen bereit. Die Zanderterrine für die Vorspeise befand sich bereits im Kühlschrank, hoffentlich, wie geplant und im

Rezept angegeben, über Nacht festgeworden. Als Nächstes kam die Keule. Da sie die bei Niedrigtemperatur zubereiten wollte, musste sie bald in den Ofen. Danach war Zeit für Beilagen und Nachtisch. Lisa liebte es, gut zu essen und selbst zu kochen. Dieses Hobby teilte sie mit ihrem Ehemann. Und da der vor Kurzem in den Vorruhestand gegangen war, ergab es sich meistens, dass er fürs Zubereiten der Speisen zuständig war.

Lisa dagegen kam nur selten dazu, ihrem Hobby zu frönen, seit sie wieder Vollzeit bei der Mordkommission arbeitete. Trotzdem war sie froh, dass sie nach der langen Berufspause, bedingt durch die Geburt ihres Sohnes, und einer fast genauso langen Zeit als Halbtagskraft in der Schreibstube der Polizei, jetzt wieder mit Mitte 50 in ihrem erlernten Beruf als Kommissarin tätig sein konnte. Seit zwei Jahren arbeitete sie nun an der Seite ihres Chefs, Hauptkommissar Peter Flott, in der Mordkommission, und die Arbeit machte ihr großen Spaß. Ihr Sohn Malte war vor einem knappen Jahr ausgezogen und studierte in Tübingen BWL, und ihr Mann Michael zeigte glücklicherweise viel Verständnis für die unregelmäßigen Arbeitszeiten bei der Polizei. Seit Michael in Vorruhestand gegangen war, hatte er fast alle Hausarbeiten übernommen. Besonders viel Enthusiasmus zeigte er beim Kochen.

Aber heute wollte Lisa mal wieder selbst den Kochlöffel schwingen. Und ihre Kochaktivitäten fielen dann, wenn sie es zeitlich erübrigen konnte, aufwändiger aus. Gestern Abend hatte sie sich schon mit der Herstellung einer Zanderterrine beschäftigt, und der heutige Tag war ebenfalls fürs Kochen und Essen eingeplant. Für später hatte sie eine Freundin eingeladen und freute sich schon auf einen gemütlichen Abend.

»Kann ich dir was helfen?«, fragte ihr Mann über die Zeitung weg.

»Danke, ich komme schon klar.« Sie goss Olivenöl in einen Bräter und erhitzte es.

Gerade als sie die Lammkeule ins heiße Fett legte, klingelte ihr Diensthandy. Einen Moment hoffte sie auf eine kleine, harmlose Rückfrage. Während sie mit der linken Hand versuchte, die Keule umzudrehen, hielt sie sich mit der rechten das Handy ans Ohr. Sie lauschte, zunehmend ernüchtert. Michael erhob sich schon halb, und auf ihren Wink hin übernahm er ihre Position vor dem Herd.

»Ich muss leider weg«, teilte sie ihm mit, nachdem sie das Gespräch beendet hatte. »Hinten bei der Messe wurde ein Toter gefunden.«

Sie suchte ihre Handtasche und die Autoschlüssel.

»Vielleicht bringe ich meinen Chef heute Abend zum Essen mit«, überlegte sie laut. »Du kannst ja mal für vier eindecken. Eva und er würden eigentlich ganz gut zusammenpassen.« Den letzten Satz sagte sie mehr zu sich selbst.

*

»Na, wie war ich«, schaute Gismo erwartungsvoll seine Mutter und Socke an.

»Klasse!«, beeilten sich die beiden, ihm zu versichern.

Die drei Katzen hatten sich nach Gismos erfolgreicher Aktion im Garten von Peter Flott eingefunden und es sich unter dem Fliederbusch gemütlich gemacht. Zunächst war Socke erstaunt. Nach Clooneys Erzählungen hatte er sich ihren Sohn Gismo als kleines verspieltes Kätzchen vorgestellt. Aber stattdessen traf er auf einen ungestümen Halbstarken, der ihnen mit großer Begeisterung half. Der Sohn der Grautigerin war ein fast ausgewachsener Kater, der mit seinem schwarz gepunkteten, grauen Fell beinah einem kleinen Leoparden glich. In seiner quirligen Art hatte er so gar keine Ähnlichkeit mit seiner Mutter.

»Ganz der Vater«, raunte Clooney Socke nicht ohne Stolz zu, als der dessen Schauspielkunst lobte.

Gismo war noch ganz aufgeregt. »Was wollen wir als Nächstes machen? Wir müssen doch rausfinden, was es mit diesem Toten auf sich hat.« Da kam die sprichwörtliche Neugier der Katzen durch.

Socke musste zugeben, dass er ebenfalls vorhatte, der Sache auf den Grund zu gehen, aber als Clooney jetzt einlenkte: »Du solltest erst mal nach Hause gehen, mein Sohn. Unsere Menschin macht sich bestimmt schon Sorgen um dich – und sie ist ganz aufgeregt«, nickte der schwarze Kater mit den weißen Pfoten zustimmend.

»Och, ich dachte, wir suchen jetzt den Mörder, so wie die das im Fernsehen auch immer machen.« Gismo ließ die Schnurrhaare hängen.

»Du hilfst uns jetzt am meisten, wenn du aufpasst, was bei euch zu Hause passiert«, versuchte Socke ihm die Situation schmackhaft zu machen. »Da wird bestimmt irgendwann dieser Kommissar vorbeischauen. Dann benötigen wir einen genauen Bericht.«

Das überzeugte Clooneys Sohn, er richtete sich auf und erklärte mit wichtiger Stimme: »Du hast recht, er wird bestimmt schon die ersten Erkenntnisse der Spurensicherung haben. Ich denke, ich gehe nach Hause, um dort zu rescher… ähm, also um zu sehen, was da los ist.« Mit diesen Worten trollte er sich in den Nachbargarten.

Die beiden anderen Katzen beobachteten, wie er sich

dort vor die Terrassentür setzte und diese sich fast im selben Augenblick öffnete.

»Schätzchen, da bist du ja, ich bin so froh, dass es dir gut geht«, ertönte die Stimme der Nachbarin. Gismo schlüpfte ins Haus, und die Tür wurde sorgfältig geschlossen.

Clooney sah ihm mit verträumtem Blick nach. »Ganz der Vater!«

»Du hast mir gar nicht gesagt, dass euer Nachbar ein Kommissar bei der Polizei ist«, wechselte Socke das Thema.

»Hm, das habe ich bis jetzt noch gar nicht gewusst.«

»Lebt er eigentlich allein in dem Haus oder hat er irgendwelche Haustiere?«, erkundigte sich Socke betont beiläufig, während er interessiert einem Käfer hinterher sah.

»Soweit ich weiß, ist er allein, er wohnt noch nicht sehr lange da. Und er ist ein netter Kerl, hat immer einen Leckerbissen für unsereinen übrig. Gefällt er dir?«

»Tja also, meinst du, ich könnte versuchen, bei ihm einzuziehen?«, brachte der Kater sein Anliegen schließlich auf den Punkt.

»Klar, versuchen kannst du's auf jeden Fall.« Clooney betrachtete Socke, der verlegen seine Pfoten leckte. »Ich finde, ihr würdet gut zusammenpassen«, ermunterte sie ihn. »Weißt du was«, sie knuffte den Kater in die Seite, »ich habe mir schon immer einen schwarzen Kater mit weißen Pfoten als Nachbarn gewünscht.«

*

Um zehn Uhr am Sonntagmorgen stand Anton Killian auf. Seit er um fünf Uhr ins Bett gegangen war, hatte er sich nur unruhig herumgewälzt. Die leere Cognacflasche stand anklagend auf dem Tisch. Wütend wickelte er sie in eines der Hotelhandtücher und verstaute sie in seinem Koffer. Er konnte sich nicht mehr erinnern, sie leer getrunken zu haben, wie ihm auch die Stunden zwischen 24 und fünf Uhr im Gedächtnis fehlten. Das Letzte, was er noch wusste, war, dass er die Balkontür geschlossen hatte, weil ihn das Feuerwerk nervös gemacht hatte. Danach schwarze Nacht. Er zog sich aus, duschte und versuchte, sich zu rasieren. Sein Kopf dröhnte und seine Hände zitterten so sehr, dass er sich schnitt. Wütend warf er die Rasierklinge ins Waschbecken. Dann tigerte er unruhig durchs Zimmer, und sein Blick blieb immer wieder an der Minibar hängen.

Schließlich hielt er es nicht mehr aus. Unter dem Vorwand, den Inhalt kontrollieren zu wollen, öffnete er die Tür des kleinen Kühlschranks. Ein Piccolo-Sekt und eine kleine Flasche Magenbitter waren die einzigen noch gefüllten Flaschen mit alkoholischem Inhalt. Er hasste Magenbitter. Trotzdem trank er ihn in einem Zug leer. Dann würgte er und schaffte es gerade noch zum Waschbecken. Das Zittern hörte nicht auf. Hektisch durchwühlte er seinen Koffer und fand schließlich das Medikament, das ihm ein befreundeter Arzt besorgt hatte. Er schluckte zwei Tabletten und spülte sie mit dem Sekt hinunter. Anschließend legte er sich aufs Bett. Eine halbe Stunde später wurde er ruhiger. Er raffte sich auf und beseitigte die schlimmsten Spuren, rasierte sich und stopfte seine restlichen Klamotten in den Koffer.

In der Lobby herrschte Aufregung. Ein uniformierter Polizeibeamter unterhielt sich mit der Hotelmanagerin. Die Dame am Empfang nahm unkonzentriert seinen Schlüssel entgegen. Weitere Formalitäten gab es nicht zu erledigen, als Chefchemiker der PharmaBel war er Gast des Hauses. Unbemerkt verließ er das Hotelgelände.

*

Als Lisa am Tatort ankam, war der hintere Teil des Parks bereits abgesperrt. Auf der Straße davor standen, neben mehreren Privatwagen, auch der VW-Bus der Spurensicherung und einige Polizeifahrzeuge. Gerade bog ein Leichenwagen in den Karl-Schurz-Weg ein. Lisa ging zu dem Polizeibeamten, der darauf achtete, dass kein Unbefugter das Gelände betrat. Sie wies sich aus und ließ sich den Weg zum Tatort erklären. Von der Seite näherte sich Peter.

»Grüß dich, Lisa, tut mir leid, dass ich dir den Sonntag verdorben habe.«

Lisa winkte ab. »Das ist nun mal unser Job.«

»Ich war gerade drüben im Hotel und habe mit der Managerin gesprochen«, ging Peter gleich zum dienstlichen Teil über. »Die hatten gestern großes Einweihungsfest mit jeder Menge Gästen. Sie kommt gleich vorbei und bringt uns die Liste aller Anwesenden und wirft einen Blick auf unseren Toten, vielleicht kann sie ihn identifizieren.«

Lisa nickte.

»Der Gastgeber der Party gestern ist ein gewisser Klaus Zuber, Chef der PharmaBel AG – kennst du bestimmt, jede zweite Kopfschmerztablette kommt von denen – und seit Neuestem ist deren Manager auch Eigentümer des Hotels hier«, ergänzte Peter. »Er ist leider heute Morgen nach Wien abgereist, hält dort einen Vortrag auf einem Pharmakongress und wird erst Dienstag zurückerwartet.«

Gemeinsam gingen die Kommissare zur Lichtung, dort näherte sich ein junger Beamter der Spurensicherung:

»Laut Personalausweis, den wir bei ihm gefunden haben, handelt es sich bei dem Toten um einen Dr. Karl-Heinz Finkenburg, geboren am 17.08.1959, wohnhaft in der Gellertsraße 23 hier in Hannover im Zooviertel«, berichtete er nach einer kurzen Begrüßung.

Lisa pfiff leise durch die Zähne. »Na, wenn der gute Doktor da nicht wieder einen Kunstfehler begangen hat.«

Sie blickte in verständnislose Mienen.

»Vor zwei Jahren ist das doch durch alle Zeitungen gegangen, Finkenburg ist Schönheitschirurg mit einer kleinen exklusiven Privatklinik in Hannover. Bis zu dem Skandal mit den defekten Brustimplantaten aus dem Ausland war sein Ruf tadellos. Seither ist es still um ihn, auch die Regenbogenpresse scheint kein Interesse mehr zu haben.«

»Was du alles weißt.«

»Ich lese halt nicht nur den Sportteil«, meinte Lisa spitz.

Inzwischen hatte sich der Gerichtsmediziner, Prof. Dr. Kremski, Chef der Pathologie der Medizinischen Hochschule, höchst selbst zu der kleinen Gruppe hinzugesellt.

»Ja, es scheint sich tatsächlich um einen Kollegen zu handeln«, kommentierte er Lisas Ausführungen, konnte es sich aber nicht verkneifen hinzuzufügen: »Im weitesten Sinne. Aber, wer auch immer es letztendlich ist, er wurde erschossen. Und zwar hier am Fundort. Ein gezielter Schuss, er hatte keine Zeit zu reagieren, war wahrscheinlich sofort tot. Der Schuss wurde aus circa einem Meter Entfernung von schräg oben hinten abgegeben. Es gibt keine Austrittswunde.«

»Wann?«, fragten Lisa und Peter gleichzeitig.

»Die Leichenstarre ist fast vollständig ausgebildet, das heißt, er ist etwa zwölf Stunden tot. Genaueres kann ich erst nach ausführlicherer Untersuchung sagen.« Er wandte sich zum Gehen. »Die Obduktion findet morgen um acht Uhr statt. Meinen ersten telefonischen Bericht können Sie gegen Mittag erwarten«, sprachs und verschwand vollends von der Bildfläche.

Während sich der Beamte der Spurensicherung ebenfalls entfernte, kam ihnen aus Richtung des Hotels ein uniformierter Kollege mit einer circa 40-jährigen, attraktiven Frau im dunkelblauen Kostüm entgegen, der man ihre Aufgeregtheit deutlich ansah.

»Die Managerin des Hotels, Frau Siegbert«, stellte Peter sie vor, »meine Kollegin, Kommissarin Lisa Sander.«

Die Frauen gaben sich die Hand. Frau Siegbert schaute mit einer fahrigen Bewegung Richtung Parkbank. »Ist das ...?«

Peter nickte. »Wir haben inzwischen eine konkrete Vermutung, um wen es sich handelt, aber wenn Sie sich in der Lage fühlen, würde es uns helfen, wenn Sie ihn eindeutig identifizieren könnten.«

»Ich will es versuchen.« Die Managerin atmete tief durch und sah Lisa Hilfe suchend an. Die nahm sie am Arm und führte sie zur Leiche.

»Das ist Dr. Finkenburg«, erklärte Frau Siegbert nach einem schnellen Blick auf den Mann auf der Bank. Sie hatte sich bereits abgewandt, und Lisa beeilte sich, sie zum Rand der Lichtung zu führen.

Die Frau tat der Kommissarin leid, die Situation überforderte sie, und sie rang sichtlich um Fassung. Lisa konnte allerdings nicht beurteilen, ob die Nervosität allein der ungewöhnlichen Situation geschuldet war. Zu verschieden waren die Reaktionen der Menschen, die sie in einer ähnlichen Lage erlebt hatte.

»Sind Sie ganz sicher?«, vergewisserte sich Peter.

»Ja, er war gestern auf unserer Feier.« Mit dem Abstand zur Leiche gewann die Managerin allmählich ihre Sicherheit zurück.

»Erinnern Sie sich, wann Sie ihn zum letzten Mal gesehen haben?«, stellte Lisa die klassische Frage.

Frau Siegbert dachte angestrengt nach. »Tut mir leid, genau kann ich das nicht sagen. Beim Essen war er sicher noch dabei, danach wurde eine Rede gehalten.« Sie versuchte ein Lächeln. »Der Ablauf war gestern Abend etwas ungewöhnlich, normal wird die Ansprache vor dem Essen gehalten, aber es war Herrn Zubers ausdrücklicher Wunsch, es in dieser Reihenfolge zu machen.«

»Was war nach der Rede?«

»Nur noch das Abschlussfeuerwerk, anschließend haben sich die meisten Gäste – also die, die nicht im Hotel übernachtet haben, auf den Heimweg gemacht.«

»Dr. Finkenburg haben Sie zu der Zeit nicht mehr gesehen?«, hakte Lisa nach.

»Ich kann mich leider nicht erinnern, vielleicht weiß einer der anderen Gäste mehr.« Sie deutete mit dem Kinn auf den Beamten, dem sie die Gästeliste gegeben hatte.

»Fällt Ihnen sonst etwas ein? Ist gestern irgendetwas Ungewöhnliches vorgefallen?«

Die Managerin schüttelte resigniert den Kopf. »Aus meiner Sicht ist alles normal verlaufen, zum Glück, ich war ja mit der Planung beauftragt.« Sie lachte bitter. »Kein guter Start für das Hotel ... und für mich.«

»Wie gut kannten Sie Dr. Finkenburg, was können Sie uns über ihn sagen?«

»Naja, hauptsächlich kannte ich ihn vom Namen her aus der Presse. Vor zwei Jahren gab es doch diesen Skandal. Vor vielleicht einem Monat habe ich ihn ein paar Mal in unserem Haus gesehen. Wir haben zwar erst gestern offiziell eröffnet, aber die Besprechungsräume sind seit einem guten Vierteljahr in Betrieb. Seitdem bin ich dort als Managerin tätig.«

»Wo haben Sie vorher gearbeitet?«, erkundigte sich Peter.

»Ich war Hausdame im Dormero-Hotel in der Hildesheimer Straße. Der Job als Managerin war eine große Chance für mich.« Sie schluckte.

»Noch mal zu Herrn Dr. Finkenburg: Was hatten Sie für einen Eindruck von ihm?«, wollte Lisa wissen.

»Hm, also«, die Hotelmanagerin wurde verlegen.

»Wir behandeln Ihre Aussage selbstverständlich vollkommen vertraulich«, beeilte sich die Kommissarin hinzuzufügen.

»Ja also, er war schon sehr von sich überzeugt. Er hat versucht, sich mit mir zu verabreden und hat mir Komplimente gemacht, naja, seine Art war eher beleidigend, ich bin doch keine …«

»Ich kann es mir vorstellen«, winkte Lisa ab. »Ist er körperlich zudringlich geworden?«

»Das wusste ich zum Glück zu verhindern. Ich bin ihm, wenn möglich, aus dem Weg gegangen. Deswegen war ich auch froh, dass ich ihn am Freitag nur kurz gesehen habe.«

»Vielen Dank, Frau Siegbert, das war es fürs Erste.« Peter schaute seine Kollegin fragend an.

Die nickte bestätigend. »Wir schicken morgen einen Beamten vorbei, der Ihre Aussage offiziell aufnimmt. Wenn Ihnen noch was einfällt, rufen Sie jederzeit an.« Sie gab der Managerin eine Visitenkarte, und sie verabschiedeten sich.

»Ein ›feiner‹ Kunde.« Peter zeigte mit dem Kinn in Richtung Parkbank, wo inzwischen der Bestatter seine Arbeit aufgenommen hatte.

»Könnte ein interessanter Fall werden«, bestätigte seine Kollegin.

»Komm mit, jetzt stelle ich dir meine Nachbarin vor. Sie hat den Toten gefunden oder besser gesagt ihr Kater.«

»Ihr Kater? Da bin ich ja mal gespannt.« Lisa folgte Peter auf seinem Weg aus dem Park.

»Ich habe übrigens mit unserem Chef telefoniert, wir bekommen Antonia Boccabella und Friedrich Eberhard als Verstärkung ins Team.«

Na ja, man kennt sich, dachte Lisa, hätte schlimmer kommen können.

*

Im Gebüsch näherten sich zwei Katzen – eine rundliche Getigerte und ein schwarzer mit weißen Pfoten und weißem Latz.

Das also war Peters Kollegin, sie schien ganz nett zu sein. Socke folgte den beiden Menschen, Clooney wiederum folgte ihm.

»Die gehen zu uns nach Hause«, wisperte sie, obwohl die zwei sie auch bei normaler Lautstärke nicht verstanden hätten. Menschen können Katzen nicht verstehen, zum Glück wissen sie nicht, dass es umgekehrt anders ist.

»Guten Tag, Clooney, wie geht es dir, ach, dieses warme Wetter macht mir zu schaffen.« Eine graue Perserkatze schaute plötzlich auf die beiden herunter. Sie saß auf der

Gartenmauer eines Hauses in der Reihe gegenüber dem von Peter. »Und wer bist du?«, war der zweite Teil an Socke gerichtet und klang nur mäßig freundlich.

»Grüß dich, Suleika, das ist Socke, er ist hier ausgesetzt worden.«

Gleich bekam die Perserin ein leidendes Gesicht. »Oh je, du Armer, geht es dir gut? Du scheinst etwas schlecht ernährt.«

»Danke«, setzte Socke an, aber Clooney schnitt ihm das Wort ab: »Wie du richtig festgestellt hast, ist er ziemlich mager, du kannst ihm also gerne ab und zu von deinem Premiumfutter abgeben. Außerdem ist er behindert«, trumpfte sie auf.

Suleika machte eine entsetzte Miene. »Was hast du denn?«, fragte sie mit brüchiger Stimme.

»Halb so wild«, beeilte Socke sich zu erwidern, »ich habe einen gelähmten Schwanz, aber …«

Weiter kam er nicht, denn mit einer Behändigkeit, die er der Perserkatze nicht zugetraut hätte, drehte sich diese um, »kannst du mal schauen, ich glaube, bei meinem Hinterteil stimmt auch etwas nicht.«

Clooney verdrehte die Augen und murmelte etwas wie, »bei der stimmt einiges nicht.«

Socke musste sich das Lachen verkneifen, Suleikas Rückenansicht schien ganz normal, vielleicht etwas rundlich. »Sieht alles wunderbar aus«, beschied er der Perserin.

»Meinst du?« Suleika schien eher enttäuscht denn erleichtert. »Na ja, man kann nicht vorsichtig genug sein.«

»Also, du hast es ja schon mitbekommen«, wandte sich Clooney an Socke, »das ist Suleika, sie wohnt in diesem Haus hier an der Straße und kriegt entsprechend viel mit.«

Suleika nickte zufrieden.

»Warst du gestern auch da?«, fragte Socke, »hast du gesehen, was im Park oder Hotel passiert ist?« Inzwischen wussten Clooney und Socke von der Feier, vielleicht konnte Suleika weitere Informationen beisteuern.

»Ja, im Hotel waren viele Menschen, und hier auf der Straße standen auch ein paar, Mahnwache nannten die sich.«

Das Wort hatten die Katzen schon mal gehört.

»Sind die auf der Straße die ganze Zeit da gewesen oder ist einer von denen mal eine Zeit lang verschwunden?«, versuchte sich der Kater als Detektiv.

»Nö, es ist einer dazugekommen, sah fast aus wie ein Polizist, mit Uniform und so.«

Aus dem Garten hinter Suleika ertönte etwas wie ein Bellen, das in ein Jaulen überging. Die Perserin sprang auf, wie von der Tarantel gestochen: »Das ist Jasper, er hatte eine ganz schlechte Nacht, das Feuerwerk hat ihm zugesetzt, ich muss …« Sie drehte sich um und war im Inneren des Gartens verschwunden.

»Alle Achtung, dieser Jasper beherrscht Fremdsprachen, der hat ja fast gebellt wie ein Hund.« Socke war beeindruckt.

»Jasper *ist* ein Hund, ein Riesenschnauzer«, klärte Clooney ihn auf.

Bei der Erwähnung eines Hundes sprang der Kater unwillkürlich auf, fauchte und machte einen Buckel. »Das ist doch nicht normal!«

»Ja, vielleicht liegt es daran, dass sie spät kastriert worden ist.« Clooney machte ein nachdenkliches Gesicht. »Warte nur ab, bis du den Rest der Nachbarschaft kennengelernt hast: Willst du trotzdem hier bleiben?«

»Klar, vor Hunden habe ich doch keine Angst, manche sind vielleicht sogar ganz nett.«

*

»Die Adresse stimmt.« Lisa klappte ihr Handy zu. »Gellertstraße 23, er lebt, äh lebte dort mit seiner Frau.«

»Na dann, bringen wir es hinter uns.« Peter stand auf und stellte die Kaffeetassen in die Spüle.

Die beiden Kommissare waren nach dem Gespräch mit seiner Nachbarin in Peters Wohnung gegangen. Während Lisa telefonierte, hatte Peter Kaffee gekocht.

»Ich fahre«, bot Lisa an, »ich stehe hier eh ein bisschen blöd.«

Während der Fahrt telefonierte ihr Chef mit der Spurensicherung. Die Mordwaffe war noch nicht gefunden, aber die Arbeiten waren auch noch nicht abgeschlossen. Peter verabredete für den nächsten Morgen um neun Uhr einen Besprechungstermin. Er informierte die beiden Kollegen, die ihm noch zugeteilt worden waren, per SMS auf ihren Diensthandys. Die beiden hatten keine Bereitschaft, aber für den Fall der Fälle hatten sie diese Kommunikationsmethode vereinbart. Als er mit Tippen fertig war, parkte Lisa gerade vor dem Haus in der Gellertstraße.

»Wow, das ist ja eine Traumvilla.«

»Die Gegend ist nicht die schlechteste«, bestätigte Lisa. »Vor allem haben die hier alle Garagen für ihre Nobelkarossen, sodass man als Besucher immer einen Parkplatz findet.«

Die Anwesen waren alle großzügig und samt und sonders gut gepflegt. Hier beschäftigte wahrscheinlich jeder Hausbesitzer einen eigenen Gärtner. Peter hätte sich gerne ein bisschen umgesehen. Da er seit knapp einem Jahr über ein Haus und, zum ersten Mal in seinem Leben, einen kleinen Garten verfügte, konnte er Anregungen gebrauchen. Hier war der gewundene, weiß gepflasterte Weg bis zur Haustür von üppig blühenden Rosensträuchern flankiert. Auf ihr Klingeln öffnete eine circa 50-jährige Frau mit dunklem Pagenkopf. Sie trug eine helle Leinenhose und eine weiße Bluse, an einer Kette um ihren Hals baumelte eine Lesebrille.

»Frau Finkenburg?«

Die Frau nickte vorsichtig: »Und mit wem habe ich das Vergnügen? Sie sind doch nicht von der Presse, mein Mann ist nicht hier«, fügte sie abweisend hinzu.

»Nein, Frau Finkenburg, wir sind von der Kriminalpolizei.« Die beiden Kommissare zückten ihre Ausweise. »Dürfen wir kurz reinkommen?«

»Bitte.« Die Dame gab die Tür frei, und sie traten in einen hellen, geräumigen Vorraum. »Hier entlang«, wies sie auf eine geöffnete Tür, die ins Wohnzimmer führte.

Es sah aus wie in der Zeitschrift ›Schöner Wohnen‹, eine cremefarbene Ledergarnitur mit Glastisch bildeten die zentralen Elemente in dem kunstvollen Arrangement. Die Schrankwand gegenüber der Sitzgruppe war aus hellem Holz. Große Fenster gaben den Blick in einen üppig blühenden Garten frei. Peter machte im hinteren Teil des Grundstücks einen kleinen Teich neben einem weinumrankten Pavillon aus.

»Bitte setzen Sie sich.« Frau Finkenburg wies auf das Sofa und nahm in einem Sessel Platz. Die Frau des Schönheitschirurgen schien selbst keine von seinen Kundinnen gewesen zu sein, sie wirkte zwar sehr gepflegt, aber man sah ihr ihr Alter durchaus an, und auch die, zwar gut kaschierten, aber trotzdem sichtbaren Pölsterchen deuteten darauf hin, dass sie die Dienste ihres Manns nicht in Anspruch genommen hatte.

»Frau Finkenburg«, Lisa räusperte sich, »ihr Mann ist leider einem Gewaltverbrechen zum Opfer gefallen. Er ist tot.«

Die Frau des Arztes holte scharf Luft, zeigte aber sonst keinerlei Regung. »Was ist passiert? Oder dürfen Sie mir das nicht sagen?«

Die eher nüchterne Reaktion war ungewöhnlich. Hier schien kein besonders behutsames Vorgehen notwendig zu sein.

»Er wurde vermutlich erschossen. Gestern Abend während einer Feier der PharmaBel AG.«

»Aha, davon hat er mir gar nichts gesagt, ich meine von der Feier. Aber gut, wir haben in letzter Zeit sowieso nicht mehr viel miteinander gesprochen.« Die frischgebackene Witwe schien in der Tat nicht sonderlich erschüttert.

Deshalb ging Peter gleich zur üblichen Zeugenbefragung über: »Wann haben Sie Ihren Mann das letzte Mal gesehen?«

»Gestern Vormittag, ich habe gefrühstückt. Er hat sich nur schnell eine Tasse Espresso gemacht, ihn im Stehen ausgetrunken und ist verschwunden. Gesprochen haben wir nicht.«

»Wie war denn das Verhältnis zu Ihrem Mann? Sein Tod scheint Ihnen nicht sehr nahezugehen, wenn ich das so sagen darf.«

Frau Finkenburg lächelte vorsichtig. »Warum sollte ich schauspielern? Mein Mann und ich hatten uns schon lange nichts mehr zu sagen. Ich habe vor Kurzem die Scheidung eingereicht. Und nur, dass Sie nicht auf falsche Ideen kommen, ich bin finanziell unabhängig und wir haben Gütertrennung vereinbart.«

Lisa hatte inzwischen ihr Notizbuch gezückt und schrieb eifrig mit.

»Ich komme aus einer vermögenden Familie«, fuhr die Witwe fort. »Als wir geheiratet haben, habe ich ihn mit einem Startkapital unterstützt, den Rest hat er sich selbst aufgebaut. Dass er nach und nach immer mehr Promis unter seinen Kunden hatte, ist ihm zu Kopf gestiegen. Dann kam dieser Skandal mit den Brustimplantaten aus dem Ausland. Sie erinnern sich vielleicht, das ging durch die Presse. Und Karl-Heinz war mittendrin, hatte wohl den Rachen nicht vollkriegen können.« Das klang sehr gehässig für eine Frau, die kein Interesse mehr am Leben ihres Mannes hat.

Peter nickte ihr aufmunternd zu, weshalb sie fortfuhr. »Die Kunden blieben aus, die Promis sowieso. Diesmal habe ich ihn nicht unterstützt. Ich kenne seinen aktuellen Finanzstatus nicht, aber ich schätze, er ist inzwischen pleite.« Sie lehnte sich zurück und verschränkte ihre Arme vor der Brust.

»Das alles ist meines Wissens fast zwei Jahre her. Warum haben Sie erst jetzt die Scheidung eingereicht?«

»Weil er eine Geliebte hat.« Auch diese Tatsache schien Frau Finkenburg nicht sonderlich zu bewegen. »Ich weiß es seit knapp drei Monaten, keine Ahnung, wie lange das schon geht. Ein junges Flittchen, Mirja Schlicht. Weiß der Himmel, was die an ihm findet, wahrscheinlich denkt sie, er hat Geld.« Sie lachte, jetzt bitter, einen kleinen Stachel hatte diese Affäre in ihrem Selbstbewusstsein scheinbar doch hinterlassen.

»Was wissen Sie über diese Geliebte?«, hakte Peter nach.

»Sie hat bei ihm in der Klinik gearbeitet und nebenbei noch als Fotomodell gejobbt. Jetzt ist sie hauptberuflich Model, wohnt meines Wissens in der List*, zumindest hat sie da gewohnt, als sie noch für meinen Mann gearbeitet hat.«

Lisa notierte auch das.

»Vielen Dank, Frau Finkenburg«, leitete Peter die Abschiedszeremonie ein.

Als sie ins Auto stiegen, stand die Sonne schon tief. Peter überprüfte sein Handy nach eingegangenen Anrufen. Keine Nachrichten, also auch keine neuen Erkenntnisse bei der Untersuchung des Tatorts.

»Ich glaube, wir können für heute Feierabend machen«, teilte er seiner Kollegin mit.

»Bei uns gibt es nachher Lammkeule, wenn du magst, bist du herzlich eingeladen. Ich verspreche dir auch, nicht über die Arbeit zu reden.«

Peter kannte Lisa gut genug, um zu wissen, dass dieses Angebot ehrlich gemeint war.

»Gerne, aber dann holen wir zuerst bei mir zu Hause einen fahrbaren Untersatz. Von euch kommt man Sonntagabend nicht besonders gut mit der Bahn weg.« Peter sprach aus Erfahrung.

»Kein Einspruch«, erwiderte Lisa lachend und steuerte ihren Wagen Richtung Messe.

*

Der Flieger hatte über eine Stunde Verspätung, und entsprechend schlecht gelaunt betrat Mirja Schlicht die

---

* Stadtteil Hannovers

Ankunftshalle. Glücklicherweise hatte sie nur Handgepäck und musste sich nicht auch noch am Gepäckband anstellen. Bei einer Modenschau wurden einem alle Kleidungsstücke gestellt, und wenn man Glück hatte, konnte man das eine oder andere Teil auch behalten. Diesmal hatte sie allerdings kein Glück gehabt, und so war es beim Rückflug aus Düsseldorf bei der kleinen Reisetasche geblieben. Während sie die Halle durchquerte, kontrollierte sie zum hundertsten Mal ihr Handy – kein Anruf. Es überraschte sie nur wenig, dass er nicht auf sie wartete. Wütend winkte sie einem Taxi.

»Nach Hannover in die List, Isernhagener Straße 57.«

Der Taxifahrer nickte, im Zeitalter des Navis erübrigten sich Nachfragen und komplizierte, zudem oft unvollständige Wegbeschreibungen.

Während sie nach Hause fuhr, war Mirja versucht, ihren Geliebten anzurufen. Aber zum einen war sie dafür zu stolz, zum anderen hatte er sie gebeten, genau das nicht zu tun. Was er auch immer mit dieser Bitte bezweckte. Seine Frau wusste schließlich längst von ihrer Affäre und schien sich nicht weiter dafür zu interessieren. Vielleicht hoffte Karl-Heinz, mehr bei der Scheidung rausschlagen zu können, wenn man ihm die Geliebte nicht nachweisen konnte. Eigentlich war ihr das egal. Sie hatte nicht vor, ihren Lebensabend mit diesem Mann zu verbringen. Aber bisher war er ihr sehr nützlich gewesen. Als Schönheitschirurg kannte er viele Leute und hatte ihr mit seinen Kontakten den Einstieg als Profimodel ermöglicht. Und finanziell unterstützte er sie ebenfalls. Aber vielleicht war das bald nicht mehr nötig. Auf der Modenschau in Düsseldorf hatten sich gleich zwei Designer für sie interessiert. Wenn sie Glück hatte, holte sie von denen einer nach Paris zur Fashion Week – und dann wäre sie richtig dick im Geschäft.

Der Taxifahrer hielt vor ihrer Haustür und sie bezahlte. Das Angebot, ihre Tasche reinzutragen, schlug sie aus – war ja leider nicht sonderlich schwer. Aber wenigstens war sie wieder zu Hause. Etwas besser gelaunt schloss sie ihre Haustür auf und hörte als Erstes den Anrufbeantworter ab. Eine Nachricht ihrer Agentur mit Aussicht auf ein Fotoshooting eines Versandhauskatalogs. Nicht gerade glamourös, aber einträglich. Sonst »keine weiteren Nachrichten«, teilte ihr die blecherne Stimme mit.

Sie beschloss, sich dadurch die Laune nicht verderben zu lassen und kramte in ihrer Handtasche nach den Karten der beiden Designer. Jetzt würde sie sich erst mal ein Bad einlassen und dann mit einem Glas Champagner in die Badewanne setzen. Und wenn das Telefon klingeln sollte, würde sie es klingeln lassen.

*

Sie kannte seine Geliebte. Diese viel zu junge Frau mit einem makellosen Körper. So makellos, wie es ihrer hätte sein sollen. Sie hasste diese Frau für ihre Schönheit, die sie so selbstverständlich nahm. Sie selbst hatte schwer gearbeitet, um perfekt sein zu können. Sie hatte abends in einer Kneipe bedient, sich die anzüglichen Sprüche von angetrunkenen Männern angehört, nur um genug Geld zusammenzubekommen. Ihre Schönheit wäre noch viel größer gewesen, weil sie Opfer dafür gebracht hatte. Wahrscheinlich hatte ER diese Perfektion nicht ertragen können. Und ER hatte die Macht gehabt, sie zu zerstören. ER hatte diese Macht missbraucht. Aber sie würde sich rächen. Ahnte ER etwas? ER war nicht am Flughafen erschienen. Vielleicht war ER aber auch nur seiner Geliebten überdrüssig, ihrer oberflächlichen Schönheit.

*

Socke war enttäuscht. Zwar hatten Clooney und er vorher beobachtet, wie Peter zurückgekommen war. Aber er war gleich danach davongefahren. Von den beiden Katzen hatte er gar keine Notiz genommen. Kurz darauf hatte Clooneys Menschin zum Essen gerufen. Mahlzeiten waren Clooney heilig und so waren sie zügig zur Terrassentür des Hauses Nr. 14b gelaufen. Zum Glück war auch für Socke eine Portion abgefallen. Da Clooney nicht auf ihr Verdauungsschläfchen verzichten wollte, stromerte Socke alleine durch die Gegend, immer darauf bedacht, sich nicht zu weit von Peters Haus zu entfernen, falls dieser zurückkommen sollte.

»Halt, was suchst du hier?« Ein getigerter Kater mit einem dunkelblauen Halsband stellte sich Socke in den Weg und starrte ihn streng an.

Einen Moment starrte Socke zurück, dann senkte er den Blick und signalisierte somit Unterlegenheit.

»Wer bist du und was machst du hier?«, fragte der Getigerte etwas freundlicher.

»Ich heiße Socke, gestern Nacht hat mich jemand im Park ausgesetzt.«

»Ach, du bist Socke, dich hatte ich mir ganz anders vorgestellt.«

Socke blickte verständnislos drein.

»Suleika«, erklärte sein Gegenüber, »sie hat dich scheinbar heute Morgen kennengelernt, aber nach ihrer

Erzählung dachte ich, du wärst schwer krank und verstümmelt. Ich hätte es mir denken können. Ich bin übrigens Mikey und wohne hier neben Suleika und Jasper.« Er zeigte mit der Pfote auf ein Haus mit der Nummer 16a, das zweite in dieser Reihe und schräg gegenüber von Peters.

»Von dir hat mir Clooney erzählt. Stimmt es, dass du lesen kannst?«, blickte Socke ehrfürchtig den Nachbarn von Suleika an.

»Ich lerne es gerade. Meine Leute haben vor ziemlich langer Zeit Nachwuchs bekommen, da war ich noch ein kleines Kätzchen. Jetzt bin ich erwachsen, aber Louisa, das Kleine von meinen Leuten, ist noch lange nicht ausgewachsen.«

»Ja, das habe ich auch schon gehört, dass das bei Menschen so lange dauern soll. Die Kleinen haben aber auch gar keine Instinkte und müssen alles lernen.« Socke hatte in seiner kurzen Zeit im Tierheim sämtliche Altersstufen der Menschen kennengelernt und wusste, wovon er redete. Es dauert beinah ein ganzes Katzenleben, bis ein Menschenjunges vollständig ausgewachsen ist.

»So ist es«, nickte Mikey zustimmend, »und seit einiger Zeit lernt Louisa lesen und ich bekomme das mit. Wenn du magst, zeige ich es dir bei Gelegenheit.«

»Das wäre klasse! Falls ich hierbleiben kann. Ich will mich in dem Eckhaus vorne einquartieren.«

»Den kenne ich, ist ein einzelner Mann, der könnte Gesellschaft gebrauchen«, ermutigte der Graugetigerte Socke.

»Noch was anderes: Hast du gestern Abend was mitbekommen? Im Park ist ein Mann ermordet worden. Clooney und ich haben ihn gefunden.«

»Hab's schon gehört. Aber gesehen habe ich leider nichts. Waren mir zu viele Menschen und Autos, da bin ich lieber im Garten geblieben.«

»Hast du die Mahnwache gesehen?«, forschte Socke weiter nach.

»Ja, die waren vom Tierheim glaube ich, vor einiger Zeit waren schon mal welche vom Tierheim da. Da ging's richtig heiß her, die haben sich geprügelt, und schließlich kam sogar die Polizei. Aber gestern waren sie nur zu dritt, zwei Männer und eine Frau, die hatten ein Transparent. ›Stoppt Tierversuche!‹ stand drauf.«

Socke spitzte die Ohren. »Tierversuche?«

»Ja, in dem Hotel wohnt ein Mann, der probiert Medikamente an Tieren aus. Das haben die Leute Louisa erklärt. Das ist wirklich schlimm, Louisa hat geweint.«

Socke war ebenfalls entsetzt. Er hatte schon einiges erlebt, aber dass Menschen zu so etwas fähig waren …

»Wenn das der Mann war, der umgebracht wurde, dann geschieht es ihm recht«, wetterte Mikey.

»Hm, aber ich fürchte, der war es nicht, Clooney und ich haben heute Morgen gelauscht. Der Tote wohnte nicht hier.«

»Die Welt ist so ungerecht!«

Die beiden Katzen setzten sich nebeneinander auf die niedrige Mauer und schauten traurig den Mond an.

*

Gut gelaunt stieg Peter aus seinem Wagen. Das Essen war fantastisch gewesen. Und sowohl mit Lisa, als auch ihrer Freundin Eva und ihrem Mann hatte er sich angeregt über Gott und die Welt unterhalten. Der Mord an der Messe wurde den ganzen Abend mit keinem Wort erwähnt. Auch hier vor Ort deutete außer dem rot-weißen Absperrband am Eingang zum Park nichts mehr auf das kürzlich geschehene Gewaltverbrechen hin. Die Spurensicherung hatte ihre Arbeit am Tatort abgeschlossen. Weitere Analysen im Labor würden folgen, ein erster Bericht sollte zur Besprechung morgen um neun Uhr vorliegen.

Peter ging zu seiner Eingangstür. Aus dem Schatten löste sich eine kleine Gestalt. »Clooney? Mikey?« Es handelte sich eindeutig um eine Katze, aber keine getigerte. Ein sehr schlanker schwarzer Kater mit weißen Pfoten war es, der ihm um die Beine strich.

»Na, wo gehörst denn du hin? Hast du Hunger?«, fragte Peter mit sanfter Stimme.

»Mau.« Der Kater wich nicht von Peters Seite.

»Weißt du was?« Der Kommissar schaute auf die Uhr, kurz nach zehn. Er fasste sich ein Herz und klingelte beim Nachbarhaus.

»Wer ist da?«, hörte man durch die Tür.

»Ich bin's, ihr Nachbar Peter Flott, entschuldigen Sie die Störung.«

Fast augenblicklich öffnete sich die Tür. »Sie stören nicht, aber nach dem, was letzte Nacht passiert ist, kann man nicht vorsichtig genug sein.«

Peter musste ihr recht geben und schalt sich gedankenlos, so spät bei der alten Dame geklingelt zu haben.

Die hatte aber inzwischen seinen pelzigen Begleiter entdeckt und rief entzückt aus: »Ja, Weißpfötchen, hast du einen Freund gefunden?«

»Kennen Sie den Kater? Wissen Sie, wo er hingehört?«, schöpfte Peter Hoffnung.

»Er ist gestern Abend mit Clooney völlig ausgehungert bei mir aufgetaucht. Vorher habe ich ihn noch nie gesehen.

Hier in der Nachbarschaft gehört er jedenfalls niemandem, das wüsste ich sonst«, beantwortete Frau Bilgur Peters Fragen. »Wenn er irgendwo davongelaufen ist, sollten wir ihn zum Tierheim bringen, seine Besitzer werden sich über kurz oder lang dort melden und ihn suchen. Vielleicht ist er sogar gechippt, das können die dort feststellen, dann findet sich der Besitzer besonders schnell. Falls nicht, ist er vielleicht ausgesetzt worden. Er ist ja ziemlich dürr.« Behutsam strich sie über den mageren Katzenrücken.

»Hätten Sie etwas Katzenfutter für mich?«, fragte Peter, »ich meine für meinen Hausgast, ich werde ihn wohl für eine Nacht aufnehmen.«

»Aber gerne.« Frau Bilgur war verschwunden und tauchte kurz darauf mit zwei Dosen Nass- und einer kleinen Schachtel Trockenfutter auf. Außerdem überreichte sie Peter einen Katzentransportkorb mit den Worten: »Wenn Sie mit ihm zum Tierheim wollen.« Dann fügte sie hinzu, »ich bin ja so froh, dass Sie sich um den kleinen Kerl kümmern. Ich habe ihm auch schon zu Fressen gegeben, aber noch eine Katze kann ich wirklich nicht bei mir aufnehmen.«

Peter bedankte sich und schloss seine Haustür auf.

»Und denken Sie dran, ihm auch Wasser hinzustellen. Und es ist vielleicht besser, Sie lassen ein Fenster einen Spalt auf, falls er mal raus muss, Sie haben kein Katzenklo«, schickte die Nachbarin nach, dann wünschten sie sich eine gute Nacht.

Der Kater begleitete Peter wie selbstverständlich hinein und inspizierte die Wohnung. Der Kommissar suchte derweil eine Untertasse und gab eine Portion Katzenfutter darauf. Daneben stellte er eines seiner Dessertschälchen mit Wasser. Der Kater bemerkte dieses Arrangement sofort und machte sich augenblicklich darüber her.

Während es sich der Kater schmecken ließ, schenkte der Kommissar ein Glas Rotwein ein und setzte sich damit auf die Terrasse. Obwohl der Himmel sternenklar war, war es noch immer angenehm warm. Peters Gedanken wanderten zu dem neuen Fall. Er hatte den ermordeten Schönheitschirurgen zu seinen Lebzeiten nicht gekannt, auch der Skandal, der die Presse offensichtlich sehr beschäftigt hatte, war an ihm vorbeigegangen. Er würde sich morgen gleich als Erstes über die Vorfälle von damals informieren. Eine leichte Bewegung neben sich lenkte ihn ab. Der Kater schien seine Mahlzeit beendet zu haben und hatte auf dem Gartenstuhl neben seinem Platz genommen.

Kurz tauschten Socke und Peter einen Blick, dann wandten sie sich in einträchtigem Schweigen dem Sternenhimmel zu. Peter suchte und fand den Großen Wagen, das einzige Sternbild, das ihm im Moment einfiel. Socke verfolgte einen blinkenden Punkt, der sich über sie hinwegbewegte. Wahrscheinlich ein Flugzeug, das soeben in Hannover-Langenhagen gestartet war. Schließlich war Sommer und somit Urlaubszeit. Der Kater war satt und zufrieden wie lange nicht mehr, und diesen ruhigen und unaufdringlichen Mann an seiner Seite konnte er sich durchaus als neuen Wohnungsgenossen vorstellen. Viel Erfahrung im häuslichen Zusammenleben mit Menschen konnte er allerdings bislang nicht vorweisen. Die paar Monate bei Uwe Kerbholz wollte er am liebsten aus seinem Gedächtnis streichen, und davor hatten die Zweibeiner hauptsächlich als Besucher im Tierheim seinen Weg gekreuzt. Dort hatte er zwar auch mit Menschen zu tun gehabt, die sich um ihn und die anderen Tiere kümmerten und die meistens sehr nett zu ihnen gewesen waren, aber für enge Bindungen oder gar echte Freundschaft fehlte schlicht und einfach die Zeit.

Unter den Tieren wiederum war ein ständiges Kommen und Gehen. Manche verbrachten nur wenige Tage in einer der Katzenstuben, bevor sie von einem Menschen mitgenommen wurden. Die anderen arrangierten sich untereinander und mit den Pflegern, wenn sich ein längerer Aufenthalt für sie abzeichnete. Socke, der wegen seines Unfalls lange Zeit isoliert in der Krankenstube zugebracht hatte, war in dieser eingeschworenen Gemeinschaft eher ein Außenseiter. Für die anderen Katzen roch er zu fremd, und für menschliche Besucher, die nach einem Haustier suchten, wirkte er scheu und unzugänglich, weil er sich immer versteckte.

Nur einmal war eine Familie mit zwei Kindern auf ihn aufmerksam geworden, weil er – wie vor allem die Frau fand – so hübsche weiße Söckchen anhabe. Socke bemühte sich dann auch nett zu sein und nicht gleich wieder davonzulaufen. Er ließ es sich sogar gefallen, dass die Dame ihn auf den Arm nahm, obwohl er das nicht mochte. Die Kinder streichelten ihn unbeholfen, beinahe grob, aber Socke hielt still. Doch als der jüngste Sohn ihn an seinem herunterhängenden, gelähmten Schwanz zog, war es vorbei. Fauchend entwand er sich aus dem Griff der Mutter, brachte ihr damit ein paar hübsche Kratzer bei und sich selbst in Sicherheit. Die Tierpflegerin machte sich in Gedanken eine Notiz ob seiner Verträglichkeit mit Kindern, und die Familie wandte sich entrüstet einer ›braveren‹ Katze zu. Nicht lange nach diesem Vorfall wurde er – mit dem Vermerk ›schwer vermittelbar‹ – bei Uwe Kerbholz untergebracht.

Der helle Punkt am Himmel verschwand aus seinem Gesichtsfeld. Vielleicht war es eine Sternschnuppe? Socke erinnerte sich an einen der Besuchstage im Tierheim, als ein engagierter Vater seinem wissbegierigen Sohn dieses Himmelsphänomen erklärt hatte. Socke wusste nicht mehr, wie die beiden auf dieses Thema gekommen waren, aber abgesehen davon hatte er an solchen Tagen noch weitaus sonderbarere Dinge erfahren.

»Du musst die Augen schließen und dir etwas wünschen«, hatte der Mann dem Jungen verraten. »Und wenn du keinem von deinem Wunsch erzählst, dann geht er in Erfüllung.«

Socke schloss die Augen und konzentrierte sich fest auf seinen Wunsch.

KAPITEL 3

Am Montag um acht Uhr saß Peter an seinem Schreibtisch im Polizeipräsidium und suchte die Tageszeitungen nach Meldungen zum Mord an der Messe ab. Glücklicherweise waren bisher keine Namen durchgesickert und die Artikel entsprechend kurz. Peter nahm einen Schluck aus seiner Kaffeetasse.

Sein kleiner Hausgast hatte sich die Nacht über als vollkommen problemlos erwiesen. Wie selbstverständlich war er am späten Abend mit ins Haus gekommen, hatte sich drinnen in einer Ecke des Sofas zusammengerollt und war sofort eingeschlafen. Dort fand Peter ihn am nächsten Morgen noch vor, obwohl er – wie von seiner Nachbarin geraten – ein Fenster zum Garten offen gelassen hatte. Nach einem gemeinsamen Frühstück, für Peter Toast mit Marmelade, für den Kater ›Huhn in feiner Soße‹, hatten die beiden zusammen das Haus verlassen.

Um seine Gedanken zu ordnen, verfasste Peter zunächst ein Gedächtnisprotokoll der Vorfälle des gestrigen Tages. Danach galt es, sich eine vorläufige Strategie zurechtzulegen, die er in der Dienstbesprechung präsentieren konnte. Sicher würden die Kollegen eigene Vorschläge haben, aber gemeinsam würde man sich auf ein Vorgehen einigen. Peter pflegte einen demokratischen Führungsstil und war damit bis jetzt sehr gut gefahren.

Als er um neun Uhr den Besprechungsraum betrat, waren die restlichen Mitglieder des neu zusammengestellten Teams vollzählig. Lisa unterhielt sich angeregt mit Antonia Boccabella, einer 28-jährigen Halbitalienerin. Antonia, kurz Toni genannt, entsprach ihrer äußeren Erscheinung nach ganz und gar dem Klischee einer rassigen Italienerin: volle, rabenschwarze Haare, große dunkle Augen, ein sinnlicher Mund und eine üppige Figur mit Kurven an den richtigen Stellen. Der Traum von so manchem hannoverschen Polizisten und wahrscheinlich sämtlicher Zeugen. Das hatte leider schon manches Mal für Ärger gesorgt, denn die junge Frau hasste es, auf ihr Äußeres reduziert zu werden. Gerade erst hatte sie sich von ihrem patriarchischen Elternhaus losgesagt. Dort hätte man sie am liebsten an der Seite eines reichen Mannes gesehen. Und der passende Kandidat war bereits gefunden. Nach einem erbitterten Streit mit ihrem Vater war sie vor einem halben Jahr von zu Hause ausgezogen und reagierte seither besonders empfindlich auf vermeintliche oder tatsächliche Macho-Allüren. Aber gerade weil sie für ihre Arbeit bei der Polizei so hart gekämpft hatte, war sie mit viel Engagement und Herzblut bei der Sache und erledigte bereitwillig auch mühsame Aufgaben. Der zweite Neuzugang im Team hieß Friedrich Eberhard, allgemein als Fritz bekannt und beliebt. Rein äußerlich das genaue Gegenteil von Toni und auch vom Wesen her eher ruhig und kein Mann großer Worte. Fritz war ein verlässlicher, manchmal beinah schon phlegmatischer Mitarbeiter, der gerne die Schreibtischarbeit übernahm. Der 55-Jährige saß am liebsten in seinem Büro und hatte alles, was er für seine Arbeit brauchte, in Griffweite. Und im Zeitalter von Internet und Telekommunikation war das inzwischen problemlos möglich. Aus lauter Bequemlichkeit war er zu einem Experten auf diesen Gebieten geworden und immer auf dem neuesten Stand der Technik. Zusammen mit Lisa, die Logik und Intuition immer wieder aufs Optimalste verband, und Peter mit über 20 Jahren Diensterfahrung bildeten sie ein schlagkräftiges Ermittlerteam.

Das sagte der Hauptkommissar in seinen einleitenden Worten. Da alle sich kannten, verzichteten sie auf die übliche Vorstellungsrunde. Peter bat zunächst Lisa, den gestrigen Tag für die beiden Neuen zusammenzufassen. Während ihrer Ausführungen betrat der Chef der Spurensicherung, Ulrich Zeitler, den Raum, nickte in die Runde und nahm Platz.

»Gleich vorweg«, begann er, als Lisa geendet hatte, »wir haben keine Mordwaffe gefunden, und die Kugel steckt noch in der Leiche. Wir müssen also das Ergebnis der Obduktion abwarten. Sichergestellt haben wir, neben der Brieftasche mit den üblichen Dokumenten und etwas Bargeld, ein Handy, das höchstwahrscheinlich dem Opfer gehörte.«

Er reichte Peter eine Liste. »Das sind die Namen der Anrufer, unter anderem kommt der Leiter der PharmaBel AG, Klaus Zuber, ein paar Mal darauf vor. Ein oder zwei Gespräche mit seiner Frau, diverse mit seiner Klinik. In den letzten Tagen finden sich noch einige Gespräche mit einem Anton Killian und eins mit einem Andreas Obermeyer am Morgen des Mordtages. Dieser Obermeyer hat nur das eine Mal angerufen, mit Killian gibt's auch Gespräche älteren Datums. Außerdem noch diverse unterdrückte Rufnummern. Sonst überwiegend weibliche Anrufer, wahrscheinlich Patientinnen, aber nichts in den letzten drei Tagen. Ihr müsst selbst entscheiden, ob ihr für die unterdrückten Rufnummern eine Verfügung erwirken wollt.«

Um an die Namen der anonymen Anrufer zu gelangen, benötigten die Ermittler eine vom Staatsanwalt genehmigte, einstweilige Verfügung.

»Ich denke, darauf können wir vorerst verzichten«, entschied Peter, »aber ich hätte gerne eine Aufstellung seiner Kontobewegungen«, wandte er sich an Fritz Eberhard.

»Gibt es sonst außergewöhnliche Fundstücke, die im Zusammenhang mit unserem Mord stehen könnten?«

Zeitler nickte. »Der Park ist ziemlich ordentlich, kein Müll oder so, trotzdem haben wir was Interessantes gefunden: Im Gebüsch neben der Leiche lag ein Transportkorb, wie man ihn für kleinere Tiere benutzt.«

»Ein Transportkorb?« Die Ermittler sahen ihn irritiert an.

»Ja«, schmunzelte der Spusi-Beamte, »wir haben Katzenhaare festgestellt.«

»Du willst doch jetzt nicht behaupten, dass eine Katze unser Mörder …?« Lisa kicherte.

Peter grinste, unwillkürlich musste er an seinen Übernachtungsgast denken, der just am Tag des Mordes auf der Bildfläche erschienen war. Er hatte doch nicht etwa einem Mörder Unterschlupf gewährt? Das wohl nicht, aber möglicherweise einem Tatzeugen.

Zeitler versuchte wieder ernst zu werden. »Das Besondere an dem Korb ist, dass sich darauf die Fingerabdrücke des Opfers befinden, deswegen haben wir ihn weiter unter die Lupe genommen. Neben den Abdrücken des Opfers finden sich weitere am Griff des Transportkorbs. Die stammen von einem Uwe Kerbholz, der wurde vor zwei Wochen wegen Körperverletzung angezeigt und erkennungsdienstlich behandelt. Und jetzt kommt es …« Er machte eine kleine Kunstpause, bevor er fortfuhr: »Die Anzeige stammt von Klaus Zuber, dem Leiter der PharmaBel AG.«

Ein Raunen ging durch den Raum.

»Und zwar ist da eine Demo gegen Tierversuche aus dem Ruder gelaufen, das Ganze fand in der Nähe des Tatorts statt, an dem gestern eröffneten Hotel. Damals wurde in der Presse lanciert, die PharmaBel arbeite an der Entwicklung eines neuen Anti-Falten-Produkts und stehe kurz vor der Zulassung, gleichzeitig gab es einen Bericht über das zukünftige Luxushotel. Das haben einige Tierschützer zum Anlass genommen, dort zu protestieren. Die Demo war angemeldet.«

»Na, das ist doch schon mal eine Spur«, meinte Lisa zufrieden. Nicht immer gab es zu Anfang einer Ermittlung gleich so kuriose Beweisstücke wie diesen Katzenkorb.

»Wir haben an dem Transportkorb außerdem menschliches Blut festgestellt. Vorne am Gitter. Das stammt nicht vom Opfer. Ihr solltet bei diesem Herrn Kerbholz eine DNA-Analyse veranlassen.«

»Alles klar, sonst noch irgendwelche spektakulären Funde? Oder auch gerne ganz gewöhnliche?«

»Leider nein«, hob der Leiter der Spurensicherung bedauernd die Schultern. »Sehr wenig verwertbares Material.«

»Dann vielen Dank, und gebt Bescheid, wenn sich was in punkto Tatwaffe tut«, verabschiedete Peter den Kollegen.

»Machen wir, euch viel Erfolg.« Ulrich Zeitler verließ den Raum.

»Dann wollen wir mal loslegen: Fritz, du kümmerst dich um die Gäste- und die Anrufliste. Versuche, so viel wie möglich rauszukriegen, insbesondere über diesen ...«, er warf einen Blick auf seine Notizen, »Killian und diesen Obermeyer. Ansonsten machst du Telefondienst und Recherche, das Übliche.« Der Mittfünfziger nickte.

»Toni, du nimmst dir die Geliebte Mirja Schlicht vor. Und dich, Lisa, würde ich bitten, dich in der Klinik unseres Herrn Finkenburg umzuhören. Ich werde mir Uwe Kerbholz genauer anschauen, sehr passender Name.« Er blickte in die Runde. »Noch Fragen, Anmerkungen, Änderungswünsche?«

Die Kollegen verneinten. »Dann treffen wir uns um 16 Uhr hier wieder und gleichen die Ergebnisse ab.«

*

Auf dem Weg in sein Büro überprüfte Peter sein Telefon, das er lautlos gestellt hatte. Vier verpasste Anrufe. Noch bevor er kontrollieren konnte wer da versucht hatte ihn zu erreichen, klingelte es erneut.

»Wo steckst du?«, hielt sich Meike Heitmann von der Abteilung für Öffentlichkeitsarbeit nicht lange mit Höflichkeiten auf. »Du hast mir gar nicht gesagt, wie prominent euer Toter war. Bei uns steht das Telefon nicht mehr still.«

Peter seufzte. »Wir mussten uns selbst erst einen Überblick verschaffen«, versuchte er sich zu rechtfertigen.

»Heute 14 Uhr Pressekonferenz!«, ordnete die Pressesprecherin knapp an.

»Das geht unmöglich, wir stehen am Anfang der Ermittlungen, da zählt jede Minute und ich kann nicht …«

»Schon gut«, schnitt Meike Heitmann ihm das Wort ab. Sie wusste, dass die meisten Ermittler diese Auftritte vor der Öffentlichkeit scheuten und Peter war da keine Ausnahme. »Ein Vertreter der Staatsanwaltschaft ist dabei, die sind ja sicher auf dem Laufenden.«

Peter atmete auf. »So gut wie.« Einer der verpassten

Anrufe war von Dr. Breithaupt, dem Staatsanwalt, den würde er umgehend zurückrufen.

*

Zur gleichen Zeit saßen Socke und Clooney in Peters Garten und unterhielten sich ebenfalls über den Mord.

»Ich glaube ja, es war der Mann mit den Tierversuchen«, mutmaßte Clooney. »Wer böse zu Tieren ist, kann kein guter Mensch sein.«

»Ein guter Mensch kann er wirklich nicht sein«, gab Socke ihr recht, »aber wir haben keine Beweise, dass er der Mörder ist. Hat Gismo was Neues erfahren?«

»Er hat mitbekommen, dass der Tote ein Schönheitsdoktor war. Was es alles gibt«, schüttelte Clooney ungläubig den Kopf.

»Aber warum sollte man so jemanden umbringen?«, wunderte sich Socke.

»Ärzte mag niemand – oder gehst du gerne zum Tierarzt?« Die Grautigerin war sich ihrer Sache sicher.

»Hm das stimmt schon, die meisten normalen Tiere machen einen Bogen um solche Leute. Aber schau dir doch Suleika an, die geht bestimmt gerne hin, und wer weiß, wie das bei den Menschen ist. Außerdem, jemanden nicht mögen und jemanden umbringen, das ist ein gewaltiger Unterschied.«

Clooney nickte verdrießlich.

»Auf alle Fälle war der Mörder ein Mann«, dachte Socke laut nach, »da waren zwei Männer an meiner Box, der eine ist jetzt tot.«

»Meinst du, du erkennst den anderen? Hast du ihn gesehen oder nur gerochen?«

»Gerochen. Und das leider nicht besonders gut, das hat so gestunken, wegen diesem Feuerwerk. Aber ich habe ihn, glaub ich, mit der Kralle erwischt.« Plötzlich wurde Socke ganz aufgeregt, »wir müssen die Box suchen, da ist vielleicht noch was dran. Dass ich da nicht eher draufgekommen bin!« Er sprang auf und machte sich auf den Weg in den Park.

»Mach hier nicht so ne Hektik!« Gemächlich, aber wieder mit besserer Laune folgte Clooney ihm.

*

Toni Boccabella nahm am Tresen des Luxusfitnessstudios Platz und sah sich um. Sofort kam ein Mädchen im Sportdress und fragte sie nach ihren Wünschen. Toni bestellte eine Apfelsaftschorle und erkundigte sich nach Mirja Schlicht. Gleich nach der Dienstbesprechung hatte sie bei dieser angerufen und sie tatsächlich zu Hause erwischt. »Ich bin gerade auf dem Sprung ins Fitnessstudio, als Model muss man zusehen, dass man in Form bleibt«, hatte ihr Frau Schlicht mitgeteilt. Toni hatte sich als Kommissarin der Kriminalpolizei Hannover vorgestellt und das Model um ein Gespräch gebeten. Diese schlug vor, sich im Studio zu treffen. »Fragen Sie nach Mirja«, riet sie ihr unbekümmert. Auf die eher neugierige als besorgte Frage, worum es denn gehe, hatte Toni auf das persönliche Gespräch verwiesen, und ihre Gesprächspartnerin war mit dieser Antwort zufrieden gewesen.

Jetzt setzte sich eine junge Frau ihr gegenüber. »Hallo, ich bin Mirja Schlicht«, stellte sie sich vor, reichte Toni die Hand und orderte ein stilles Wasser bei dem Mädchen hinter dem Tresen.

»Antonia Boccabella, von der Kripo Hannover.«

Die beiden Frauen musterten sich. Mirja war um die 20, trug einen schlabberigen Jogginganzug und sah darin so anmutig aus wie eine Primaballerina. Die blonden Haare hatte sie zum Pferdeschwanz gebunden, und um ihre Schultern lag ein Handtuch. Sie war ungeschminkt und verschwitzt, man sah ihr an, dass das hier keine Show war, sondern sie ihr Fitnesstraining ernst nahm.

»Es geht um Dr. Karl-Heinz Finkenburg. Seine Frau behauptet, Sie unterhalten eine Beziehung zu ihm«, begann Toni die Befragung.

Mirja Schlicht versteifte sich. »Was ist mit Karl-Heinz?« Die Getränke wurden serviert.

»Es tut mir leid, er ist einem Gewaltverbrechen zum Opfer gefallen. Er ist tot.«

Das Model wurde bleich »W… was? Wann?« Sie blickte sich Hilfe suchend um. »Das kann ich nicht glauben.« Sie trank hastig etwas Wasser und verschluckte sich prompt.

»Es stimmt leider, er wurde erschossen. In der Nacht zum Sonntag.« Toni ließ ihr Gegenüber nicht aus den Augen, deren Entsetzen wirkte echt.

Mirja hustete, ihre Unterlippe zitterte. »Und ich war sauer, weil er sich nicht gemeldet hat«, sagte sie mehr zu sich selbst.

»Wann haben Sie das letzte Mal mit ihm gesprochen?« Die Kommissarin zückte ihren Notizblock.

Das Model straffte die Schultern und räusperte sich. »Am Freitagabend. Ich … ich wollte nicht, dass er über Nacht bleibt, weil ich Sonnabend früh raus musste – ich war für die Fashion Airport in Düsseldorf gebucht. Er war ein bisschen eingeschnappt, weil ich die Nacht lieber allein verbringen wollte. Wenn ich gewusst hätte … Was ist denn passiert, ich meine, wie gerät man denn in Hannover in eine Schießerei?«

»Es war ein vorsätzlicher Mord und ist wahrscheinlich während der Hoteleinweihung der PharmaBel hinten bei der Messe Nord passiert. Deswegen muss ich Sie fragen, wo Sie in der Nacht zum Sonntag gewesen sind.«

»In Düsseldorf, ich bin am Sonnabendmorgen um 8.30 Uhr losgeflogen und gestern Abend so gegen acht wieder in Hannover gelandet«, erwiderte die junge Frau geistesabwesend.

»Kann das jemand bezeugen?«, stellte die Kommissarin die übliche Frage.

Ihr Gegenüber schien immer noch fassungslos und antwortete mechanisch: »Ich bin am Sonnabend zwei Schauen gelaufen, eine um 16 Uhr und eine um 21 Uhr, da gibt's jede Menge Zeugen.« Sie sah über Tonis Schulter weg aus dem Fenster und verfolgte mit den Augen ein Ruderboot, das über den Maschsee glitt. »Ich suche Ihnen gleich die Karte des Veranstalters raus, vielleicht finden Sie sogar Fotos von mir im Internet«, murmelte sie weiter. »Sonntag habe ich mich mit zwei Designern getroffen, da habe ich auch Visitenkarten.«

»Das sollte reichen, um Ihr Alibi zu überprüfen. Wir müssen das routinemäßig tun«, bedankte sich die Kommissarin.

»Ich kann's immer noch nicht glauben …«

Toni nippte an ihrem Getränk. »Ich hätte noch ein paar Fragen zu Dr. Finkenburg.«

Das Model riss sich von ihren Gedanken los und nickte ihr auffordernd zu.

»Seit wann waren Sie zusammen?«

»Seit sieben Monaten, ich habe kurze Zeit bei ihm in der Klinik als Schwesternhelferin gearbeitet, da haben wir uns kennengelernt. Er war sehr aufmerksam, hat mir Blumen geschickt und mich zu Veranstaltungen eingeladen und verschiedenen Leuten im Modelbusiness vorgestellt Als Schönheitschirurg hatte er da Kontakte.«

»Hat er Sie finanziell unterstützt?«

Sie wurde rot. »Ja, er war sehr großzügig – meine Agentur wollte zu Anfang Geld sehen, und ohne seine Unterstützung hätte ich nicht Vollzeit als Model arbeiten können.« Mirja schluchzte leise auf, vielleicht wurde ihr gerade klar, dass sich nicht nur privat so einiges in ihrem Leben ändern würde.

»Seine Frau behauptet, dass er pleite war. Der Skandal um die defekten Brustimplantate vor zwei Jahren hat ihm angeblich sehr geschadet.«

Das Model hatte sich wieder gefangen. »Das mit den Implantaten war vor meiner Zeit, aber ich habe ja in seiner Klinik gearbeitet, und da wurde ab und an erwähnt, dass früher die Zeiten besser waren. Aber wenn er tatsächlich pleite war, hat er mich das nicht spüren lassen. Im Gegenteil – er hat sogar erzählt, dass er an einer ganz großen Sache dran sei und …« Sie schluckte. »Er wollte mit mir eine Weltreise machen, sobald er geschieden wäre.«

Toni horchte auf. »Können Sie sich erinnern, was er genau gesagt hat? Und wissen Sie noch, wann er das erste Mal davon gesprochen hat?«

Mirja dachte nach. »Also das ist höchstens vier Wochen her. Er hat Pläne für eine Weltreise gemacht und meinte: ›Dann gönnen wir zwei uns mal eine richtige Erholung und fahren den Winter über ins Warme.‹ Ich war erstaunt, weil es nach einer längeren Reise klang und hab gefragt, was so lange mit der Klinik wäre. Er meinte, die müssten auch mal eine Weile ohne ihn auskommen und er sei an einer großen Sache dran, da könne er sich das locker leisten. Ich meine, das war der Wortlaut.« Sie zuckte hilflos mit den Schultern. »Genauer weiß ich es leider nicht mehr.«

Toni nahm noch einen Schluck Apfelsaftschorle. »Hat er in dem Zusammenhang irgendwelche Namen genannt?«

Mirja schüttelte den Kopf.

»Ist Ihnen sonst noch etwas aufgefallen, was jetzt eine neue Bedeutung bekommt?«

Erneutes Kopfschütteln, wieder schweifte der Blick des Models über den Maschsee. Das Ruderboot war inzwischen verschwunden.

»Wissen Sie von irgendwelchen Streitigkeiten, die er in letzter Zeit hatte? Probleme in der Klinik mit Patienten, Mitarbeitern oder Kollegen?«

»Nichts Außergewöhnliches.« Sie sah der Kommissarin in die Augen. »Es hat bestimmt unzufriedene Kunden gegeben, aber da war er sehr diskret. Ach ja, vor etwa zwei Monaten, ist so eine reiche Patientin von ihm gestorben. Das kommt in einer Schönheitsklinik nicht alle Tage vor. Aber die Frau war schon älter und hatte ein schwaches Herz.«

»Haben die Angehörigen sich beschwert oder Druck ausgeübt?«

»Nicht dass ich wüsste.«

»Und aus Ihrem Umfeld? Hatten Sie vielleicht irgendwelche eifersüchtigen Verehrer? Sie sind sehr attraktiv und stehen als Model in der Öffentlichkeit.«

Wie oft bei schönen Menschen nahm Mirja das Kompliment gar nicht als solches wahr, sondern sah es lediglich als Feststellung einer Tatsache. »Außer vielleicht meinem Exfreund war da niemand«, antwortete sie knapp.

»Und was ist mit Ihrem Exfreund?«

»Ich habe mich wegen Karl-Heinz von ihm getrennt, das gab am Anfang ein paar unschöne Szenen. Andy ist manchmal sehr impulsiv.«

Toni nahm sehr wohl wahr, dass das Model ihren aktuellen Liebhaber bei seinem doch recht sperrigen Vornamen nannte, während sie für den Ex einen Kosenamen verwendete. »Wie sahen diese unschönen Szenen genau aus?«

»Einmal hat er ihn bei mir getroffen, als er noch ein paar Sachen aus meiner Wohnung holen wollte. Da hat er ihm Schläge angedroht. Karl-Heinz wollte schon die Polizei rufen, aber Andy meinte, er mache sich die Hände doch nicht schmutzig und ist abgehauen. Und dann haben wir ihn noch mal zufällig in einer Kneipe getroffen, da hat er ihn beschimpft, einen ›geilen, alten Sack‹ hat er ihn genannt. Seine Freunde, mit denen er da war, haben Andy beruhigt, sie wollten nicht aus dem Lokal fliegen.«

»Wie ist der Name Ihres ehemaligen Freundes? Und wissen Sie, wo wir ihn finden?«

Mirja ging wohl auf, dass sie ihren Ex gerade ans Messer geliefert hatte. »Er heißt Andreas Obermeyer«, antwortete sie zögernd. »Aber ich glaube nicht, dass er … also das ist doch alles schon über ein halbes Jahr her.«

»Wir werden das berücksichtigen.« Toni hatte den Namen bereits notiert. »Lebt er hier in Hannover? Wissen Sie, was er aktuell macht?«

»Er wohnt in einer WG in Linden, er studiert Medizin. Ich nehme an, daran hat sich nichts geändert.«

*

»Herr Kerbholz hat sich für heute krankgemeldet«, hatte man Peter beschieden, als er bei dessen Arbeitgeber, einem kleinen Sanitärbetrieb in Langenhagen, anrief. Dabei lag die Betonung eindeutig auf dem Zusatz ›gemeldet‹.

Peter fuhr deshalb ohne Voranmeldung zu der Adresse in Vahrenwald, unter der Uwe Kerbholz amtlich eingetragen war.

Auf sein Klingeln meldete sich eine Stimme in der Gegensprechanlage. »Ja?«

»Guten Tag, mein Name ist Peter Flott, ich bin Hauptkommissar der Kriminalpolizei …«

»Was wollen Sie denn noch?«, krächzte es unwirsch aus dem kleinen Lautsprecher.

»Ich wollte Sie als Zeugen verhören, aber ich wüsste nicht, dass wir bereits miteinander gesprochen haben.«

»Zeuge für was?«

»Hören Sie, können wir das nicht drinnen besprechen, das muss ja nicht die ganze Nachbarschaft mithören.«

Der Türsummer ging. »Dritter Stock, Fahrstuhl ist kaputt«, kam die knappe Anweisung.

Oben erwartete ihn ein circa 30 Jahre alter, ungepflegter Mann im Jogginganzug, der offenbar auf seine Morgentoilette verzichtet hatte. Er war unrasiert, und seinen Haaren hätte ein Kamm nicht geschadet – und ein Shampoo auch nicht. Peter zeigte seinen Ausweis.

»Mordkommission?«, wich der Jogginganzugträger erschrocken zurück.

»Sind Sie Uwe Kerbholz?«

»Ja«, kam die zögernde Antwort, dann führte ihn Kerbholz in ein unaufgeräumtes Wohnzimmer und zeigte auf ein in die Jahre gekommenes ehemals beigefarbenes Sofa. Er selbst nahm im Fernsehsessel Platz und stellte den Fernseher leise.

Es roch unangenehm. Wie in einem Pumakäfig, ging es

Peter durch den Kopf. »Wir ermitteln im Mordfall Finkenburg… Dr. Karl-Heinz Finkenburg, sagt Ihnen der Name etwas?«

»Nein.« Kerbholz schien ehrlich erleichtert.

»Er wurde in der Nacht zum Sonntag erschossen. Im Park des neuen Messehotels in Mittelfeld am Karl-Schurz-Weg.«

Sein Gegenüber zuckte zusammen, blickte nervös im Zimmer umher. Sein Blick blieb an einem großen quadratischen Behälter in der Ecke hängen. Einem Katzenklo, wie Peter jetzt erkannte und zwar nicht besonders sauber – daher auch der Geruch.

»Wo waren Sie am Samstagabend?«, fragte der Kommissar.

Diese Frage schien Kerbholz noch nervöser zu machen. Er fuhr sich mit der Hand durch die Haare.

»Ich wollte bloß dieses blöde Vieh loswerden«, stieß er dann heftig hervor, »ich habe niemanden gesehen und diesen Dr.-was-weiß-ich kenne ich gar nicht.«

»Welches Vieh wollten Sie loswerden?«, hakte Peter nach.

»Diese blöde Kuh vom Tierschutzverein hat mir so ein Katzenvieh aufgeschwatzt – nur vorübergehend, haha, dass ich nicht lache!« Kerbholz wurde beim Reden immer lauter und schlug schließlich wütend mit der flachen Hand auf den Tisch. »Dann war sie nicht mehr zu sprechen.«

»Und da haben Sie die Katze im Park an der Messe ausgesetzt?«, reimte sich Peter zusammen.

»Ja, aber ich habe keinen umgebracht.«

»Wieso sind Sie ausgerechnet durch die halbe Stadt zur Messe gefahren?«

»Ich kannte die Ecke noch von der Demo, dachte, das wäre 'ne gute Idee, weil mich keiner damit in Verbindung

bringt … Haben die mich gesehen?«, fragte Uwe Kerbholz aggressiv.

»Wen meinen Sie mit die?«

»Na, da waren doch schon wieder welche vom Tierschutzverein, haben so eine lächerliche Mahnwache abge-
halten«, spuckte er das Wort quasi aus.

»Haben Sie gesehen, wer bei dieser Mahnwache betei-
ligt war?« Peter zückte sein Notizbuch.

»Naja, eigentlich war's schon zu dunkel, aber ich dachte,
Alexa wäre dabei gewesen. Die ist beim Tierschutzverein,
Alexa Stein. Es waren aber mindestens drei.«

Peter notierte sich den Namen. »Sie haben also nicht
mit ihnen gesprochen?«

»Bin ich des Wahnsinns?« Wieder dieser aggressive
Unterton.

»Ist Ihnen sonst noch jemand begegnet?«

»Begegnet ist mir gar niemand! Wer hat mich denn ver-
pfiffen?« Kerbholz richtete sich halb aus seinem Fernsehsessel auf und sah Peter herausfordernd an.

»Sie hätten den Katzenkorb mit Ihren Fingerabdrü-
cken nicht dalassen sollen.« Der Kommissar konnte seine
Schadenfreude nur schwer verbergen, der Typ war ihm
unsympathisch. Obwohl so eine Regung natürlich mehr
als unprofessionell war, wünschte er insgeheim, den Mörder vor sich zu haben.

Kerbholz haute erneut auf den Tisch. »Scheiße!«, entfuhr es ihm. »Hätte nicht so viel saufen sollen«, versuchte
er Peter abzulenken.

Der zuckte nur mitleidig die Schultern, was sein Gegenüber natürlich noch mehr in Rage brachte. Dann förderte
er das vorbereitete Wattestäbchen in einem Kunststoff-
röhrchen der Spurensicherung zutage. »Haben Sie etwas

dagegen, wenn wir eine Speichelprobe von Ihnen entnehmen?«

»Und wenn nicht?«

»Dann muss ich mir eine richterliche Verfügung besorgen, dauert vielleicht eine Stunde.« Das war reichlich übertrieben, aber es wirkte.

»Geben Sie schon her«, verlangte Uwe Kerbholz.

»Das mach besser ich, öffnen Sie bitte den Mund.«

*

Da wäre sie gerne mal Patientin gewesen. Nicht dass Lisa sich eine Schönheits-OP wünschte, aber die Klinik von Dr. Finkenburg in Hannover-Buchholz erinnerte mehr an einen luxuriösen Wellnesstempel als an ein Krankenhaus. Sie betrat den großzügigen Empfangsbereich im Stil eines Wintergartens. Hellgrauer Granitfußboden, Sitzgruppen aus weißen Rattanmöbeln, exotische Pflanzen und in der Mitte des Raumes ein kleiner Teich mit Springbrunnen, fehlte nur noch das Vogelgezwitscher. Der Empfangstresen hätte auch eine Bar sein können. Eine ausnehmend attraktive Mittdreißigerin fragte sie mit einem strahlenden Lächeln nach ihren Wünschen.

Lisa zeigte ihren Ausweis. »Ich habe einen Termin mit Dr. Jankowitz.«

Das Lächeln wurde eine Spur gezwungen. »Kleinen Moment bitte.« Die junge Frau nahm den Telefonhörer in die Hand und drehte ihr den Rücken zu.

Kurz darauf betrat ein großer, schlanker Mann im Arztkittel den Vorraum und eilte auf Lisa zu.

»Frau Sander?« Er gab ihr die Hand. »Ich bin Dr. Carsten Jankowitz, wir haben telefoniert?«

Lisa nickte. Der Arzt war etwa 50 Jahre alt und passte ins Ambiente: gutaussehend, gepflegt, dunkle Haare mit grauen Schläfen. Er musterte Lisa interessiert und lächelte.

»Gehen wir am besten in mein Büro«, riss er sie aus ihren Gedanken. Über einen lichtdurchfluteten Flur führte er sie in einen vergleichsweise spartanisch eingerichteten Raum, schob ihr den einzigen Besucherstuhl zurecht und setzte sich selbst hinter den Schreibtisch.

»Sie wissen bereits Bescheid«, eröffnete Lisa das Gespräch.

Es war mehr eine Feststellung als eine Frage, denn sie hatte von der Witwe erfahren, dass die Verwaltung der Klinik vorerst von Finkenburgs Rechtsanwalt übernommen worden ist. Dieser hatte wiederum als kommissarischen Leiter einen befreundeten Kieferorthopäden eingesetzt, der einige Belegbetten im Haus unterhielt. Sie hatte diesen angerufen, und Herr Jankowitz war direkt zu einem Gespräch bereit gewesen.

»Ja, der Rechtsanwalt von Karl-Heinz hat mich benachrichtigt. Deswegen bin ich jetzt hier«, lächelte er Lisa unverbindlich an. »Ich habe die meisten meiner eigenen Termine heute verschieben können und bin gerade dabei, mir hier einen Überblick zu verschaffen.«

Dass es der Klinik finanziell momentan eher mittelmäßig ging, hatte Lisa vom Rechtsanwalt erfahren. Ohne die Belegbetten seines Kollegen und Freunds Jankowitz wäre es sogar ein Minusgeschäft gewesen. »Und wie lautet Ihr Fazit aus beruflicher Sicht?«, erkundigte sie sich.

»Ja, es gibt zurzeit keine großen Herausforderungen. Zwei Patientinnen erholen sich von ihrer Brust-OP, drei von ihrem Facelifting und eine von einer Nasen-OP. Alles ohne Komplikationen. Mehr Patienten hatten wir nicht übers Wochenende. Fettabsaugen legen wir meistens so, dass die Kunden am Wochenende wieder zu Hause sind. Botox ist sowieso ambulant. Also nicht viel los. Die Termine, die für heute geplant waren, habe ich verschoben. Ich mache gleich Visite und bin dann erst heute Nachmittag zu einigen Besprechungsterminen wieder da.« Erneutes Lächeln, eine Spur verbindlicher, »es sei denn, ich kann Ihnen irgendwie helfen. Für Sie nehme ich mir gerne Zeit.« Ein tiefer Blick aus strahlend blauen Augen.

»Äh … nein. Das heißt doch.« Lisa wurde rot und ärgerte sich über sich selbst. Sie benahm sich wie ein Backfisch, nur weil ein attraktiver Mann ein bisschen mit ihr flirtete. »Hatte Dr. Finkenburg in letzter Zeit Schwierigkeiten mit Patienten oder jemandem vom Klinikpersonal? Gab es vielleicht Streit oder Klagen?«

Jankowitz dachte kurz nach, dann schüttelte er bedauernd den Kopf. »Glauben Sie mir, darüber habe ich mir auch schon den Kopf zerbrochen. Aber wenn, dann habe ich davon nichts mitbekommen. Sie wissen sicher von den defekten Brustimplantaten, das war eine schlimme Zeit für ihn. Aber das ist eine Weile her. Letztendlich ist er noch mit einem blauen Auge davongekommen. Der einzige ungewöhnliche Vorfall, wenn man das so nennen kann, war der Tod einer seiner Patientinnen vor zwei Monaten. Hier in der Klinik hatten wir das bisher nicht.«

»Können Sie mir Näheres darüber erzählen, wer war die Patientin?«

»Ich bin natürlich an die ärztliche Schweigepflicht gebunden, aber so viel kann ich sagen – sie ist an einem Herzinfarkt gestorben, Karl-Heinz traf keine Schuld.«

Wieder schenkte er ihr einen tiefen Blick. Lisa räusperte sich. »Die Angehörigen könnten anderer Meinung gewesen sein.«

»Davon weiß ich nichts. Ich war allerdings zum fraglichen Zeitpunkt nicht da. Ich habe an einem Kongress in London teilgenommen und noch ein paar Tage Urlaub drangehängt«, fügte er entschuldigend hinzu.

»Können Sie mir den Namen der Patientin nennen und die Adresse eines Angehörigen?«

»Die kann ich Ihnen raussuchen lassen.« Er drückte eine Taste der Gegensprechanlage auf seinem Schreibtisch.

»Ja bitte?«, meldete sich eine weibliche Stimme.

»Frau Gräfe-Schauer, hier ist eine junge Frau von der Kripo wegen Dr. Finkenburg. Können Sie bitte einen kleinen Moment zu uns in mein Büro kommen?«

Kurz darauf klopfte es, und eine ältere Dame im praktischen Etuikleid trat ins Zimmer.

»Frau Gräfe-Schauer, Sekretärin von Dr. Finkenburg – Kommissarin Lisa Sander von der Kripo Hannover«, stellte Dr. Jankowitz die beiden Frauen einander vor. Lisa schluckte trocken. Der Mann hatte Charme und wusste ihn einzusetzen, sowohl ›die junge Frau‹ als auch die Tatsache, dass er sich an ihren Vornamen erinnerte, schmeichelte ihr.

Der Arzt erklärte Finkenburgs Sekretärin kurz das Anliegen der Kommissarin, dann fragte er: »Brauchen Sie mich noch? Ich würde Sie sonst in die Obhut von Frau Gräfe-Schauer geben und mich verabschieden.«

»Danke, im Moment ist das alles«, antwortete Lisa ein kleines bisschen enttäuscht, dass er es plötzlich so eilig hatte.

Dann reichte Jankowitz ihr aber noch seine Karte, »Meine private Adresse und Telefonnummer – für dringende Fälle.« Ein letzter Blick aus tiefblauen Augen. »Auf Wiedersehen, Frau Sander.«

»Auf Wiedersehen.« Einem begossenen Pudel nicht unähnlich, schaute Lisa dem Arzt hinterher.

»Der weiß, wie er die Frauen um den Finger wickelt.«
Frau Gräfe-Schauer lachte, »hach, wenn ich ein paar Jahre
jünger wäre. Er ist nämlich noch Junggeselle.«

Sie zwinkerte Lisa verschwörerisch zu. Die hatte sich
inzwischen gesammelt. »Danke, dass Sie mir weiterhel-
fen wollen.«

Daraufhin besann sich die Sekretärin auf den Grund
ihrer Anwesenheit und bat Lisa ins Büro ihres Chefs.

Im Gegensatz zu Jankowitz' Zimmer war dieses sehr
repräsentativ. Ein großer massiver Eichenholzschreibtisch,
eine Sitzecke mit Ledermöbeln, in den Regalen Fachlite-
ratur und dekorative Kunstobjekte.

»Nehmen Sie bitte Platz«, bat die Sekretärin. »Ich suche
die Akte und stelle zusammen, was ich Ihnen geben darf.
Sie wissen ja – Schweigepflicht.«

Lisa nickte. »Wie war Dr. Finkenburg denn so als Chef?«

Seine Sekretärin hielt kurz inne und lächelte versonnen.
»Er war ein Charmeur, er liebte die Frauen – vielleicht ist
er deshalb Schönheitschirurg geworden. Allerdings war er
immer korrekt uns gegenüber«, beeilte sie sich hinzuzufügen.

Lisa machte sich in Gedanken eine Notiz, vielleicht konnte
sie gleich noch mit der einen oder anderen Angestellten sprechen. So, wie sie es bis jetzt gesehen hatte, schien der Großteil
des Klinikpersonals weiblich und zumeist attraktiv zu sein.

Frau Gräfe-Schauer gab ihr einen Zettel, »hier der Name
der verstorbenen Patientin und Name und Telefonnummer
ihres Ehemanns.«

Lisa bedankte sich. »Können Sie sich noch an die Dame
erinnern?«

»Klar, eine reiche Amerikanerin, wie es das Klischee
will. Sie hatte andauernd irgendwelche Sonderwünsche,

allein mit der Verpflegung war eine Person rund um die Uhr beschäftigt. Wir mussten extra Geschirr für sie besorgen«, rümpfte sie die Nase.

»Was hat diese anspruchsvolle Patientin denn hier machen lassen?«

»Eine Antifaltenbehandlung, hier steht mit Botox.« Frau Gräfe-Schauer hatte einen Blick auf den PC geworfen. »Das war ein ziemliches Theater«, erinnerte sie sich, »außer dem Chef durfte bei ihr niemand ran.«

»Und warum war sie dann überhaupt stationär hier? Dr. Jankowitz sagte mir, Behandlungen mit Botox würden ambulant vorgenommen«, wollte Lisa wissen.

»Normal schon, aber die Dame hatte gleich mehrere Sitzungen gebucht, war ja extra aus den USA angereist. Ich nehme an, der Chef hat noch ein bisschen Brimborium gemacht, wurde ja gut bezahlt.«

»Wurde es das?«, horchte die Kommissarin auf.

»Na ja, wäre bezahlt worden – nachdem die Patientin verstorben war, hat man auf das Stellen einer Rechnung verzichtet. Das ist auch wieder so typisch. Bei den Reichen wird immer so ein Theater gemacht – einen armen Schlucker hätten sie bestimmt zur Kasse gebeten«, regte sich die Sekretärin auf. »Es ist doch immer dasselbe. Wahrscheinlich hatte der Chef Angst, dass irgendwas an die Presse geht. Diese Großkopfeten machen gerne viel Lärm um nichts.«

»Gab es denn irgendwie Stress mit den Angehörigen oder dem Ehemann?«, wollte Lisa wissen.

»Nein«, lenkte Frau Gräfe-Schauer ein, »der war wahrscheinlich froh, dass er sie los war.«

*

Eigentlich müsste er an seiner Hausarbeit weiterarbeiten, aber die Lasagne, die er heute Mittag in der Mensa gegessen hatte, lag ihm im Magen, und er überlegte, ob er sich erst noch einen Tee kochen sollte. Schließlich siegte die Faulheit, und er setzte sich mit einem Glas Leitungswasser an den Küchentisch ihrer WG-Wohnung. Andreas Obermeyer lebte seit eineinhalb Jahren in einer Wohngemeinschaft mit seinen beiden Freunden Udo und Mike, beides Architekturstudenten. Udo war ein Schulkamerad und Mike Udos Kommilitone. Da kleine Wohnungen für ein schmales Studentenportemonnaie nahezu unerschwinglich waren, hatten die drei sich zusammengetan und gemeinsam die Vier-Zimmer-Wohnung in Hannovers Stadtteil Linden gemietet.

Das Telefon klingelte. Kein Handy, sondern der Festnetzanschluss. Bestimmt wieder eine von Udos zahlreichen Freundinnen. Es gelang ihm fast immer, seinen neuen Bekanntschaften seine Handynummer vorzuenthalten. Doch die besonders Hartnäckigen unter seinen Eroberungen schafften es, zumindest den Festnetzanschluss rauszukriegen. Deshalb vermied es Udo auch konsequent an das Telefon der Wohngemeinschaft zu gehen, und Andreas und Mike hatten schon eine gewisse Übung darin, die jungen Damen zu beruhigen oder zu trösten. Was Frauen anging, war Udo ein Luftikus. Mike und Andreas waren da anders. Mike hatte seit vielen Jahren eine feste Freundin und Andreas trauerte immer noch ein bisschen seiner Exfreundin Mirja hinterher. Aber das wollte er ändern. Er hatte sich fest vorgenommen, sich zum nächsten Semesterbeginn eine flotte Kommilitonin anzulachen. Andere Mütter haben auch hübsche Töchter. Vielleicht war das am Telefon gerade seine Traumfrau, dachte er noch, als er den Hörer abhob und sich meldete.

»Hallo, ich bin's.«

»Mirja!« In dem Moment, als es raus war, dachte er, was das für einen uncoolen Eindruck machen musste. Sie hatten seit über einem halben Jahr nichts mehr voneinander gehört und er erkannte sie nach dem ersten Wort. »Was willst du?«, setzte er deshalb unwirsch hinzu.

»Ich … wollte mal hören, wie es dir so geht«, kam es zaghaft aus dem Hörer.

»Danke gut. Hat dein Lover sich 'ne Neue gesucht oder wieso das plötzliche Interesse?« Je mehr er sich die Situation vor Augen führte, desto wütender wurde er.

»Er ist tot«, flüsterte Mirja am anderen Ende.

»Was?« Andreas setzte sich, »am Samstagabend sah er aber noch ganz munter aus.«

»Was hast du mit ihm am Samstagabend gemacht?« Ihre Stimme klang erschrocken.

»Beruhige dich. Ich habe deinem Schatzi kein Haar gekrümmt – ich sage doch, er sah gesund aus. Was ist denn passiert? Er hat doch nicht etwa einen Herzinfarkt in deinem Bett gekriegt und ich soll dir jetzt helfen, die Leiche verschwinden zu lassen.« Die Situation war einfach zu grotesk, um sich nicht darüber lustig zu machen.

Mirja begann zu weinen, und sofort bereute Andreas seine flapsigen Worte. »Beruhig dich, war doch nicht so gemeint. Bist du in Schwierigkeiten?«

»Ich nicht«, schluchzte Mirja, »aber so wie sich das anhört, du.«

*

Leider hatten Socke und Clooney im Park keine Spur von einem Katzenkorb gefunden, stattdessen war alles niedergetrampelt gewesen, und überall waren so viele unterschiedliche menschliche Gerüche, dass sie schließlich frustriert ihr Vorhaben aufgaben, den vermeintlichen Mörder am Geruch zu erkennen. Nach diesem Tiefschlag hatte Socke eigentlich noch ein bisschen Mäusefangen trainieren wollen, aber Clooney schlug vor, sich im Hotel umzusehen. Die Vorstellung, dort eventuelle Spuren zu finden, überzeugte Socke schnell, und so schnürten die beiden jetzt zu dem großen Gebäude auf der anderen Seite des Parks. Dass Clooney bei ihrem Vorschlag mehr an die Hotelküche gedacht hatte, verschwieg sie ihrem Katzenkumpel. Sie war vor einigen Tagen in der Nähe des Gebäudes gewesen und hatte dort durch einen Abzugsschacht köstliche Essensgerüche wahrgenommen. Und so war es eher ihr stetiger Appetit und weniger der Entdeckerdrang, der die mollige Katze jetzt Richtung Hotel zog. Dort gab es einen idyllischen Außenbereich, und da es zurzeit sommerlich warm war, saßen hier ein paar ältere Damen und ließen sich Kaffee und Kuchen schmecken. Clooney steuerte direkt auf sie zu.

»Halt!«

Unwillig hielt die pummelige Grautigerin inne.

»Wir können da doch nicht so einfach reinplatzen, die verjagen uns doch«, gab Socke zu bedenken.

»Hast du gesehen, was die auf den Tellern haben?«, jammerte Clooney, »auf jeden Fall was mit viel Sahne.« Sie schluckte.

Unbeeindruckt schlich der Kater dicht an der Hauswand entlang auf die offene Tür zu. Mit einem letzten sehnsüchtigen Blick auf die Sahneberge folgte ihm Clooney. In dem Moment, als sie die Tür erreichten, entdeckte eine der Kuchenesserinnen die Katzen. »Miez miez miez«, lockte sie.

Es handelte sich offenbar um eine Katzenfreundin. Clooney ließ sich nicht zweimal bitten und wetzte auf den Tisch zu.

Socke dagegen nutzte die Gunst der Stunde, da alle Aufmerksamkeit auf seine Artgenossin gerichtet war, und verschwand im Gebäude. Und während Clooney sich kaum entscheiden konnte, welchen der sahnegetränkten Finger sie zuerst ablecken sollte, sah sich der Kater im Inneren des Hotels um.

Dort herrschte wenig Betrieb. Die junge Dame, die am Empfang ihren Dienst versah, blätterte gelangweilt in einer Zeitschrift und ließ nur ab und zu ihren Blick über die Sitzgruppe schweifen. Außer einem Mann mittleren Alters, der konzentriert in seinen Laptop starrte, war diese menschenleer. Socke konnte unbemerkt daran vorbeischlüpfen. Er gelangte zu einer breiten Treppe, die mit einem weichen hellbraunen Teppich ausgelegt war. Seine Pfoten versanken fast, als er zum ersten Stock hochstieg. Hier führten zwei Flure zu den eigentlichen Hotelzimmern. Socke wählte den linken, weil er hier Stimmen aus einer der Türen hörte, und weil diese Tür – im Gegensatz zu den restlichen – geöffnet war. Davor stand ein großer metallener Behälter mit Rädern. Socke schnüffelte. Das Ding roch scharf, nach Putzmitteln und ein bisschen nach Abfall, keine besonders angenehme Mischung. Der Kater lugte vorsichtig in den Raum. Hier war gerade eine kleine rundliche Frau mit kurzen blonden Haaren damit beschäftigt aufzuräumen. Eine andere weibliche Person, die etwas älter wirkte und die dunkelbraunen Haare zu einem strengen Pferdeschwanz zusammengebunden hatte, gab ihr dabei Anweisungen, was sie wie zu tun habe.

»So, jetzt legst du noch das da auf die Kopfkissen. Und dann bist du mit diesem Zimmer fertig.« Sie gab der Blonden zwei Leckerchen für Erwachsene. Schokolade, mutmaßte Socke. Ein Kind im Tierheim hatte ihm einmal welche zum Probieren gegeben, sein Geschmack war es nicht, aber Kinder liebten diese Süßigkeit, und auch viele Erwachsene waren verrückt danach. Die Frau drapierte die Täfelchen, wie man ihr geheißen hatte.

»Gut gemacht!«, lobte die Ältere, wahrscheinlich die Chefin, und die beiden traten auf den Flur.

Der Kater brachte sich schnell hinter dem Wagen in Sicherheit.

»Wir holen dir jetzt einen eigenen Wagen und dann kannst du alleine weitermachen«, erklärte die Braunhaarige ihrer Mitarbeiterin weiter. »Wenn du Fragen hast, weißt du ja, wo ich bin.«

Die beiden Zimmermädchen steuerten eine Art Abstellkammer an. Dort standen noch mehr von den streng riechenden Wagen herum, und in der Ecke stapelte sich der Müll, den die Hotelgäste offenbar in ihren Zimmern zurückgelassen hatten. Socke suchte hinter einem der Metallcontainer neben den Plastikmüllsäcken Deckung.

»Hast du diesen ermordeten Arzt eigentlich mal hier getroffen?«, fragte die Jüngere ihre Kollegin. Socke reckte den Hals und spitzte die Ohren, das interessierte ihn auch.

Die andere Frau schüttelte bedauernd den Kopf, »der war nur zu Besprechungen mit dem Chef da. Übernachtet hat er nicht. Aber die Barbara aus dem Servicebereich, die hat ihm dort mal einen Kaffee serviert.«

»Und?«, wollte die Blonde wissen. Der Kater lauschte gebannt.

»Barbara sagt, er hat sie so ganz komisch angeschaut, als wollte er sie mit Blicken ausziehen.« Die Pferdeschwanz-Frau zog angewidert die Nase kraus.

Ihre Mitarbeiterin war anderer Meinung: »Der hat wahrscheinlich bloß überlegt, was er bei Babsi alles operieren könnte. Das war doch sein Beruf.«

»Ach das glaub ich nicht, unsereiner kann sich doch so etwas gar nicht leisten.« Die Chefin blieb skeptisch.

»Klar, können wir uns das leisten. Die machen dauernd Sonderangebote. Ich habe mich auch mal erkundigt, wegen Fettabsaugen – aber dann hatte ich doch Schiss«, gestand die pummelige Blondine. »Aber die haben wirklich bezahlbare Preise. Die Konkurrenz schläft schließlich nicht. Was meinst du, warum diese Billigimplantate damals verwendet wurden, das ist ein harter Preiskampf in der Branche – stand doch auch in der Zeitung.«

»Was du alles weißt«, kam es erstaunt zurück. Socke war ebenfalls beeindruckt und versuchte, sich jedes Wort zu merken. Vor allem das mit der Konkurrenz – der Kater wusste, dass sich tierische Rivalen mit Krallen und Zähnen bekämpfen konnten. Bei Menschen vielleicht mit Pistolen.

»Nach dem Skandal war es für diesen Doktor wahrscheinlich noch härter«, mutmaßte die Jüngere. »Jedenfalls wirbt er immer noch mit Sonderangeboten, aber ich habe mich dann doch nicht getraut, was machen zu lassen«, bekannte sie kleinlaut. »In der Bild-Zeitung haben sie nämlich über eine Frau berichtet, die wäre fast gestorben. Das war wegen einem kaputten Implantat. Und dann wurde sie außerdem noch von ihrem Mann verlassen und man hat ihr zu allem Übel gekündigt ...«

Der Kater lauschte fasziniert, da eröffneten sich ja jede Menge Motive und Verdächtige. Die Blonde brachte unentwegt weitere Beispiele. Ihre dunkelhaarige Chefin schien unterdessen das Interesse an den Erzählungen ihrer

Kollegin zu verlieren, entschlossen zog sie den Metall-container, hinter dem sich Socke verschanzt hatte, Richtung Tür. Der Kater hüpfte erschrocken zur Seite und warf dabei eine der Flaschen um. Ausgerechnet die war noch nicht ganz leer gewesen, und so breitete sich augenblicklich eine Rotweinlache vor ihm aus.

»Was war das?« Die im Gehen begriffenen Frauen wandten sich um und besahen sich das Malheur. Socke presste sich inzwischen an die Wand hinter einem weiteren Container und widerstand dem Drang, seine rotweingetränkte Hinterpfote trocken zu lecken.

»Was für eine Sauerei«, kommentierte die Ältere, während ihre Kollegin mit einem Scheuerlappen die Flüssigkeit aufzunehmen versuchte.

Socke hielt die Luft an und quetschte sich noch enger an die Mauer. Plötzlich gab die allerdings hinter ihm nach, und er rutschte mit den Hinterpfoten durch eine Klappe in den Wäscheschacht.

»Da ist doch was.« Eine der beiden Frauen näherte sich dem Kater, der jetzt wenig anmutig in der Luft hing und sich bemühte, möglichst geräuschlos wieder Boden unter seine Hinterfüße zu kriegen. Gerade als der Kopf des Zimmermädchens über dem Container erschien, verlor Socke vollends den Halt.

»Eine Maus?«, hörte er die Dame noch panisch kreischen, dann stürzte er in die Tiefe.

Aber er fiel weich und fand sich in einer Wanne voller Wäsche wieder.

Maus!, dachte er verächtlich schnaubend, dann hörte er Stimmen, diesmal männliche.

»Noch zwei Wagen voll. Einmal Handtücher und einmal Bettwäsche«, sagte die eine gerade. Ein älterer, grauhaariger Mann in einem weißen Kittel betrat den Raum. Schnell hopste Socke aus der Wanne und verschanzte sich abermals hinter einem Metallcontainer, von denen hier ebenfalls zwei an der Wand standen.

»Hast du das gesehen?« Der Mann wandte sich an einen weiteren Weißbekittelten mit kurzen schwarzen Haaren und Vollbart. »Ich glaube, da war eine Ratte.«

Socke hatte Mühe, sich ruhig zu verhalten. Ratte! Das wurde ja immer besser.

»Von wegen Ratte, schau dir das mal an.« Der Bärtige zeigte seinem Kollegen einen Kissenbezug, der deutlich sichtbar Sockes Pfotenabdruck trug. »Sieht eher nach einem Hund aus.«

»Ich fasse es nicht!« Der Grauhaarige schüttelte ungläubig den Kopf. »Jetzt vergessen die Leute schon ihre Töle im Hotel. Den müssen wir suchen, nicht dass der bei 90 Grad mitgewaschen wird.«

Die Männer beugten sich über die beiden Container und begannen die Wäsche durchzuwühlen. Dabei gaben sie lockende Laute und aufmunternde »komm Fiffi« oder »hier ist das Leckerli« von sich. Die zwei waren so beschäftigt, dass der Kater unbemerkt aus der Waschküche schleichen konnte. Kaum draußen gab er Fersengeld – Hund!, dachte er dabei entrüstet.

*

Fritz Eberhard war der Letzte, der kurz nach 16 Uhr den Besprechungsraum betrat.

»Entschuldigt bitte, ich hatte gerade den Staatsanwalt am Telefon, der wollte noch ein paar Fragen wegen unseres Antrags auf Konteneinsicht loswerden.« Er ergriff Kaffeekanne und Becher, die Lisa vorher aus der Cafeteria mitgebracht hatte, und schenkte sich ein.

»Ist alles geklärt oder soll ich mit ihm sprechen?«, erkundigte sich Peter.

»Nein, alles in Ordnung, er hat schon unterschrieben und lässt es sofort an die Bank faxen.« Fritz sah sich suchend um: »Gibt's heute keinen Kuchen?«

»War leider schon alle.« Bedauernd zuckte Lisa mit den Schultern.

»Moment!« Fritz sprang auf und holte aus einem Aktenschrank eine angebrochene Packung Kekse. Die Kollegen bedienten sich.

»Schon ein bisschen hart«, entschuldigte sich Fritz und stippte das Gebäck in seinen Kaffee.

Peter wischte die Krümel von seinem Notizblock. »Dann kann es ja jetzt losgehen, ich fange gleich mal an«, kam er wieder zum Dienstlichen zurück. »Ich habe mit Professor Kremski telefoniert. Einzelheiten erspare ich Euch.« Er blätterte langsam durch seine Notizen. »Er hat das Projektil entfernt und an die Spusi gegeben, dazu gleich. Soweit gibt es keine Überraschungen, Finkenburg war in guter körperlicher Konstitution, keine Auffälligkeiten. Aufgrund seines Mageninhalts konnte der Todeszeitpunkt auf ziemlich genau 23.15 Uhr festgelegt werden. Das Feuerwerk hat um 23 Uhr begonnen, der Täter hat also die Geräuschkulisse genutzt. Ob das von vornherein so geplant war, kann man nicht sagen.« Peter schaute in die Runde. »Das war's von der Obduktion.«

Er nahm einen Schluck aus seiner Kaffeetasse, »jetzt zur Mordwaffe, es handelt sich um eine Walther P22, ein ziemlich gängiges Model, wird häufig als Sportwaffe genutzt. Ja, mehr habe ich dazu leider nicht zu sagen.«

Er griff nach einem Keks, überlegte es sich dann aber anders und legte ihn vor sich auf den Tisch. »Noch schnell zu meiner Zeugenbefragung, dann seid ihr dran.«

Fritz nickte.

Lisa biss krachend in einen Keks.

Toni sah ungeduldig auf die Uhr, wie immer konnte es ihr nicht schnell genug gehen.

»Dieser Uwe Kerbholz ist bedauerlicherweise auch keine heiße Spur, er wurde nämlich Samstagnacht von den Kollegen der Verkehrspolizei im Rahmen einer Alkoholkontrolle angehalten. Ich habe das überprüft, sie haben ihn um 22.50 Uhr aufgegriffen, und er war so betrunken, dass sie ihn direkt zur Blutkontrolle gebracht haben. Bis circa ein Uhr hat er also ein Alibi. Damit fällt er als Täter aus.«

»Schade«, meinte Lisa, »wäre doch mal schön gewesen, einen Mordfall in so kurzer Zeit zu lösen.«

»Unserer Statistik hätte es enorm geholfen«, haute Toni in die gleiche Kerbe.

»Immerhin habe ich noch seine DNA, so können wir zumindest überprüfen, ob das Blut am Katzenkorb von ihm ist. Sein könnte es, er hat zugegeben, in der Nacht eine Katze dort ausgesetzt zu haben.« Peter dachte wieder an seinen pelzigen Hausgast – es war an der Zeit für einen Besuch im Tierheim. Dann schaute er in die Runde.

»Das Gespräch mit der Geliebten Mirja Schlicht war wenigstens ein bisschen aufschlussreicher«, begann Toni. »Die junge Dame scheint nicht sonderlich traurig über den Tod ihres Lovers zu sein. Sie war zwar erschüttert, dass er ermordet wurde, aber sie hat freimütig zugegeben, dass es von ihrer Seite eher eine Zweckbeziehung war. Sie hat ein Alibi, das habe ich überprüft. Aber ich habe ein paar interessante Dinge von ihr erfahren: zum einen hat

Finkenburg in naher Zukunft eine größere Geldsumme erwartet – woher konnte sie mir leider nicht sagen, vielleicht gibt die Kontenübersicht Aufschluss.« Toni nickte in Richtung ihres Kollegen Fritz. »Und dann gab es vor circa zwei Monaten in der Schönheitsklinik einen Todesfall, angeblich ging zwar alles mit rechten Dingen zu, aber die Schlicht wusste nichts Näheres.«

»Da kann ich gleich was dazu sagen«, schaltete sich Lisa ein.

»Und schließlich«, fuhr Toni fort, »hat die junge Dame einen eifersüchtigen Exfreund, sein Name ist Andreas Obermeyer. Und ein Andreas Obermeyer steht auf der Liste der Leute, die Dr. Finkenburg am Vormittag seiner Ermordung angerufen haben.«

Triumphierend sah sie in die Runde.

»Zu dem habe ich auch noch was«, warf diesmal Fritz ein.

Toni beugte sich interessiert zu ihm vor, aber Peter nickte zunächst Lisa zu, woraufhin sich die junge Frau zurücklehnte und die Arme vor der Brust verschränkte.

»Ja, Toni hat es schon gesagt«, begann Lisa, »vor zwei Monaten ist in der Klinik eine reiche US-Amerikanerin gestorben, Lucinda Tyler. Angeblich eines natürlichen Todes. Die Sekretärin hat ein bisschen geplaudert, trotz Schweigepflicht.« Lisa grinste, »die reiche Dame war wohl nicht sonderlich beliebt. Angeblich hatte sie mehrere Anti-Falten-Behandlungen mit Botox, aber Finkenburg hat darum ein großes Geheimnis gemacht – kein anderer durfte an sie ran. Das haben mir ein paar Schwestern bestätigt.« Sie schenkte sich Kaffee nach und fuhr fort, »ich treffe mich morgen mit dem trauernden Witwer. Er ist den August über in der Stadt. Die Verstorbene hatte hier in Hannover nämlich mehrere Bekleidungsgeschäfte und einen Zweitwohnsitz im Zooviertel, sonst wäre sie wohl auch nicht auf die Idee gekommen, hier eine Schönheitsbehandlung machen zu lassen.«

»Und was wird sonst so in der Klinik über unseren Doktor gesprochen?«, wollte Peter wissen.

»Der Gute war wohl ein Frauenheld – die Hotelmanagerin hat auch soetwas in der Richtung gesagt. Er hat sich gerne mit dem schönen Geschlecht umgeben – das Personal in der Klinik ist tatsächlich ausnahmslos weiblich.«

Toni schnaubte verächtlich. »Das nenne ich Frauenquote.«

»Allerdings. Er war angeblich ein angenehmer Chef, hat zwar gerne geflirtet, konnte aber ein Nein akzeptieren«, runzelte Lisa zweifelnd die Stirn.

Toni gab ein leises »dass ich nicht lache« von sich.

»Naja, abgesehen davon hatte er genug Auswahl«, nahm Lisa den Faden wieder auf. »Und zumindest hat ihn nie eine seiner Angestellten wegen sexueller Belästigung angezeigt, und es gibt auch keine Gerüchte, dass da was unter den Teppich gekehrt worden wäre. Mehr konnte ich dazu leider nicht in Erfahrung bringen.«

»Und bei dir, Fritz?«

»Der Name Andreas Obermeyer steht nicht nur auf der Telefon-, sondern auch auf der Gästeliste.«

Peter zog die Augenbrauen hoch. »Da schau her, dann sollten wir uns den genauer anschauen.«

»Er hat als Bodyguard auf der Veranstaltung gearbeitet.« Fritz trank seinen Kaffee aus und begann, mit einem Löffel die Keksreste aus der Tasse zu kratzen. »Ich habe mit der Hotelmanagerin telefoniert, die sagte, Klaus Zuber, der Leiter dieses Pharmakonzerns, hat ihn angeheuert. Die Ausschreitungen auf der Demo neulich haben ihn wohl so verunsichert, dass er sich auf eigene Faust um Personenschutz gekümmert hat.«

Fritz ließ sich die bräunliche Masse von seinem Kaffeelöffel schmecken und schaute kurz in die Runde. »Dann zu diesem Anton Killian von der Telefonliste, der war ebenfalls auf der Feier, er ist der Chefchemiker der PharmaBel und hat an dem Abend mit seinem Chef zusammen noch ein neu zugelassenes Anti-Falten-Mittel präsentiert. Was der mit dem Doktor zu schaffen hatte ...«, er zuckte die Schultern. »Der Rest der Gäste- und Anrufliste scheint nicht so interessant zu sein. Bis auf Klaus Zuber natürlich, der oberste Boss der PharmaBel. Er kommt morgen aus Wien zurück, ich habe um 13 Uhr ein Gespräch für dich mit ihm vereinbart, der Herr hat einen vollen Terminkalender.«

Er gab Peter einen Zettel und eine Kopie der Gästeliste. »Hinter die Leute, die ich erreicht habe, habe ich die Uhrzeit des Telefonats geschrieben. Von denen hat keiner was Verdächtiges gesehen, es fehlt aber noch gut ein Drittel – trotz Handyzeitalter.«

Bevor er nach Hause fuhr, rief Peter beim Tierheim an und erklärte der freundlichen Dame am Telefon, dass ihm ein Kater zugelaufen sei. »Wenn Sie können, bringen Sie ihn vorbei«, riet man ihm.

Lisa steckte den Kopf zur Tür rein. »Kommst du noch mit auf ein Feierabendbier, unser Team einweihen?«

»Vielleicht komme ich später nach.« Peter erklärte ihr seine Pläne für den frühen Abend.

»Na dann viel Glück und vielleicht bis später. Und Chef ...«, sie grinste, »ich will einen genauen Bericht.«

*

Tatsächlich wartete der schwarze Kater mit den weißen Pfoten vor seiner Haustür. Peter versuchte, sich seine Aufregung nicht anmerken zu lassen. »Tiere spüren so was«, hatte ihn Lisa noch gewarnt.

Doch er schien ein guter Schauspieler zu sein oder der Kater war besonders arglos, jedenfalls folgte das Tier ihm ohne Zögern ins Haus. Peter schloss die Tür sorgfältig hinter sich, während der Kater schnurstracks zu der Stelle im Badezimmer lief, wo Peter am Morgen sein Fressen hingestellt hatte. Er sah auf den leeren Teller und dann Peter mit großen, erwartungsvollen Augen an. Bei so viel Vertrauen regte sich Peters schlechtes Gewissen erst recht. Er schüttete eine Handvoll Trockenfutter auf den Teller. Dann holte er schnell den Transportkorb. Ein beherzter Griff, während das Tier sich noch seiner Mahlzeit widmete, ein ohrenbetäubendes Miauen, dann kam es zu einem Hand- und Pfotengemenge. Der Kater drehte und wand sich und Peter gab sich alle Mühe, nicht lockerzulassen. Schließlich siegte seine Kraft gegen die Wendigkeit seines Gegners, und die pelzige Furie saß im verschlossenen Korb. Dass eine Katze solche Geräusche von sich geben konnte, hätte er nicht gedacht – was er hörte, erinnerte mehr an ein tiefes Knurren als an ein Maunzen. Peter holte schnell eine Scheibe gekochten Schinken aus dem Kühlschrank. Er hob die Box an und schaute nach dem knurrenden Ungetüm. Vielleicht könnte er es mit dieser Leckerei besänftigen. Aber dem Kater war nicht nach Friedensangeboten zumute. Ein kräftiger Pfotenschlag und Peters Kinn zierte ein blutender Kratzer.

»Na prima, du Monster.« Er stellte die Transportbox ab und legte den Schinken davor. Es dauerte eine Weile, bis er sein Verbandszeug im Badezimmer fand, aber schließlich konnte er seine Wunde mit einem Pflaster verarzten. Er sah aus, als habe er sich beim Rasieren geschnitten.

Als er sich kurz darauf auf den Weg ins Tierheim machen wollte, war der Schinken verschwunden.

＊

Socke war alarmiert. Damit hatte er nicht gerechnet. Er saß schon wieder in einer dieser blöden Transportboxen und kaute missmutig auf einer Scheibe Schinken. Seine Henkersmahlzeit, eigentlich eine rare Delikatesse, aber heute wollte es ihm nicht so recht schmecken. Er hatte sich doch nicht so sehr in Peter täuschen können … Würde der ihn auch aussetzen? Der Kater fühlte sich miserabel. Peter verließ mit ihm das Haus und steuerte auf seinen Wagen zu. Socke schrie aus Leibeskräften.

»Halte durch, Socke, ich komme«, schnaufend näherte sich Clooney, die Socke mehr hörte als sah. Aber es war zu spät, Peter hatte ihn schon auf dem Beifahrersitz seines Autos verstaut und die Tür zugeschlagen. Dann bemerkte der Kommissar die Graugetigerte und erklärte ihr amüsiert: »Keine Sorge, Clooney, ich bringe dir deinen Kumpel wieder.«

Socke hatte diesen Satz nicht gehört, und so sank ihm der Mut. Während der Fahrt wurde er immer stiller. Auch weil sich der hastig verzehrte Schinken in seinem Magen mit in jede Kurve legte – puh, Autofahren gehörte definitiv nicht zu seinen Lieblingsbeschäftigungen. Die Fahrt dauerte ewig, aber schließlich hielten sie an. Als Peter die Box vom Beifahrersitz hob, war der Kater ganz still und sah ihn verängstigt an – Peter fühlte sich wie ein Verräter.

»Es ist doch nur zu deinem Besten«, beruhigte er mehr sich selbst als den Kater.

Im Tierheim brachte er sein Anliegen vor und wurde von einem freundlichen jungen Mann in eine Art Wartezimmer begleitet: »Die Ärztin schaut gleich nach dem Tier und kontrolliert, ob es gechippt ist.«

Socke witterte plötzlich vertraute Gerüche. Träumte er oder war das tatsächlich das Tierheim?

Außer Peter war noch ein Vater mit seinen beiden Kindern, einem circa acht Jahre alten Jungen und einem vielleicht sechsjährigen Mädchen, im Wartezimmer. Die drei hatten einen ziemlich verschüchterten Pudelmischling dabei, der ihnen scheinbar zugelaufen war. Die Kinder quengelten. Sie wollten den Hund gerne behalten. »Ich weiß nicht, ob das geht.« Der Vater war mit der ungewohnten Situation sichtlich überfordert. Das Mädchen begann zu weinen.

Socke wusste es jetzt ganz genau, er war im Tierheim. Und so wie es roch im Wartezimmer von dieser Ärztin. Diese Dame hatte er zu seiner Anfangszeit mehr als genug genießen können. Mit lautem Knurren tat er seinen Unmut kund. Der Pudelmischling zog den Schwanz ein und winselte. Die Geräusche aus der Katzenbox schienen ihn vollends zu verängstigen. Das Mädchen heulte noch lauter. In diesem Moment öffnete sich die Tür zum Behandlungsraum und eine etwa 40-jährige Frau mit lila-farbener Brille erschien in der Tür. Ihre dunkelbraunen Haare hatte sie nachlässig hochgesteckt, ihre Kleidung war leger. Sie trug einen offenen Arztkittel über Jeans und T-Shirt.

»Guten Tag, mein Name ist Christa Eisele«, stellte sie sich vor.

Das Mädchen drückte den Pudelmischling an sich. »Darf ich ihn behalten?«

Die Ärztin lächelte. »Nur, wenn er nicht jemand anderem gehört. Vielleicht ist er weggelaufen und seine Leute vermissen ihn und wollen ihn gerne zurückhaben. Wenn du einen Hund hättest, der dir wegläuft, möchtest du ihn ja auch wiederhaben.«

Das leuchtete dem Mädchen ein. »Kann ich mir dann einen anderen Hund mitnehmen?«

Frau Eisele sah den jungen Mann an. »Wenn dein Vater es erlaubt.«

»Au ja, ich will einen Schäferhund!«, meldete sich der Junge zu Wort.

Der Vater zuckte nur resigniert mit den Schultern. Zusammen verschwanden die vier im Behandlungszimmer.

Eine Viertelstunde später bat Christa Eisele, Peter einzutreten.

»Wen haben wir denn da?« Die Ärztin hatte sich große Stulpenhandschuhe übergezogen, öffnete mit einer Hand die Box und griff mit der anderen vorsichtig nach dem Kater. Der legte zwar die Ohren an und fauchte und knurrte dabei furchterregend, ließ sich aber herausheben. »Nanu, dich kenne ich doch. Das ist doch Socke«, kam es erstaunt. Die Ärztin fuhr mit dem Chip-Lesegerät über den Nacken des Katers, und ein Piepsen ertönte.

»Er ist gechippt und ich meine, ich kenne ihn«, wandte sich Frau Eisele an Peter.

Peter wusste nicht, ob er sich freuen sollte, scheinbar hatte der Kater schon ein Zuhause, war also kein herrenloser Streuner.

Die Ärztin gab die Chip-Nummer in ihren PC ein. »Ja, das ist Socke«, bestätigte sie, »er ist hier im Tierheim gemeldet. Er war privat bei einem Uwe Kerbholz untergebracht. Wo haben Sie ihn denn gefunden?«

»Bei der Messe Nord, auf dem Gelände des neuen Hotels.«

»Das ist ja erstaunlich, Herr Kerbholz hat eine Adresse am anderen Ende der Stadt angegeben.«

»Ich glaube, das kann ich erklären.« Peter fühlte sich plötzlich sehr erleichtert. Vorsichtig strich er dem Kater über den Kopf, der schmiegte sich tief in seine Hand. Christa Eisele lächelte warm. »Da bin ich ja mal gespannt.«

*

Auf dem Rückweg schaltete Peter das Radio ein und sang fröhlich und erleichtert mit. Er hatte mit Christa Eisele eine Tasse Tee getrunken und so viel erzählt wie er das, trotz der laufenden Ermittlungen, konnte. Danach hatte sie ihm geholfen, die nötigen Formalitäten zu erledigen. Jetzt gehörte Socke ganz offiziell zu ihm. Beim Abschied versprach er der Ärztin, ihr die ganze Geschichte zu erzählen, wenn der Fall gelöst war.

Sockes Rückkehr glich einem Triumphmarsch. Clooney, Mikey und Gismo hatten sich vor der Haustür versammelt und nahmen ihn in Empfang. Peter konnte gar nicht anders, als den Kater aus der Box zu lassen.

»Ich wusste ja gleich, dass du wieder zurückkommst«, gab Clooney an.

»Suleika lässt dich grüßen«, richtete Mikey aus, »sie konnte leider nicht, Jasper geht's heute gar nicht gut.«

Gismo gab ihm ein schüchternes Nasenküsschen. »Willkommen in der Nachbarschaft.«

*

Es war also kein Traum gewesen, ER war tatsächlich tot. Die Nachtschwester hatte es ihr erzählt, als sie zum Dienst erschienen war.

»Der Betrieb geht ganz normal weiter«, wurde sie beruhigt.

Als ob das wichtig wäre. ER war tot, erschossen, sie hatte nicht geträumt. Sie sah IHN wieder auf der Bank sitzen. Niemand außer ihr hatte das Recht, IHN zu töten. Nicht dieser Mann, dieser Mörder! Sie musste ihn finden. Er musste einsehen, dass er falsch gehandelt hatte.

»Ich gehe nach Hause, ich habe Migräne«, entschuldigte sie sich bei der Nachtschwester. Sie musste weg hier. Sie würde nicht wiederkommen.

KAPITEL 4

Die Kollegen waren schon vollzählig, als Peter am Dienstagmorgen den Besprechungsraum betrat. Der obligatorische Blick in die Tageszeitungen hatte ihn etwas länger als üblich aufgehalten. Nachdem bekannt war, um wen es sich beim Opfer handelte, war der Mord an der Messe auf die Titelseiten gerückt. Heute Morgen hatte Fritz Kaffee und Croissants aus der Cafeteria geholt und biss gerade herzhaft in eins der Hörnchen.

»Und wie geht's Socke?«, erkundigte sich Toni.

Peter war am Abend vorher nach seiner und Sockes Rückkehr zu Hause losgefahren, um das Nötigste an Grundausstattung und einen kleinen Vorrat an Futter für seinen neuen Mitbewohner zu erstehen. Auf dem Rückweg hatte er bei seinen Kollegen in der Kneipe vorbeigeschaut. Und bei einer letzten Runde amüsierte sich die Zuhörerschaft über seine Erlebnisse mit Socke.

»Danke, er lässt schön grüßen«, flachste Peter, dann wurde er ernst.

Fritz verteilte derweil Kopien eines mehrseitigen Dokuments: »Die Kontenbewegungen von Finkenburg.«

»Also besonders gut sah es nicht für ihn aus«, bemerkte Peter nach einem kurzen Blick auf die Papiere.

»Nicht wirklich«, bestätigte Fritz, »ein paar hundert auf dem Privatkonto, aber sein Geschäftskonto ist in den letzten beiden Monaten in die roten Zahlen gerutscht. Immerhin liegt eine Insolvenzverschleppung noch nicht vor. Gehälter und die meisten Auslagen wurden pünktlich bezahlt, inklusive sein eigenes, das war ein ganz ordentliches Sümmchen.«

»Ja, privat hat er sich das ein oder andere gegönnt.« Lisa rührte nachdenklich in ihrer Kaffeetasse.

»Nicht zuletzt seine Geliebte«, spielte Toni auf die diesbezügliche, regelmäßige Überweisung an.

»Aber eigentlich nichts Bemerkenswertes auf dem Privatkonto. Auf dem Geschäftskonto sah es bis vor zwei Monaten auch lala aus, aber dann haben ihn diese beiden Zahlungen von jeweils 10.000 Euro reingerissen, danach hat er rote Zahlen geschrieben«, führte Peter weiter aus.

»Also nix von wegen großer Coup.« Fritz nahm sich noch ein Croissant, »aber die Überweisungen sind sehr interessant, der Empfänger war beide Male ein gewisser Anton Killian, seines Zeichens Chefchemiker bei der PharmaBel AG.«

»Hm, wie passt denn der jetzt ins Bild?« Toni zog nachdenklich ihre Stirn in Falten.

»Ich habe mir auch den Kopf zerbrochen, wir sollten heute auf jeden Fall mit dem Herrn sprechen.« Peter bediente sich ebenfalls am Gebäck.

»Bei solchen Summen kommt einem der Gedanke an Erpressung«, dachte Toni laut nach.

»So ein Schönheitschirurg hat bestimmt das ein oder andere Geheimnis, muss ja nicht gleich ein Skandal draus werden«, spann Lisa den Gedanken weiter. »Wer weiß, was Killian mitgekriegt hat. Scheinbar ist der Doktor seit Neuestem öfter bei PharmaBel ein und aus gegangen, wenn man der Hotelmanagerin glauben kann.«

»Vielleicht haben Zuber und Finkenburg etwas zusammen ausgeheckt, und Killian ist ihnen auf die Schliche gekommen«, beteiligte Fritz sich mit vollem Mund an den Spekulationen, »laut Telefonprotokoll haben die beiden in den letzten zwei Monaten einige Male telefoniert.«

»Wir reden mit beiden«, beendete Peter die Diskussion. »Ich übernehme das.«

Toni fuhr auf, »aber wir ...«

Peter bedeutete ihr mit einer Handbewegung zu schweigen: »Mit Zuber habe ich heute eh einen Termin, dann statte ich davor dem Chefchemiker der PharmaBel einen Besuch ab. Lisa, du hast den Termin mit dem Witwer der reichen Amerikanerin.«

Er wandte sich an Toni, die ihn herausfordernd musterte: »Kannst du bitte Andreas Obermeyer übernehmen?«

Die nickte und schluckte, offensichtlich zufrieden mit dem zugeteilten Gesprächspartner, einen weiteren Kommentar hinunter.

Wie immer zählte am Anfang einer Ermittlung jede Minute, und da hatte man sich darauf geeinigt, zumindest in den ersten Tagen die Befragungen alleine durchzuführen, auch wenn das nicht so gerne gesehen wurde. Oft sprangen sogar noch die Kollegen der Streifenpolizei ein, wenn die Vernehmungsprotokolle am nächsten Tag zur Unterschrift vorgelegt werden mussten. So konnte den meisten Zeugen der Weg ins Präsidium erspart werden, und das bedeutete für die Ermittler Zeitersparnis.

»Wir sehen uns heute Nachmittag um fünf.«

*

Wie in der Morgenbesprechung angekündigt, machte Peter sich auf den Weg nach Altwarmbüchen. Dort im hannoverschen Industriegebiet hatte die PharmaBel ihre Entwicklungsabteilung und einen kleinen Teil der Fertigung. Anton Killian war am Telefon zwar nicht begeistert gewesen, hatte aber schließlich einem Gespräch zugestimmt, als

Peter die alternative Möglichkeit einer Zeugenvorladung ins Präsidium erwähnte.

»Ich habe aber nicht viel Zeit«, knurrte der Chefchemiker unwillig. Peter verzichtete auf eine Antwort.

Die meisten Zeugen gebärdeten sich, als würde die Kripo eigens zu ihrer Schikane ermitteln. Meistens waren das diejenigen, die am lautesten schrien, wenn ein Mordfall längere Zeit unaufgeklärt blieb.

Kurz nach zehn Uhr fuhr der Kommissar auf das Gelände des Pharma-Konzerns. Das Gebäude war ein hässlicher Betonklotz, der, außer im nachträglich angebauten Eingangsbereich, über keinerlei Fenster verfügte. Einzig ein kleines Schild, kaum größer als ein Klingelschild, an der Eingangstür wies darauf hin, dass man sich auf dem Gelände der PharmaBel befand. Peter trat in den kleinen Vorraum ein. Hinter einem Tresen saß ein Wachmann in einer Uniform mit PharmaBel-Logo und fragte ihn nach seinen Wünschen. In einem angrenzenden Raum, dessen Tür geöffnet war, sah Peter mehrere Monitore, beobachtet von einem weiteren uniformierten Kollegen des Wachmanns. Peter stellte sich vor und bat, Anton Killian Bescheid zu geben.

Kurz darauf öffnete sich eine Tür seitlich des Tresens. Anton Killian war sehr groß und hager. Sein Alter war schwer zu bestimmen, Peter schätzte ihn auf mindestens 50 Jahre. Er trug einen weißen Kittel und wirkte in seiner ganzen Erscheinung äußerst lässig, beinahe schon ungepflegt. Die Haare waren etwas zu lang, das Hemd unter dem Kittel schlecht gebügelt, die Schuhe ungeputzt. Seine Augen waren blutunterlaufen, als habe er die Nacht durchgefeiert – aber vielleicht ja auch durchgearbeitet. Peters dargebotene Hand ignorierte er, stattdessen winkte er den Kommissar nach draußen, »dann kann ich eine rauchen.«

Mit zitternden Fingern steckte sich Killian eine Zigarette an. Peter tat es ihm gleich.

Einen Moment rauchten sie schweigend, dann eröffnete Peter das Gespräch: »Sie wissen sicher, dass auf der Feier der PharmaBel in der Nacht vom Samstag auf Sonntag ein gewisser Dr. Karl-Heinz Finkenburg zu Tode gekommen ist?«

Sein Gegenüber nahm einen hastigen Zug aus seiner Zigarette, hustete kurz und nickte, »in unserer Firma wird geklatscht wie überall.«

»Sie waren auf der Feier anwesend, ist Ihnen etwas aufgefallen?«

Der Chemiker lachte freudlos auf. »Sie meinen, außer dem üblichen verlogenen Getue? Nein, es war alles wie immer.«

»Warum waren Sie überhaupt dabei, wenn Ihnen das alles so zuwider war?«, konnte es sich Peter nicht verkneifen, ihn zu fragen.

»Ich bin Chef des Labors, und der eigentliche Zweck des Abends war es, ein neu zugelassenes Produkt vorzustellen, das ich federführend entwickelt habe. Die einschlägige Presse war anwesend.«

»Wie gut kannten Sie den Ermordeten?« Peter beobachtete seinen Gesprächspartner genau, aber der zeigte keine auffällige Reaktion.

»Nicht besonders. Eher vom Sehen.«

»Herr Killian, wir haben ein Gesprächsprotokoll von Finkenburgs Handy angefordert, und da taucht Ihr Name öfter auf – außerdem haben wir seine Kontobewegungen untersucht. Vor etwa zwei Monaten haben Sie insgesamt 20.000 Euro von ihm erhalten.«

Diesmal war die Reaktion des Chefchemikers weniger gelassen. Mit einer fahrigen Bewegung schnippte er seine

Zigarette weg, nur um sich gleich umständlich und mit immer noch zitternden Fingern eine neue anzuzünden. Er versuchte, Zeit zu schinden. Schließlich setzte er zu einer Erklärung an: »Dr. Finkenburg hat mich um Hilfe gebeten. Er hatte den Verdacht, dass er nicht das bekommen hat, was er bei seinen Lieferanten bestellt hat. – Er wollte eine Analyse von mir.«

»Ist das nicht gang und gäbe, so etwas zu überprüfen? Die Möglichkeit müsste er doch selbst haben«, zweifelte der Kommissar.

»Bestimmte Tests kann er nicht selbst machen, dazu muss er Proben in ein Labor schicken.«

»Und Sie wollen behaupten, dass er diesem Labor misstraut hat?«

»Was weiß ich. Wenn Sie mich fragen, denke ich eher, er hat das Zeug unter der Hand gekauft – so ähnlich muss das bei dem Skandal damals gelaufen sein. Da wollte er sich diesmal wohl absichern«, gewann der Chemiker seine Selbstsicherheit langsam zurück. »Ich habe nicht nachgefragt.«

»Und was für, hm, Ware haben Sie für ihn analysiert?«, interessierte sich Peter.

»Implantate, er wollte wissen, ob die nur das enthalten, was sie sollen.«

»Und?«

»Keine Sorge, war alles in Ordnung.« Killian grinste frech.

»Wissen Sie, wer der Lieferant der Implantate war, dem er misstraut hat?«

»Meinen Sie, er hat mir den Lieferzettel gezeigt?«, kam die patzige Antwort.

»Also kennen Sie die Lieferanten nicht. Können Sie mir dann wenigstens Ihre Analyseergebnisse zeigen?«

»Ebenfalls Fehlanzeige, ich hab alles ihm gegeben, nachdem ich das Geld bekommen habe. So, ich muss wieder zurück, das war's dann wohl.« Killian trat seine Zigarette aus und steuerte auf die Eingangstür des PharmaBel-Gebäudes zu.

Peter folgte ihm. »Warum war Finkenburg überhaupt zu der Feier eingeladen? Die Geschäftsbeziehungen zu Ihnen können wohl nicht der Grund gewesen sein.«

»Da fragen Sie besser meinen Chef, ich habe ihn jedenfalls nicht eingeladen.«

*

Socke hatte am Morgen nach dem gemeinsamen Frühstück zusammen mit Peter das Haus verlassen. Sein erster Weg führte ihn in den Nachbarsgarten. Von Clooney keine Spur. Kurz darauf beobachtete er, wie Frau Bilgur, Clooneys Menschin, mit einem Einkaufstrolley die Straße entlangmarschierte. Und weil von der pummeligen Grautigerin weiterhin kein Härchen zum Vorschein gekommen war, hatte die Katze es vorgezogen, den Vormittag auf dem Sofa zu verbringen. So unternahm der Weißpfotige alleine einen ausgiebigen Rundgang durch die anliegenden Grundstücke, bevor er es sich auf der Mauer von Peters Haus gemütlich machte und seinen Gedanken nachhing. Sein unfreiwilliger Ausflug ins Tierheim am gestrigen Abend hatte ihn kurzfristig von seinem Plan, den Mörder zu suchen, abgebracht. Jetzt ließ er sich nochmals das gestern Nachmittag belauschte Gespräch durch den Kopf gehen. Das jüngere Zimmermädchen hatte mehrere Beispiele von Frauen angeführt, die durch den ermordeten Arzt erheblichen Schaden genommen hatten. Allerdings war Socke überzeugt, der Mörder sei ein Mann, schließlich hatte er ihn, wenn auch nicht gesehen, so doch deutlich seinen Geruch wahrgenommen. Oder konnte er sich täuschen?

»Na, so nachdenklich?« Mikey war neben ihm aufgetaucht und betrachtete den geistesabwesenden Kater neugierig.

»Der tote Mann geht mir nicht aus dem Sinn.« Socke berichtete von seiner kleinen Exkursion ins Hotel und was er dort in Erfahrung gebracht hatte. »Aber die Personen, die am Mordabend mit meiner Box in Berührung gekommen sind, waren eindeutig Männer«, beendete er seine Erzählung.

»Vielleicht war da noch jemand«, brachte Mikey eine weitere Möglichkeit ins Spiel. »Meine Leute haben sich gestern beim Abendessen über diesen Skandal von damals unterhalten – da müssen einige Frauen ziemlich sauer auf den Doktor gewesen sein.«

»Nur Frauen?«, erkundigte sich Socke.

Sein Katzenkumpel erklärte ihm daraufhin, worum es seinerzeit gegangen war und was man unter einem Brustimplantat verstand.

Socke staunte nicht schlecht. »Was Menschen aus Eitelkeit alles auf sich nehmen.«

Der Graugetigerte stimmte ihm zu, »ja, die Zweibeiner sind ganz schön kompliziert. Schönheit ist für sie sehr wichtig, sie denken, dann sind sie beliebter.«

»Aber wer hat ihnen denn gesagt, dass es schön ist, eine große Brust zu haben?«, wunderte sich Socke.

Das konnte ihm sein Nachbar nicht erklären, aber wenn auch der Grund für so einen Eingriff für beide aus Katzensicht nicht nachvollziehbar war, so mussten sie doch zugeben, dass das missglückte Ergebnis einer solchen Operation ein respektables Motiv abgab.

*

Punkt zehn Uhr klingelte Lisa bei der Villa im Zooviertel Hannovers. Eigentlich war das schon ein kleines Landhaus, und das mitten in der Stadt. Allein um den Garten in Schuss zu halten, bedurfte es einer mittelgroßen Gärtnerriege.

Auf ihr Klingeln meldete sich eine weibliche Stimme über die Gegensprechanlage. »Ja bitte?«

»Lisa Sander von der Kripo Hannover, ich habe einen Termin mit Herrn del Gato.«

»Ich komme sofort.«

Kurz darauf wurde die Haustür geöffnet, und eine ältere Dame bat Lisa einzutreten. »Mein Name ist Fieters, ich bin hier die Hausdame. Herr del Gato ist noch gar nicht da.«

Frau Fieters war klein und korpulent. Über dem dunkelblauen Rock und der weißen Bluse trug sie eine weiße Schürze.

»Vielleicht haben Sie ja einen Moment Zeit für ein paar Fragen, es geht um Frau Lucinda Tyler«, erkundigte sich Lisa.

»Wenn Sie nichts dagegen haben, in die Küche mitzukommen, ich habe noch einen Kuchen im Backofen, der ist gleich fertig – Sie bekommen auch eine schöne Tasse Kaffee von mir«, antwortete die Hausdame mit eindeutig Hamburger Zungenschlag.

»Gerne!« Lisa folgte der rundlichen Frau durch einen riesigen Empfangsbereich. Besonders gemütlich sah es hier allerdings nicht aus, überall stapelten sich Umzugskartons. Und man hörte es klappern und hämmern.

»Zieht hier jemand ein oder aus?«, fragte die Kommissarin neugierig.

»Aus, wir alle«, war die Antwort, »Herr del Gato hat das Haus zum Ende des Monats verkauft, Hannover ist ihm nicht mondän genug.«

In der Küche war vom Umzugsstress glücklicherweise noch nichts zu merken. Sie war groß, hell und gemütlich eingerichtet – und es duftete verführerisch nach Apfelkuchen.

»So.« Frau Fieters öffnete den Backofen und stellte das Blech zum Auskühlen auf den Tisch, »für die Handwerker«, erläuterte sie. »Herr del Gato isst so was nicht und die Damen, die ihn dauernd besuchen, auch nicht.«

Lisa konnte nicht so recht ausmachen, ob die Missbilligung in ihrer Stimme mehr dem Essverhalten ihres Arbeitgebers oder eher dessen Damenbesuchen galt.

»Setzen Sie sich nur, ich koche gleich einen Kaffee, dann können Sie auch ein Stück probieren.« Der Ton der Haushälterin duldete keinen Widerspruch, und Lisa fügte sich gern.

»Hat Herr del Gato sich gemeldet, dass er später kommt? Ich hatte um zehn Uhr einen Termin mit ihm.«

»Ach, der ist nie pünktlich. Er ist Südamerikaner, und die sind immer zu spät, das ist da normal. Wenn Sie da pünktlich zu einer Einladung kommen, dann ist der Gastgeber beleidigt.« Frau Fieters schüttelte verständnislos den Kopf, während sie heißes Wasser auf den Kaffeefilter goss.

»Andere Länder, andere Sitten.« Lisa hatte auch schon gehört, dass die deutsche Pünktlichkeit nicht überall geschätzt wurde.

»Aber so können Sie mir vielleicht ein bisschen über Frau Tyler erzählen, sie war ja Ihre Chefin«, setzte sie betont fröhlich hinzu.

»Allerdings, und sie war auch eine sehr angenehme Chefin – bis sie diesen del Gato kennengelernt hat. Sie müssen wissen, Frau Tyler war Ende 50 und eine knallharte Geschäftsfrau. Dann hat sie wohl so etwas wie die Midlife-Krise gekriegt. Gibt's das auch bei Frauen?« Frau Fieters begann, den Kuchen aufzuschneiden.

Lisa zuckte mit den Schultern. »Ich kann mir jedenfalls vorstellen, was Sie meinen.«

»Sie hat sich diesen Gigolo angelacht, plötzlich durfte ich nur noch fettarm kochen. Die deutsche Küche, die sie vorher so geliebt hat, war plötzlich zu kalorienreich. Ayuverdisch oder so ähnlich sollte es mit einem mal sein«, die Hausdame hielt kurz inne und sah Lisa resigniert an.

»Erst dachte ich, das ist nur so eine Phase – aber dann habe ich erfahren, die beiden haben geheiratet. In Las Vegas, wie Teenager. Diesen Sommer sollte dann noch ein großes Fest in New York stattfinden, da war sogar ich eingeladen, als Gast meine ich.« Frau Fieters schnäuzte sich, »tja, da ist nun leider nichts mehr draus geworden.«

Sie schenkte Lisa eine Tasse Kaffee ein und stellte Milch und Zucker auf den Tisch. »Hier, echter Bohnenkaffee, nicht so einen Latte mackio oder so ein Zeug. Mögen Sie ein Stück Apfelkuchen? Nur Sahne muss noch geschlagen werden.«

»Gerne, der schmeckt bestimmt auch ohne Sahne.«

Frau Fieters lud ein ordentliches Stück Kuchen auf einen Teller und stellte ihn vor Lisa.

»Wissen Sie, was Frau Tyler bei ihrem Aufenthalt in der Klinik hat machen lassen, bevor sie gestorben ist?«

»Genau natürlich nicht, sie wollte schön sein für die große Feier, deswegen hatte sie den Termin. Ich glaube, es war eine Behandlung gegen Falten geplant – die vielen Diäten sind ihrer Haut nicht so gut bekommen, alles war schlaff. Das sah vorher besser aus, als sie noch etwas rundlicher war, wenn Sie mich fragen.« Abermaliges Schnäuzen.

»Wussten Sie, dass Frau Tyler ein Herzleiden hatte?«, erkundigte sich Lisa.

»Nein, das hat mich auch gewundert. Der Herr del Gato hat dann aber behauptet, sie habe schon immer ein schwaches Herz gehabt. Gut, der muss es ja wissen, er war mit ihr verheiratet. Mir hat sie das verheimlicht.« Die Haushälterin war sichtlich gekränkt.

Die Tür zur Küche wurde aufgerissen. »Hello Fieters«, stürmte ein etwa 25 Jahre alter Mann herein, »oh hallo, sind Sie die Kripo-Frau?«, war die Frage an Lisa gerichtet, die nickte.

»Ich bin Manolo del Gato, wir haben telefoniert.« Der junge Mann hätte vor seiner Ehe sein Geld ohne Weiteres als Fotomodell verdienen können, und er schien um seine Wirkung auf Frauen zu wissen.

Selbst Frau Fieters lächelte plötzlich nachsichtig, »Herr Manolo, möchten Sie ein Stück Apfelkuchen?«

»Nein, Fieters keine Zeit und ich esse doch nie so ungesunde Sachen – ihr Deutschen ernährt euch viel zu ungesund, kein Wunder habt ihr das Herz von meine Luci kaputtgemacht.«

Die Miene der Hausdame wurde plötzlich verschlossen.

»Kommen Sie, wir gehen in den Garten.« Herr del Gato schien die jähe Feindseligkeit seiner Haushälterin nicht zu spüren.

»Vielen Dank für den Apfelkuchen und den Kaffee«,

bedankte Lisa sich noch, dann folgte sie dem Hausherrn durch den Empfangsbereich hinaus auf die Terrasse.

Hier standen ein Tisch und ein paar Gartenstühle, allerdings fehlten die Polster, und so wirkte das Ganze nur mäßig gemütlich. Aber darum schien es dem attraktiven Witwer gar nicht zu gehen.

»Ich habe nicht viel Zeit«, steckte er gleich die Grenzen ab.

Lisa ließ sich nicht beirren. »Es geht um den Tod Ihrer Frau. Was war die genaue Todesursache?«

»Sie hatte einen Herzinfarkt«, kam die knappe Antwort.

»Soweit ich weiß, war der Klinik, in der sie verstorben ist, bis zu ihrem Tod nicht bekannt, dass sie ein schwaches Herz hatte.« Lisa sah den jungen Mann herausfordernd an.

»Vielleicht sie hat es verschwiegen. Meine Luci wollte unbedingt schön sein für unsere Hochzeitsfeier«, machte der Witwer – trotz des Themas – keinen besonders bedrückten Eindruck.

»Ihrer Haushälterin Frau Fieters hat sie es auch verschwiegen.«

Er zuckte mit den Schultern, »ich war nicht ihr Kindermädchen, ich war ihr Ehemann.« Er besann sich plötzlich und versuchte es mit einem traurigen Gesichtsausdruck.

»Was hat sie in der Klinik genau machen lassen?«

»Sie hat immer geredet von eine Spezialbehandlung. Ich weiß nix Genaues.« Er ließ die Schultern hängen, konnte aber seine Ungeduld nicht verbergen. Ein guter Schauspieler war Herr del Gato definitiv nicht.

»Was hat denn der Arzt gesagt? Sie haben doch bestimmt mit ihm gesprochen.«

»Ich habe mich in diese Moment nicht dafür interessiert. Da müssen Sie ihn schon selbst fragen.«

Tja, wenn das noch ginge, dachte Lisa. Herr del Gato erhob sich bereits von seinem Stuhl.

»War's das? Ich habe noch einen Termin mit die Immobilienmakler.«

*

Toni hatte zunächst weniger Glück. Andreas Obermeyer war weder per Handy noch unter der Festnetznummer zu erreichen. Ein netter junger Mann, der sich als Mike vorstellte, versicherte ihr aber, dass sie Andreas um die Mittagszeit antreffen könne. »Der hat sich gestern in der Mensa den Magen verdorben, da kommt er heute bestimmt zum Mittagessen nach Hause.« Er erklärte Toni den Weg zu der gemeinsamen Wohnung, nicht ohne sich vorher rückversichert zu haben, dass sie zu Andreas und nicht zu Udo wolle.

Als sich Toni allerdings gegen zwölf Uhr unter der beschriebenen Adresse einfand, öffnete ihr zunächst besagter Udo. »Freut mich sehr, trinkst du einen Tee mit?«, fragte er, als er sie in die Küche führte.

»Danke, sehr nett, aber ich müsste mit Andreas Obermeyer sprechen.«

Udo musterte sie neugierig. »Bist du 'ne Freundin oder hat er was ausgefressen?«

Toni lachte. »Weder noch.« Hoffe ich zumindest, fügte sie in Gedanken hinzu.

»Er müsste bald kommen, er hatte heute Morgen Anatomievorlesung, da macht er immer sein Handy aus, aber die sind halb zwölf fertig. Kann ich dir vielleicht helfen?«

»Nein, leider nicht. Ich muss eine Zeugenbefragung durchführen.« Mehr konnte sie ihm nicht verraten.

»Wow, dann bist du bei der Kripo. Das ist bestimmt interessant, trägst du eine Waffe?«

Toni lachte erneut. »Nein, nicht wenn ich nur Zeugen vernehme.«

»Aber du hast eine?«, erkundigte sich Udo eifrig wie ein kleiner Junge, »du musst bestimmt auch regelmäßig Schießübungen machen?«

Der Schlüssel drehte sich im Schloss und kurz darauf schaute ein dunkelhaariger Kopf zur Küchentür rein.

»Hi Andy, du hast Besuch«, begrüße Udo den Neuankömmling.

Andreas Obermeyer trat in die Küche. »Hallo?«, grüßte er fragend.

»Hallo, mein Name ist Antonia Boccabella von der Kripo Hannover, ich hätte ein paar Fragen an Sie«, stellte Toni sich vor.

»Oje, jetzt wird's förmlich. Da geh ich lieber. Toni – hat mich gefreut, und wenn du mal jemanden suchst, um ein gepflegtes Bier zu trinken – du hast ja die Telefonnummer von hier.« Udo verabschiedete sich mit einem lässigen Winken.

»Der lässt nichts anbrennen«, grinste sein Kumpel, dann wurde er ernst und wandte sich Toni zu: »Worum ging's?«

»Wir ermitteln im Mordfall Karl-Heinz Finkenburg.«

»Das hatte ich schon fast erwartet.«

Toni zog fragend die Augenbrauen hoch.

»Meine Ex«, erklärte Andreas, »Mirja und ich waren gestern Abend zusammen was trinken. Apropos, hat Ihnen Udo was angeboten?«

»Laut Frau Schlicht haben Sie seit einem halben Jahr keinen Kontakt mehr«, überging Toni seine Frage.

Andreas stand auf und stützte sich mit den Händen auf der Tischplatte ab. »Dann hätte Frau Schlicht mich gestern nicht anrufen dürfen«, bellte er wütend in Tonis Richtung, »aber im Ernst, sie hat sich gestern gemeldet, war nämlich ziemlich fertig. Nicht weil sie den alten Zausel so vermisst, aber es hat sie geschockt, dass er umgebracht worden ist. Sie ist eben ein behütetes Prinzesschen.« Er drehte sich zur Spüle um, holte sich ein Glas aus dem Schrank und zeigte es Toni. »Auch was?«

Die schüttelte den Kopf. »Und Sie haben gleich den Ritter gespielt und sie beschützt?«

Der Student zuckte die Schultern. »Jeder Mann hat seine zarte Seite.«

Toni musste lächeln, Andreas Obermeyer war gerade Anfang 20. Dann wurde sie wieder ernst: »Dann wissen Sie, dass Herr Dr. Finkenburg in der Nacht von Sonnabend auf Sonntag ums Leben gekommen ist und zwar auf einer Veranstaltung der PharmaBel AG, bei der Sie als Bodyguard tätig waren?«

Andreas hatte sich Wasser eingeschenkt und setzte sich. »Ja, das hat mir Mirja erzählt«, gab er zu.

»Haben Sie so was öfter gemacht? Als Bodyguard gearbeitet, meine ich. Soweit ich weiß, sind Sie als Medizinstudent immatrikuliert.«

»Das stimmt, aber ich verdiene mir so was dazu – die einen bedienen in der Kneipe und ich helfe beim Personenschutz aus. Normal allerdings eher bei Veranstaltungen in Diskos, als Hilfskraft für die richtigen Bodyguards. So eine exklusive Veranstaltung hatte ich bisher noch nicht.«

»Haben Sie sich extra darum bemüht?«

»Nein, ich wusste gar nichts davon. Letzten Mittwoch hat mich der Chef der Sicherheitsfirma gefragt, ob ich das machen will – wurde besser bezahlt als die anderen Einsätze. Und ich darf sogar im Hotel trainieren, die haben dort ein super Fitness-Studio eingerichtet. Da habe ich eine Jahreskarte bekommen, als Bonus.« Er trank einen Schluck Wasser. »Die Managerin des Hotels meinte, es macht einen guten Eindruck, wenn ein sportlicher junger Mann da trainiert, sozusagen als Kulisse«, grinste er selbstbewusst und zeigte der Kommissarin spielerisch seinen Bizeps.

»Gut, das werden wir überprüfen.« Toni hatte sich eifrig Notizen gemacht. »Können Sie mir bitte den Verlauf des Sonnabends aus Ihrer Sicht schildern?«

»Klar. Ich habe mich dort um 17.30 Uhr gemeldet – bei dieser Managerin. Die hat mit mir den Ablauf des Abends kurz besprochen, dann wollte noch der Chef von der PharmaBel mit mir sprechen. Ich sollte mich zu Anfang im Eingangsbereich aufhalten, die ankommenden Gäste unauffällig beobachten. Später beim Essen habe ich mich seitlich postiert und diesen Herrn Zuber im Auge behalten – um den ging es ja. Dann kam seine Rede. Danach hat er mich gebeten, das Gelände abzugehen, ob ich irgendwas Auffälliges sehe. Die Tierschützer hatten am Eingang des Hotels eine kleine Mahnwache. War aber echt harmlos.«

»Haben Sie Herrn Finkenburg gesehen?«

»Klar. Er war ja der neue Freund – oder was auch immer – von Mirja. Natürlich habe ich den registriert. Ich war ziemlich erleichtert, dass er Mirja nicht dabei hatte. Ich habe ihn ein bisschen beobachtet – was die an dem gefunden hat, ist mir schleierhaft!« Andreas Obermeyer schüttelte verständnislos den Kopf.

»Was genau haben Sie beobachtet?«

»Das war wahrscheinlich das Übliche bei solchen Veranstaltungen. Denk ich mir zumindest. Hier ein Bussi, da ein Hallo – mit dem noch schnell ein Gläschen Champagner geschlürft und sich gegenseitig auf die Schulter geklopft. Der Doktor war ein ziemlicher Salonlöwe.« Das klang verächtlich.

»Haben Sie mit ihm gesprochen?«

»Bloß nicht! Ich glaube, der hat mich gar nicht gesehen. Ich gehörte ja nur zum Personal«, wehrte Andreas ab.

Toni nickte. »Hatten Sie sonst Kontakt mit Herrn Dr. Finkenburg innerhalb der letzten sechs Monate?«

»Nein. Mirja hat Ihnen erzählt, wie das war, als sie sich von mir getrennt hat. Danach habe ich nichts mehr mit dem zu tun gehabt.«

»Wie erklären Sie es sich dann, dass am Sonnabendvormittag von Ihrem Handy aus auf Herrn Dr. Finkenburgs Handy angerufen wurde?«

»Häh? Von meinem Handy, sind Sie sicher?«, schien der Student ehrlich verblüfft.

»Herr Obermeyer, die Fragen stelle ich!« Toni schmunzelte, denn seine Überraschung hatte tatsächlich echt geklungen. »Aber ja, wir sind uns sicher.«

»Das kann eigentlich nicht sein.« Andreas wurde nachdenklich. »Ich habe doch noch nicht mal seine Handynummer.«

»Ist Ihnen Ihr Handy mal abhanden gekommen oder haben Sie es verliehen?«

»Eigentlich nicht. Wann, sagen Sie, soll das gewesen sein mit dem Anruf?«

»Das war am Samstagvormittag.« Toni blätterte ein paar Seiten in ihren Notizen zurück, »um genau 10.32 Uhr.«

Andreas holte sein Handy aus der Tasche und drückte ein paar Tasten. Dann warf er es plötzlich auf den Tisch, als hätte er sich verbrannt. »Ich habe wirklich nicht dort angerufen«, bekräftigte er.

Toni schaute auf das Display des Handys, der Anruf war tatsächlich vermerkt. »Dann muss jemand anderes mit Ihrem Handy telefoniert haben. Denken Sie noch mal nach, ob Sie es aus der Hand gegeben haben. Wo waren Sie denn am Samstagvormittag?«

»Ich habe trainiert. Nachdem mein Chef mir die Freikarte für dieses Fitness-Studio gegeben hatte, bin ich gleich vorbei. Letzten Mittwochabend und am Samstagvormittag.«

»Vielleicht hat dort ein anderer Gast …?«, setzte Toni an, aber Andreas schüttelte bedauernd den Kopf. »Ich war die ganze Zeit alleine da. Die haben offiziell erst an diesem Abend eröffnet.«

»Stimmt ja.« Toni sah ihn ernst an. »Tja, ich fürchte, ich muss Sie bitten, die Stadt nicht zu verlassen. Wir kommen auf jeden Fall auf Sie zu. Und das Handy müsste ich leider mitnehmen.«

Resigniert winkte Andreas Obermeyer ab, plötzlich wirkte er viel älter als Anfang 20.

*

Es war nicht schwer, den Mörder zu finden. SEIN Umfeld war ihr ja bekannt, und dank Facebook gab es nahezu von jedem Kontakte und Fotos im Netz. Sie war bald fündig geworden. Jetzt hatte sie zu dem Bild in ihrer Erinnerung einen Namen.

Ihr erster Impuls war es, zur Polizei zu gehen. Aber würden die verstehen, was der Mörder wirklich getan hatte? Er hatte sie gezwungen, lebenslang mit ihrem Hass zu leben. Der Mörder hatte ihr die Möglichkeit der Rache für immer genommen! Ihr Leben war ein zweites Mal zerstört, der Inhalt verschwunden, ohne das Ziel zu erreichen. Nein, dieser Mörder hatte mehr verdient als eine komfortable Gefängniszelle und eine Begnadigung nach viel zu kurzer Zeit. Er hatte lebenslänglich ohne Bewährung verdient! Und sie musste dafür sorgen, dass er seine gerechte Strafe bekam!

*

Socke und Clooney saßen auf der Mauer vor Peters Haus und genossen die mittägliche Sonne.

»Hat dir Peter schon von den leckeren Katzenwürstchen gegeben?« Clooney leckte sich genüsslich die Schnauze, »sie sind gleich in der ersten Schublade, wenn du zur Terrassentür reinkommst.«

Socke schüttelte den Kopf und begann sich zu putzen. »Bis jetzt noch nicht«, meinte er beiläufig.

»Die musst du probieren«, Clooney seufzte, »ach ja, er hat eigentlich immer was für unsereinen anzubieten. Ich hoffe, das bleibt auch so, wenn du bei ihm wohnst.«

»Bestimmt«, kam es von unten, Mikey. Er nahm kurz Maß und sprang zu den beiden auf die Mauer, »Peter ist ein feiner Kerl – ein Katzenfreund.«

Gemeinsam dösten die drei Katzen anschließend vor sich hin und beobachteten die gelegentlichen Passanten. Mikey kannte die meisten und erklärte Socke, wer ihnen wohlgesonnen war und vor wem er sich in Acht nehmen musste.

»Socke! Wie geht es dir?« Auf der Mauer des Nachbarhauses war Suleika aufgetaucht und machte ein besorgtes Gesicht.

»Äh, danke gut«, stotterte Socke verständnislos, tatsächlich war es ihm nie besser gegangen.

»Ich habe gesehen, wie du weggebracht worden bist. Das muss ein traumatisches Erlebnis gewesen sein!«, redete die Perserin mit schriller Stimme weiter.

»Traum … also, geht so.«

»Ignorier sie einfach«, knirschte Clooney zwischen ihren zusammengebissenen Zähnen hervor und begann demonstrativ Körperpflege zu betreiben.

»Du solltest das nicht auf die leichte Schulter nehmen, so was kann zu Spätfolgen führen.«

»Nicht hinhören«, murmelte Clooney und summte vor sich hin, um die Perserin zu übertönen.

»Jasper hat auch Schaden genommen, als man ihm zum Tierarzt gebracht hat.« Suleika ließ nicht locker.

»Und wer redet von dem armen Tierarzt?«, unterbrach Clooney ihr Summen.

»Deswegen konnte ich dir gestern leider nicht beistehen, als du zurückgekommen bist. Jasper geht es schon wieder gar nicht gut!« Die letzten drei Worte kamen noch einige Dezibel lauter.

»Schon okay«, fühlte Socke sich bemüßigt zu sagen, »ich habe es hier super getroffen, so gut ging's mir noch nie.«

»Ach du Armer, ist es dir also früher so schlecht gegangen. Du musst immer in dich hineinhorchen – manches zeigt sich erst später«, dozierte Suleika weiter, »Jasper beispielsweise hat seit einiger Zeit so ein Jucken an den Ohren, er ist nur am Kratzen.«

»Brr.« Mikey schüttelte sich und rückte etwas ab, »der hat bestimmt Flöhe!«

»Wo denkst du hin?«, maßregelte ihn die graue Perserin streng. »Das wird schließlich zuallererst abgeklärt.

Aber … sie haben nichts gefunden. Auch keine Entzündung.« Sie seufzte tief.

»Wenn er Glück hat, hört er dadurch auch schlechter«, kommentierte Clooney leise.

Suleikas vernichtender Blick prallte an ihr ab. »Sie vermuten eine Allergie«, setzte die Perserin würdevoll nach.

Mikey bekam einen spitzbübischen Gesichtsausdruck. »Ja das gibt's leider. Eine Freundin von meiner Louisa hat eine Katzenallergie.«

Suleikas Augen wurden groß: »Da … das kann doch gar nicht sein!«

»Doch, davon habe ich auch schon gehört«, mischte Clooney sich eilig ein.

»Du?«, kam es leise von Mikey, aber die rundliche Grautigerin tat, als höre sie ihn gar nicht. »Du solltest dich mal eine Weile von Jasper fernhalten«, meinte sie nun ihrerseits streng, »um auszuschließen, dass es eine Katzenallergie ist.«

»Vielleicht hast du recht«, war die zögerliche Antwort.

»Na, dann wäre ja alles klar.« Wenn er es gekonnt hätte, hätte Mikey unternehmungslustig in die Pfoten geklatscht. »Wollen wir dann alle zusammen eine Runde Mäuse im Park fangen gehen?«

»Au ja!« Socke sprang begeistert auf.

Clooney streckte sich. »Hm, so ein kleiner Mäusehappen zwischendurch wäre nicht schlecht.«

»Äh, also«, stotterte die sonst so wortgewandte Suleika plötzlich, »ein andermal gerne, aber ich habe so ein Kratzen im Hals. Ich gehe lieber nach Hause, nicht dass ich euch noch anstecke …«

*

Die Katzen verschwanden gerade im Park, als Peter um die Ecke bog. Da er für 13 Uhr einen Termin im anliegenden Hotel hatte, konnte er seine Mittagspause ausnahmsweise zu Hause verbringen. Er hatte sich beim italienischen Feinkostladen in der Hildesheimer Straße ein paar Vorspeisen mitgenommen, bei der Hitze sollte das als Mittagessen reichen. Aus dem Kühlschrank holte er sich ein alkoholfreies Bier und machte es sich mit seinem Imbiss und dem Dienstlaptop auf der Terrasse gemütlich. Während er sich die Antipasti schmecken ließ, googelte er nach Klaus Zuber, dem Chef der PharmaBel. Die offiziellen Informationen hatte ihm Fritz natürlich schon zusammengestellt, aber am Klatsch und Tratsch im Netz kam man heutzutage nicht mehr vorbei. Und über Klaus Zuber gab es jede Menge. Angefangen von den aktuellen Vorwürfen der Tierversuchsgegner, über die geradezu schwärmerische Verehrung mancher Schönheitsärzte – Dr. Karl-Heinz Finkenburg war übrigens nicht darunter – bis hin zu ausführlichen Berichten aus seinem Privatleben. Zuber hatte vor nicht allzu langer Zeit seine Ehefrau Nummer zwei abserviert und sie gegen ein jüngeres Modell und Model – schöner Kalauer – ausgetauscht. Die Presse berichtete ausführlich, der Chef der PharmaBel äußerte sich verhalten und Ehefrau Nummer zwei zeterte, sie war mit einem wortwörtlichen Taschengeld abgespeist worden. Peter las einige Artikel der Klatschpresse. Positive und negative Meinungen hielten sich die Waage. Zuber gehörte in Hannover zur lokalen Prominenz, war in vielen Vereinen und machte immer mal wieder mit großzügigen Spenden von sich reden.

Besonders begeistert war Klaus Zuber nicht gewesen, als ihn seine persönliche Assistentin von dem Termin mit dem Hauptkommissar der Kriminalpolizei Hannover berichtete. Aber angesichts der Ereignisse konnte er sich einer Befragung nicht entziehen, und ein Gespräch mit der Kripo war auch in seinem Interesse. Selbstverständlich nach seinen Bedingungen, und dazu gehörte, dass er den Aufenthalt in Wien nicht hatte unter- oder gar abbrechen müssen – seine Assistentin leistete diesbezüglich gute Arbeit. Er sah auf die Uhr, genau 13 Uhr. Er stand auf, zog sein Jackett an und begab sich in die Empfangshalle – er wollte die Kripo schließlich nicht warten lassen.

Peter betrat pünktlich den Empfangsraum des Hotels und wandte sich der Dame hinter dem Tresen zu. In dem Moment kam ein gut gekleideter Endvierziger auf ihn zu. Peter erkannte Klaus Zuber. Wie auf den Fotos im Internet war er sehr gepflegt. Man sah gleich, dass hier für Kleidung, Schuhe und Haarschnitt mehr investiert worden war, als es das Budget eines Hauptkommissars hergab. Dazu musste man kein Experte sein.

»Herr Flott?« Es passte zu Klaus Zuber, dass er das Gespräch eröffnete und selbstverständlich den Namen seines Gegenübers kannte.

Peter nickte.

»Mein Name ist Klaus Zuber, Leiter der PharmaBel AG. Wir haben einen Termin.« Er reichte Peter die Hand und wies auf eine geöffnete Terrassentür im hinteren Teil der Empfangshalle. »Setzen wir uns doch einen Moment auf die Terrasse.«

»Kann ich Ihnen etwas anbieten?«, fragte er, nachdem sie an einem der Bistrotische Platz genommen hatten.

Peter verneinte. »Herr Zuber, Sie wissen, warum wir mit Ihnen sprechen wollen?«

Der Pharma-Chef nickte. »Ich bin informiert.«

»Können Sie mir bitte zunächst den Verlauf des Samstagabends aus Ihrer Sicht schildern?«

»Ja, wo soll ich da anfangen?« Zuber lehnte sich entspannt zurück. »Wir hatten hier eine kleine Feier zur Eröffnung unseres Hotels und natürlich, um unser neuestes Produkt PliaBel vorzustellen. Zweiteres war mir ein besonderes Anliegen. Wir hatten gerade die Zulassung erhalten. Das ist dann leider ein bisschen untergegangen, angesichts der Ereignisse.« Er machte eine, wie Peter fand, übertrieben betrübte Miene.

»Ist Ihnen im Verlauf des Abends etwas Ungewöhnliches aufgefallen?«

»Tja, das ist schwierig. Es sollte ja ein ungewöhnlicher Abend sein!« Zuber lächelte vor sich hin, »aber ich würde sagen – so wie Sie das jetzt meinen – es war alles normal.« Er winkte einer Bediensteten mit adretter weißer Schürze. »Ich hätte gerne einen doppelten Espresso, Sie vielleicht doch jetzt auch was, Herr Hauptkommissar?«

»Dann nehme ich auch einen Espresso bitte«, stimmte Peter zu und fuhr dann fort: »Haben Sie an dem Abend mit Herrn Dr. Finkenburg gesprochen oder ist Ihnen etwas Besonderes an ihm aufgefallen?«

»Beides mal, nein. Außer einer kurzen Begrüßung habe ich ehrlich gesagt gar nichts von ihm mitbekommen«, zuckte der Leiter der PharmaBel AG bedauernd mit den Schultern.

»Woher und seit wann kannten Sie Herrn Dr. Finkenburg überhaupt?«, bohrte Peter weiter.

»Hm, also ich kannte ihn schon lange, genau kann ich das gar nicht sagen. Wir haben uns sicher irgendwann auf einer ähnlichen Veranstaltung getroffen.«

Der Espresso wurde gebracht, Zuber rührte zwei Löffel Zucker in seinen, trank einen Schluck und fuhr fort: »Besonders in letzter Zeit hatten wir dann öfter miteinander zu tun. Er war sehr interessiert an unserem neuen Produkt. Am liebsten hätte er einen Exklusivvertrag für seine Klinik gehabt. Aber da sind wir uns bis jetzt noch nicht einig geworden.«

Peter konnte sich vorstellen, dass der Geschäftsmann Zuber bei solchen Verhandlungen keine Freunde kannte. Aber Freunde schienen die beiden sowieso nicht gewesen zu sein.

»Sie sagen ›noch nicht‹, bestand also noch Aussicht auf so einen Exklusivvertrag?« Möglicherweise war das der große Coup, auf den sich Finkenburg laut seiner Geliebten Hoffnungen gemacht hatte.

Der Pharma-Chef winkte ab. »Das Thema war durch, Finkenburg war da eine Nummer zu klein oder wir eine zu groß. Je nachdem, wie man es sieht. Entschuldigen Sie meine deutlichen Worte, aber so war es nun einmal.« Er trank seine Espressotasse leer.

»Ihre Hotelmanagerin sagt, Herr Dr. Finkenburg war in letzter Zeit öfter hier zu Besprechungen?« Der Kommissar nippte ebenfalls an seinem Getränk.

»Das stimmt, er war ein guter Kunde. Wenn auch nicht exklusiv.«

»Vor zwei Wochen«, wechselte Peter das Thema, »hat hier auf dem Gelände eine Demonstration gegen Tierversuche stattgefunden.« Zuber setzte sich aufrechter und ließ Peter nicht aus den Augen. »Angeblich haben Ihnen die Vorfälle derart zugesetzt, dass Sie sich noch kurzfristig für den Samstagabend Personenschutz organisiert haben.«

»Das stimmt«, nickte der Manager, »ich wollte kein Risiko eingehen.«

»Kannten Sie den jungen Mann, der diese Aufgabe übernommen hat?«

»Nein, nicht das ich wüsste. Müsste ich?« Der Manager beugte sich etwas vor.

»Es handelt sich um den ehemaligen Freund der, hm, Geliebten von Herrn Dr. Finkenburg.«

Zuber wedelte ungeduldig mit der Hand. »Ach du meine Güte, solche privaten Sachen interessieren mich doch nicht. Wobei – der junge Mann erschien mir etwas unerfahren.«

»Inwiefern?«

»Ich hatte extra um Personenschutz gebeten. In so einem Fall gehe ich davon aus, dass die Personenschützer auch eine Waffe tragen. Entschuldigen Sie meine Offenheit, aber alles andere erscheint mir unprofessionell. Der junge Mann war jedenfalls unbewaffnet – ich war drauf und dran, ihn zurückzuschicken, aber es war schon zu spät. Ich habe ihm dann eine von meinen eigenen Waffen gegeben, ich bin Sportschütze. Ich weiß, das ist nicht ganz korrekt, aber manchmal braucht es eben unkonventionelle Lösungen.« Zuber lehnte sich zurück und verschränkte selbstzufrieden die Arme vor der Brust.

Bei Peter schrillten sämtliche Alarmglocken. »Um was für eine Waffe hat es sich dabei gehandelt? Kann ich die bitte mal sehen?«

»Gerne. Es war eine Walther P22, ziemlich handlich«, erhob sich der Pharma-Chef, »wenn Sie mir bitte folgen wollen.«

»Hat Ihnen der junge Mann seinen Waffenschein gezeigt?«, fragte Peter beim Verlassen des Gartencafés.

»Damit habe ich mich, ehrlich gesagt, nicht aufgehalten. Wenn er seine Waffe vergisst, dann gehe ich nicht davon aus, dass er seinen Waffenschein dabei hat.«

Sie kamen in die Empfangshalle zurück. Auf der Seite gegenüber der Terrasse war eine unauffällige Tür. Zuber öffnete sie mit einer Magnetkarte und führte den Kommissar einen kurzen Flur entlang in sein Büro.

»Hier ist mein Waffenschrank.« Der Leiter der Pharma-Bel zeigte auf eine verschlossene Vitrine hinter dem ausladenden Schreibtisch.

»Herr Zuber, ich muss Sie bitten, uns die besagte Waffe für die Spurensicherung zur Verfügung zu stellen. Wenn es stimmt, was Sie sagen, belasten Sie den jungen Mann schwer. Aber Sie selbst machen sich mitschuldig.« Peter zog eine Plastiktüte aus der Hosentasche, die er für solche Zwecke meistens bei sich hatte.

Zuber schien nicht sonderlich beeindruckt. »Meine Anwälte werden sich der Sache annehmen.« Damit schien das Thema für ihn erledigt.

*

Um halb zwei hatte Anton Killian es nicht mehr im Labor ausgehalten. Nachdem er eine Analyse zum dritten Mal verdorben und seinem Assistenten dafür die Schuld gegeben hatte, war er schließlich grußlos gegangen. Auf dem Heimweg kaufte er sich im Supermarkt zwei Flaschen Wodka; zusammen mit einem Beutel Kartoffeln und zwei Kilo Gulaschfleisch, damit es nicht so auffiel. Jetzt saß er auf dem Sofa seiner Wohnung in Hannovers Stadtteil List, ein Wasserglas voll mit Wodka vor sich und dachte nach. Heute war definitiv kein Tag zum Aufhören. Morgen vielleicht, er wusste natürlich selbst, dass er sich belog, aber er hatte im Moment nicht die Kraft, der Wahrheit ins Gesicht zu sehen.

Der Besuch des Kriminalhauptkommissars hatte ihn mehr beunruhigt, als er zugeben wollte, schließlich hätte er damit rechnen können. Und dass die Bullen dahinterkommen würden, dass er von dem Doktor Geld bekommen hatte, hätte ihm schließlich klar sein müssen. War ja auch zu blöd von ihm gewesen, sich das Geld überweisen zu lassen.

Wütend schlug er mit der Faust auf die Tischplatte. Das Glas hüpfte hoch und fiel vom Tisch. Wodka ergoss sich über Teppich und Parkett. Er machte sich nicht die Mühe, es aufzuwischen. Er musste sich unbedingt eine Strategie zurechtlegen, die Bullen würden bestimmt wiederkommen. Hoffentlich kamen sie nicht auf die Idee, seine Konten zu überprüfen. Aber das war wohl nicht so einfach, er lebte ja noch. Und ansonsten gab es keine Spuren, er musste halt bei seiner Geschichte bleiben. Er musste den anderen Bescheid sagen, das hätte er schon längst tun sollen. Den nächsten Schluck nahm er direkt aus der Flasche. Dann griff er zum Telefon.

*

Ulrich Zeitler, der Leiter der Spurensicherung, war gerade dabei, seinen PC runterzufahren, als Peter in sein Büro trat.

»Hallo, Uli«, grüßte Peter.

»Sag, dass das nicht wahr ist.« Zeitler, der sich schon erhoben hatte, sank langsam auf seinen Bürostuhl zurück. Ihm war klar, dass der Kommissar nicht zum Plaudern gekommen war.

Peter hob nur die durchsichtige Tüte der Spurensicherung mit der Waffe hoch und wedelte damit vor Zeitlers Gesicht.

»Mist, ich hab heute Hochzeitstag.« Der Spusi-Chef deutete auf einen verpackten Blumenstrauß, der in einer Vase auf seinem Schreibtisch stand. »Meine Sekretärin hat mich daran erinnert und sogar Blumen besorgt, nachdem ich es letztes Jahr vergessen habe. Du kannst dir sicher vorstellen, was da los war.«

Peter nickte verständnisvoll. Nicht zuletzt waren es Aktionen wie diese, die ihn seine Ehe gekostet hatten. Das Los vieler Kripo-Beamte, bei einer laufenden Ermittlung musste das Privatleben zurückstecken. Ulrich Zeitler war noch etwas älter als er und viele Jahre verheiratet, Peter wusste, dass es in seiner Ehe schon öfter gekriselt hatte. Letztes Jahr war seine Frau sogar für einige Wochen ausgezogen und Zeitler war drauf und dran gewesen, seinen Job als Chef der Spurensicherung hinzuschmeißen. Letztendlich hatten sich die beiden aber noch eine Chance gegeben und Zeitler hatte seine bereits geschriebene Kündigung in seinem Schreibtisch deponiert.

»Ach, was soll's.« Er stellte seinen PC wieder an und drückte auf die Gegensprechanlage auf seinem Schreibtisch. »Frau Dutzke, machen Sie mir bitte eine Verbindung mit meiner Frau.« Dann wandte er sich an Peter: »Aber am Wochenende bin ich weg – zur Wellness in Bad Harzburg.«

Peter nickte dankbar. »Du hast was bei mir gut.« Sein Kollege winkte ab, »wir sitzen im gleichen Boot, Junge. Aber wenn das Ganze hier vorbei ist, kannst du mir trotzdem ein Bier ausgeben.« Er grinste schon wieder, »übrigens, ich habe Fritz schon angerufen, die DNA, die ihr mir geschickt habt, passt nicht zu der an dieser Transportbox.«

»Ihre Frau ist in der Leitung«, schepperte eine Stimme aus der Gegensprechanlage.

Zeitler griff zum Hörer und winkte Peter zum Abschied zu.

*

Sie hatte die Spur des Mörders im Internet verfolgt – nun galt es, ihm in der Realität gegenüberzutreten. Im Gegensatz zu IHM hatte sie hier einen großen Vorteil, der Mörder kannte sie nicht. Sie konnte ihre Verkleidung ablegen. Ihre alten Kleider passten nicht mehr ganz. Sie hatte abgenommen, ihre Haut war schlaff. Sie hatte ihren Körper vernachlässigt, nicht mehr richtig gegessen und keinen Sport gemacht. Ihre einstige Schönheit war verblüht. Diesmal würde sie nicht so lange zögern. Sie würde sich dem Mörder offenbaren. IHM, der ihr die Möglichkeit der Rache genommen hatte, zeigen, dass sie alleine das Recht dazu gehabt hätte. Dass er falsch gehandelt hatte und dafür bestraft werden musste. Und ihr allein gebührte es, diese Strafe zu vollziehen. Ihr Körper war der Beweis.

*

In der nachmittäglichen Lagebesprechung berichtete Peter von seinem Gespräch mit Zuber und der Sicherstellung der Waffe.

»Damit avanciert dieser Andreas Obermeyer so langsam zu unserem Hauptverdächtigen«, stellte Lisa fest, nachdem Toni ihr Gespräch mit dem jungen Mann geschildert hatte.

»Ja, allerdings kommt es mir komisch vor, dass er so lange gewartet hat – wenn er den Liebhaber seiner Ex umbringen wollte, hätte er das doch gleich getan«, zweifelte Peter. »Toni, du hast mit ihm gesprochen, wie ist deine Einschätzung?«

»Nach allem, was ich von ihm und seiner Exfreundin gehört habe, denke ich auch eher, dass er, wenn, den Lover vor einem halben Jahr umgebracht hätte. Es sei denn, es ist noch was vorgefallen, was er verheimlicht.« Sie bediente sich aus der Kekspackung, die Fritz auf den Tisch gelegt hatte. »Vielleicht sollten wir noch mal mit der Hotelmanagerin sprechen – Obermeyer war, laut eigener Aussage, zweimal zum Training dort, möglicherweise ist ihm der Doktor da über den Weg gelaufen.«

»Naja, ich kann morgen früh dort vorbeigehen.« Peter schien noch nicht ganz überzeugt.

»Wenn es dir zu viel wird, erledige ich das auch«, schnappte Toni. »Im Gegensatz zu dir bin ich nämlich der Meinung, dass das durchaus was bringen könnte.«

Lisa legte besänftigend ihre Hand auf Tonis Arm.

»Tschuldigung«, murmelte die, »habe gerade mal wieder Stress mit meinem Vater, weil ich bei der Hochzeit meiner Kusine nicht die Brautjungfer machen will.« Sie schnaubte verächtlich, dann sah sie Peter an. »Sorry, das gehört wirklich nicht hierher.«

Der winkte ab, und schließlich einigte man sich darauf, dass Toni und Peter gemeinsam am nächsten Vormittag mit der Managerin sprechen sollten.

»Lisa, du nimmst dir bitte diesen Anton Killian vor. Seine Begründung für die Überweisung kommt mir etwas konstruiert vor«, ordnete der Hauptkommissar an.

Für Fritz blieb wieder die Heimarbeit. So hatte es sich schon bei unzähligen Ermittlungen bewährt, und Fritz beteuerte jedes Mal, dass er nicht mit den Kollegen im

Außendienst tauschen wolle, wusste er doch sein gemütliches und klimatisiertes Büro zu schätzen.

*

Lisa stieg gerade in ihr Auto, als ihr Handy klingelte. Die Nummer sagte ihr nichts. Als sie das Gespräch annahm, hoffte sie, dass es nichts Dienstliches war, ihr Mann hatte ihr nämlich für heute Abend Risotto mit Meeresfrüchten versprochen.

»Hallo, Frau Sander, Carsten Jankowitz hier.« Lisa runzelte die Stirn, also doch dienstlich. »Guten Abend, Herr Jankowitz, was gibt's?«, antwortete sie mit falscher Munterkeit.

»Ich wollte mich nur erkundigen, wie es mit den Mordermittlungen steht. Vielleicht haben Sie Lust, mir heute Abend bei einem Glas Wein etwas zu erzählen.« Lisas Herz machte einen erschreckten Hüpfer, das schien doch eher privat.

»Tut mir leid«, klang ihre Stimme etwas belegt, »bei laufenden Ermittlungen darf ich Ihnen nicht allzu viel weitergeben. Gelöst haben wir den Fall aber leider noch nicht.« Sie räusperte sich. »So viel kann ich Ihnen sagen«, versuchte sie zu scherzen.

»Haben Sie trotzdem Lust auf ein Glas Wein – oder auch Champagner, wenn Sie mögen?«, insistierte Jankowitz. »Ich würde gerne mehr über Sie erfahren. Oder gibt's da auch eine Schweigepflicht?«

Einen Moment dachte Lisa an seine blauen Augen und fühlte sich sehr geschmeichelt, aber sie hatte nicht ernsthaft vor, mit einem Zeugen mehr als eine dienstliche Beziehung einzugehen – und wenn er noch so blaue Augen hatte.

»Leider habe ich heute Abend schon was vor«, krächzte sie.

»Vielleicht morgen?«

»Herr Jankowitz …« Sie atmete tief durch und versuchte das Zittern in ihrer Stimme zu verbergen, »ich bin bei der Kripo, und da muss mein Mann schon oft genug Verständnis aufbringen, wenn ich abends länger arbeite. Verstehen Sie bitte, wenn ich die wenige Freizeit lieber mit ihm verbringe.«

»Ihr Mann kann sich glücklich schätzen.« Das war etwas dick aufgetragen. Lisa war froh, dass sie nicht schwach geworden war. »Dann entschuldigen Sie die Störung. Aber wenn Ihnen doch mal nach einem Glas Champagner und einem anregenden Gespräch ist …«

»Danke, ich …« Doch da hatte der Arzt schon aufgelegt. War da jemand eingeschnappt?

Lisa schaute auf die Uhr. Wenn sie sich beeilte, konnte sie noch eine Flasche Champagner zum Risotto holen. Ihr war plötzlich danach.

*

Es war Sockes Idee gewesen. Er wollte die Maus, die er im Park gefangen hatte, auf jeden Fall Peter mitbringen.

»Wenn du meinst«, war Clooney skeptisch, »das ist eine Feldmaus, die sind sehr lecker. Vor allem hier, wahrscheinlich hat sie die Essensabfälle vom Hotel gefressen, und das ist bestimmt nichts Schlechtes. Schau doch, wie schön fett sie ist.«

»Genau das Richtige für Peter«, beharrte Socke.

»Weißt du was, meine kann er auch haben.« Mikeys Exemplar war deutlich kleiner, aber Socke fand es trotzdem eine nette Geste.

Gemeinsam trabten sie in Richtung von Peters Haus.

Clooney folgte ihnen. »Ihr müsst es ja wissen«, murmelte sie vor sich hin.

Socke drapierte seine Maus mitten auf dem Fußabtreter. Mikey ordnete seine Beute etwas seitlich an.

»Also gut«, trennte sich Clooney schließlich ebenfalls von ihrem Fang. Mit großer Geste legte sie diese auf die andere Seite.

»Ihr seid echte Freunde!« Socke war gerührt, »wenn Peter die Leckerlis rausholt, werde ich etwas für euch beiseiteschaffen.«

Clooney spitzte erfreut die Ohren, dann verabschiedeten sich die Freunde von Socke, es war Zeit fürs Abendessen. Socke wartete indessen auf Peter und betrachtete versonnen das Mäusearrangement. Dass sogar Clooney sich von ihrem Imbiss getrennt hatte, freute ihn besonders, obwohl es ihm natürlich nicht entgangen war, dass es sich bei ihrer Jagdbeute um eine wenig genießbare Spitzmaus handelte.

*

Mirja hatte schon lange nicht mehr so etwas Köstliches gegessen wie diesen Pfannkuchen. Zusammen mit Andreas und Udo saß sie in der WG-Küche und ließ es sich schmecken. Unter dem Vorwand, ihr mitteilen zu wollen, dass er zurzeit per Handy nicht erreichbar sei, hatte Andreas sie am frühen Abend angerufen. Und sie hatte gleich bemerkt, dass mehr dahintersteckte.

»Möchtest du reden? Ich könnte auch vorbeikommen«, bot sie ihm daraufhin an, und Andreas war sofort damit einverstanden.

Gemeinsam zauberten sie dann aus dem, was die Vorräte der Wohngemeinschaft hergaben, ein Abendessen. Und es schmeckte viel besser als alles, was Mirja mit Karl-Heinz in irgendwelchen Luxusrestaurants je gegessen hatte. Andreas hatte sogar eine Flasche Chianti gefunden, die er mal bei seinen Eltern mitgenommen hatte, und so ließen sie sich jetzt Pfannkuchen mit Käse und ein bisschen Schinken schmecken.

»Na, das ist halt was anderes als immer Schampus und Austern, was Mirja?«, neckte Udo, der sich dazugesellt hatte. Mirja nahm es gelassen, sie war froh, wieder hier zu sein, das merkte sie gerade.

Andreas erzählte ausführlich von seinem Gespräch mit der Kriminalkommissarin.

»Das mit dem Handy ist echt heftig«, schimpfte Udo. »Das sieht gerade so aus, als wollte dich jemand reinlegen.«

»Ja, aber wenn das tatsächlich so ist, heißt das ja, dass der Mord länger geplant war.« Andreas schüttelte ungläubig den Kopf.

Mirja nahm einen Schluck Wein. »Vielleicht warst du auch nur zur falschen Zeit am falschen Ort.«

»Wäre schon ein ziemlicher Zufall.« Udo trank sein Glas leer und schenkte allen nach, »überleg doch mal: Gibt's jemanden, der dir was anhängen will?«, forderte er seinen Kumpel auf.

Andreas schüttelte unwillig den Kopf.

»Vielleicht von deiner Bodyguard-Firma?«, beharrte Udo. »Bist du da mal einem Kollegen oder Kunden auf die Zehen getreten?«

Mirja hatte eine andere Überlegung: »Könnte jemand das Handy manipuliert haben? Vielleicht stimmt das gar nicht mit dem Anruf.«

»Wenn das so wäre, kriegt die Polizei das sicher raus.«
Andreas hätte das Thema lieber gewechselt.

»Na, hoffentlich. Vielleicht sollte ich mit dieser Toni reden.« Udo grinste, »du hast doch bestimmt eine Telefonnummer, unter der du sie erreichen kannst?«, wandte er sich an Andreas.

Der verdrehte genervt die Augen.

Mirja lehnte sich zurück und beobachtete die beiden. Es war das übliche Geplänkel, das sie schon aus ihrer früheren Zeit mit Andreas kannte. Allerdings war der heute etwas angespannt. Sicher kein Wunder bei den aktuellen Ereignissen. Oder hatte er doch mehr mit der ganzen Sache zu tun, als er zugab? So wie sie ihn kannte, konnte sie sich das nicht vorstellen. Aber, Menschen verändern sich – sie selbst war auch nicht mehr das naive Mäuschen von vor sechs Monaten, und sie hatte Andreas seither nicht mehr gesehen …

*

Auch den heutigen Tag ließ Peter auf der Terrasse ausklingen, diesmal mit einem Glas Eistee; und auch heute leistete Socke ihm Gesellschaft. Schweigend sahen der Kommissar und der Kater zum sternenklaren Himmel und hingen ihren jeweiligen Gedanken nach. Bei beiden drehten sich diese zunächst um den Mord. Während Peter überlegte, ob der Student Andreas Obermeyer tatsächlich als Täter in Frage käme und der Fall damit in Rekordzeit gelöst sei, grübelte Socke darüber nach, welches Motiv das stärkere wäre. Der Kater konnte sich nicht recht entscheiden, ob die Frauen, die Opfer jener defekten Implantate geworden waren, mehr Grund hatten, den Arzt zu töten, als dessen Konkurrenten, von denen manche möglicherweise durch den harten Preiskampf in der Branche auf der Strecke geblieben waren. Nach wie vor bevorzugte Socke die Variante mit einem männlichen Mörder, was für den Rivalen als Täter sprach. Die Personen, die er in der Mordnacht erschnüffelt hatte, hatten einen eindeutig maskulinen Geruch verströmt, dessen war er sich sicher. Schließlich war er als Kater auf seine Sinne angewiesen und konnte mit Stolz behaupten, sich bisher noch nie getäuscht zu haben. Er erinnerte sich an einen Abend bei Uwe Kerbholz, als einer von dessen Freunden seinen Junggesellenabschied gab. Socke hatte sich unter diesem Wort nichts vorstellen können, und zunächst hatte die Feier genauso begonnen wie die meisten Zusammentreffen von Uwe und seinen Kumpels. Die Männer waren nach und nach eingetrudelt und hatten dem Alkohol in nicht unerheblichem Maße zugesprochen. So etwas kam häufiger vor. ›Vorglühen‹ nannten die Männer das, und wenn der Alkoholpegel eine gewisse Höhe erreicht hatte, verließen sie die Wohnung, um richtig zu feiern. An besagtem Abend begann es ebenfalls mit einigen Runden Wodka in Uwes Wohnzimmer, als es klingelte und ein Wesen in Frauenkleidern vor der Tür stand, das unter lautem Gejohle begrüßt wurde. Aber auch wenn Aussehen und Gehabe dieser Person weiblich anmuten sollten, so erkannte Socke sofort am Geruch, dass es sich um einen Mann handelte. Und das, obwohl er gebührenden Abstand hielt, etwas, was er bei Uwes Saufkumpanen instinktiv tat. Leider verlockte die Federboa des Mannes, die wie ein kleiner Vogel lustig durch die Luft flatterte, den Kater, etwas näher zu kommen. Prompt trat ihn dieser mit seinen spitzen Pumps in die Flanke, begleitet von grölendem Gelächter der anderen. Gedemütigt schlich Socke hinters Sofa. Doch er rächte sich. Als die Männer gerade dabei waren, die schlechte Frauenimitation mit Hochprozentigem zu begießen, schlich sich der Kater in den Flur, wo der Tierquäler seine Handtasche hatte stehen lassen. Socke stibitzte einen Schlüssel daraus, den Hausschlüssel dieses Mannweibs, wie er später aus Telefongesprächen erfuhr, und verschleppte seine Beute unter Uwes Bett. Dass er seinem Peiniger damit jede Menge Unannehmlichkeiten bereitet hatte, erfuhr er ebenfalls aus einem von Uwes Gesprächen in den darauffolgenden Tagen, und es entschädigte ihn für die immer noch schmerzende Seite. Der Schlüssel war im Übrigen bis heute nicht wieder aufgetaucht.

»Na«, riss ihn Peters Stimme aus seinen Träumen, »wollen wir schlafen gehen?«

Gemeinsam schickten sie sich an, ins Haus zurückzugehen, wo auf Socke noch ein kleiner Leckerbissen wartete. Und spätestens dann rückten alle Gedanken an Uwe Kerbholz und seine groben Kumpane in meilenweite Ferne.

KAPITEL 5

Toni war am Mittwochmorgen etwas eher zur Messe gefahren, um sich dort in Ruhe den Tatort anzuschauen, aber außer einem schönen Spaziergang hatte ihr das nichts gebracht. Immerhin genoss sie die Ruhe fernab von familiären Streitigkeiten und das herrliche Sommerwetter, über das sich Hannover schon in der fünften Woche freute. Besucher und Veranstalter des ‚kleinen Fests im großen Garten‹, des beliebten hannoverschen Kleinkunstfestivals, hatten in diesem Jahr keinen einzigen Ausfall wegen schlechten Wetters verzeichnen müssen. Das war bisher einzigartig in der Kulturgeschichte der Stadt. Heute Morgen allerdings hielt sich die Presse nicht mit diesem positiven Rekord auf. Wie schon am Vortag beherrschte der Mord die Zeitungen. Nachdem gestern der Skandal um die defekten Brustimplantate ausgebreitet worden war, wurden heute erste Stimmen laut die Ermittlungsergebnisse forderten. Als Toni schließlich wie verabredet um zehn vor neun vor dem Hoteleingang eintraf, kam Peter gerade den Karl-Schurz-Weg entlang. Ihm folgte, mit gebührendem Abstand, ein schwarzer Kater mit weißen Pfoten.

»Guten Morgen, Chef, ist das Socke?« Sie deutete auf das Tier.

Peter sah sich um und bemerkte erst jetzt seinen pelzigen Begleitschutz. Dieser kam näher und strich um Tonis Beine. Peter nickte zustimmend. »Das ist er.«

»Na Socke«, ging die Kommissarin in die Hocke und streckte die Hand nach dem Kater aus, »willst du uns beim Ermitteln helfen?«

»Miau!«

»Den würde ich am liebsten gleich adoptieren.« Sie begann Sockes Kopf zu kraulen, dem das offensichtlich gefiel.

»Nix da!«, entrüstete Peter sich spielerisch, »der ist jetzt mein Kompagnon.« Socke schnurrte laut und behaglich, als hätte er ihn verstanden. »Aber im Tierheim gibt's bestimmt noch viele Katzen, die ein Zuhause suchen.«

»Mal sehen«, richtete Toni sich wieder auf, »wollen wir?«

Im Hotel bat sie die Empfangsdame, in einer Sitzgruppe vor dem Eingang zum Fitness- und Wellness-Bereich Platz zu nehmen, während sie nach der Hotelmanagerin, Frau Siegbert, telefonierte.

»Entschuldigen Sie«, rief diese schon von Weitem, als sie verspätet angelaufen kam, »ich musste kurz mit den Handwerkern sprechen, die Duschen im Fitness-Bereich sind schon kaputt, dabei haben wir erst seit drei Tagen geöffnet.« Sie ließ sich schwer in einen der Ledersessel fallen. »Wie kann ich Ihnen helfen?«

Peter erklärte ihr, worum es ihnen heute ging, und die Managerin berichtete daraufhin ausführlich von Finkenburgs und Obermeyers Besuchen. Sie konnte sich tatsächlich noch daran erinnern, dass der Student bereits am Mittwoch das Fitness-Studio besucht hatte. Die Dame am Empfang hatte sich an diesem Tag bei ihr vergewissert, ob das so seine Richtigkeit habe. An ein Zusammentreffen zwischen Finkenburg und Andreas Obermeyer erinnerte sie sich allerdings nicht.

»Sie können gerne noch Frau Krawinsky fragen, sie hatte am Mittwochabend Dienst im Empfangsbereich. Ich persönlich habe an dem Tag Herrn Obermeyer nur ganz kurz gesehen, um ihm die Magnetkarte für das Fitness-Studio freizuschalten.«

Toni notierte sich die Telefonnummer der besagten Empfangsdame, die Frau Siegbert aus ihrem Handy herausgesucht hatte.

Plötzlich wurde die Tür zum Fitness-Bereich aufgerissen und eine aufgebrachte junge Frau im modischen Sportdress kam auf sie zugelaufen. »Schaffen Sie dieses Monster hier raus, mein ganzes Handtuch ist voller Haare. Das Vieh ist in meiner Tasche gewesen.« Hinter ihr kam, wenig schuldbewusst, Socke gelaufen.

»Socke!« Bei Peter war das Schuldbewusstsein deutlich ausgeprägter, »was machst denn du da?«

»Mau«, drängte sich der Kater mit einem kleinen Hüpfer an Peters Bein.

Die Managerin schmunzelte. »Sie kennen sich?«, wandte sie sich an Peter, erhob sich und war wieder ganz Geschäftsfrau. »Wenn Sie mich einen Moment entschuldigen ...« Sie ging auf die junge Frau zu und redete beruhigend auf sie ein, während sie mit ihr im Fitnessbereich verschwand.

Toni lachte herzlich. »Wie ist denn der kleine Racker überhaupt hier reingekommen? Ich habe gar nicht bemerkt, dass er uns ins Gebäude gefolgt ist.«

Auch der jungen Dame am Empfang war der Tumult nicht entgangen. »Wahrscheinlich ist er durch den Lieferanteneingang reingekommen, mit den Handwerkern.« Sie konnte sich ebenfalls das Lachen nicht verkneifen, »vom Personalbereich hat man Zugang zum Fitness-Bereich, und bestimmt haben die Herren die Tür nicht richtig zugemacht.«

Socke genoss sichtlich die Aufmerksamkeit und machte keinerlei Anstalten, diese interessanten Räumlichkeiten zu verlassen.

*

Die heutige Dienstbesprechung war für elf Uhr angesetzt. Bis dahin hatte auch Ulrich Zeitler ein Ergebnis aus der Untersuchung der Waffe zugesagt. »Es handelt sich tatsächlich um die Mordwaffe«, erklärte er gleich nach der allgemeinen Begrüßung. »Fingerabdrücke, leider Fehlanzeige. Meinen Bericht kriegt ihr heute Nachmittag.«

»Gut, sobald wir den haben, stelle ich die Papiere für den Staatsanwalt zusammen, falls wir einen Haftbefehl brauchen«, kam es von Fritz, »ein Waffenschein ist für Andreas Obermeyer jedenfalls schon mal nicht registriert«, fügte er hinzu und schob sich mit zufriedener Miene den letzten Keks in den Mund.

Peter nickte. »Trotzdem, mir kommt das alles zu glatt vor. Angeblich ruft Obermeyer das Opfer ausgerechnet am Tag des Mordes an, und dann noch mit seinem eigenen Handy?«

»Apropos, das Handy, das ihr mir gegeben habt – um das geht's ja wohl«, schaltete sich Ulrich Zeitler ein, »da wurde nichts manipuliert. Es hat tatsächlich jemand zur angegebenen Zeit damit diesen Anruf getätigt. So viel konnten wir feststellen.«

»Allerdings haben wir heute rausgefunden, dass das Handy zum entsprechenden Zeitpunkt möglicherweise unbeaufsichtigt und durchaus für andere zugänglich war.« Peter grinste und nickte Toni verschwörerisch zu.

»Auf die Geschichte bin ich gespannt«, lachte Lisa.

»Leute, ich muss wieder. Ich wünsch euch viel Erfolg«, verabschiedete sich Zeitler.

»Okay, dann erzähle ich, was ich bei diesem Killian heute Morgen rausgekriegt habe, und dann seid ihr dran.« Lisa holte ihre Notizen hervor. »Also, Anton Killian war ziemlich nervös. Ein paar Nachfragen zu seiner Aussage gestern und er hat zugegeben, was er wirklich für Geschäfte mit Finkenburg gemacht hat. Und zwar handelte es sich um dieses neue Medikament – angeblich ein wahres Wundermittel gegen Falten. Er hat es noch vor der Zulassung an Finkenburg verkauft. Als Chefchemiker der PharmaBel hatte er alle Möglichkeiten. Dafür hat er das Geld kassiert.« Sie lehnte sich zurück und sah in die Runde.

»Kann das der große Coup gewesen sein, von dem Finkenburg gesprochen hat?« Fritz schien daran zu zweifeln.

»Laut Zuber wollte Dr. Finkenburg mit ihm exklusiv ins Geschäft kommen, was die Anwendung dieses Produkts betraf, aber der hat ihn abblitzen lassen«, dachte Peter laut nach, »allerdings kann ich mir nicht vorstellen, dass er auf illegalem Wege damit so viel Geld hätte machen können.«

»Das glaube ich eben auch nicht«, stimmte Fritz ihm zu, »wenn, dann hätte er das große Geld in den letzten zwei Monaten machen müssen, und da habe ich bis jetzt nichts gefunden. Und seit der Zulassung war wohl nix mehr zu holen. Abgesehen davon, dass er kurz nach der Zulassung tot war.«

Peter nickte gedankenverloren, »wir sollten mit seiner Frau und seinem Anwalt sprechen, vielleicht wissen die noch was.«

»Könnte es sein, dass Killian den Mord begangen hat? Vielleicht wollte Finkenburg ihn auffliegen lassen. Immerhin scheint der Doktor ja gar kein Geld mit dem Wundermittel gemacht zu haben, warum auch immer?«, gab Toni zu bedenken.

Lisa stimmt ihr zu. »Daran habe ich auch schon gedacht. Killian war bei unserem Gespräch sehr nervös. Und die Gelegenheit hatte er auch: Er war auf der Feier, und während des Feuerwerks hat scheinbar eh keiner auf den anderen geachtet. Wir sollten ihn genauer nach seinem Alibi fragen.«

»Und mit Zuber würde ich gerne noch mal sprechen«, fügte Peter hinzu, dann haute er mit der flachen Hand auf den Tisch, »aber zunächst laden wir diesen Andreas Obermeyer vor.«

*

»Und dann hat sie dir noch eine ganze Scheibe gekochten Schinken gegeben?«, fragte Clooney ehrfürchtig. Gekochter Schinken war für sie in etwa das, was für manche Menschen Kaviar oder Austern waren.

Socke nickte. Eigentlich hatte er seiner neuen Nachbarin von seinem Abenteuer im Hotel erzählen wollen, aber das Einzige, was die interessierte, war das Essen. Dabei hatte Socke inzwischen verstanden, dass er mit seinem kleinen Ausflug der Polizei geholfen hatte. Nachdem nämlich die Hotelmanagerin die aufgebrachte junge Sportlerin mit einem extra flauschigen, haarlosen Handtuch aus den Hotelbeständen und einem Gutschein für ein Wellness-Getränk an der Bar hatte beruhigen können, orderte sie lachend für Socke eine Scheibe Schinken aus der Hotelküche. Peter war erleichtert, dass Sockes Auftritt mit so viel Humor genommen wurde, und Socke war die ganze Aufregung schließlich doch ein bisschen peinlich. Er überwand seine Scham aber schnell und verzehrte, zur Freude aller, den Schinken mit großem Genuss.

»Ich habe Peter einen entscheidenden Hinweis gegeben«, belehrte Socke die mollige Grautigerin würdevoll, »dafür hat man mich belohnt. Da ist eine Scheibe Schinken doch wohl angemessen.«

»Was war das denn für ein Hinweis? Meinst du, ich könnte auch helfen?«, interessierte sich Clooney für den restlichen Sachverhalt.

»Nun, ich habe gezeigt, dass praktisch jeder vom Personalbereich des Hotels in die Umkleidekabinen gelangen kann.« Socke versuchte eine wichtige Miene aufzusetzen.

»Und dafür gab es eine Scheibe Schinken?«, kam Clooney auf den verpflegungstechnischen Aspekt zurück.

»Brr, Schinken, das ist aber sehr ungesund für Katzen!« Suleika war plötzlich auf der Mauer zum Nachbarhaus aufgetaucht.

»Du musst ihn ja nicht essen«, bemerkte Clooney ungehalten.

»Das würde ich auch nie tun. Ich ernähre mich ausschließlich mit speziell auf meine Bedürfnisse abgestimmtem Futter«, kam es belehrend.

»Na, dann ist es ja gut«, schnappte Clooney zurück.

»Aha, was sind das denn für Bedürfnisse?«, fragte Socke höflich nach.

»Nun also, als Perserin benötige ich besondere Vitamine für ein glänzendes Fell. Außerdem leide ich an Zahnstein und …«

»Frag sowas nie wieder!«, flüsterte Clooney Socke zu, ohne dass die Perserin ihren Redefluss unterbrach. Die Grautigerin verdrehte theatralisch die Augen. »Du musst noch viel lernen.«

*

Ein Streifenwagen brachte Andreas Obermeyer zum Verhör ins Präsidium. Der Student schien nicht sonderlich überrascht, was darauf schließen ließ, dass er der

Kripo bis jetzt noch nicht alles gesagt hatte. Die Ermittler beschlossen, dass diesmal Peter und Lisa mit ihm sprechen sollten. Toni beobachtete die drei durch die verspiegelte Scheibe. Nach den üblichen Formalitäten brachte Peter das Gespräch auf den Mordabend. Andreas, dem inzwischen klar geworden war, dass ein offizielles Verhör im Polizeipräsidium doch etwas anderes war als ein Gespräch in seiner WG-Küche wurde zusehends nervöser.

»Herr Obermeyer, Sie haben uns nicht gesagt, dass Herr Zuber Ihnen eine Waffe gegeben hat«, begann Peter, »Sie haben die Waffe genommen, obwohl Sie keinen Waffenschein besitzen.«

»Ich«, der Student strich sich mehrmals über den Kopf, »also, er hat mich sozusagen gebeten, nichts zu sagen.«

»Sozusagen?«

»Ja, er meinte halt, mein Arbeitgeber bräuchte das ja nicht zu erfahren, aber ihm sei es wichtig – damit ich mehr Autorität ausstrahle.« Die Stimme des Studenten wurde leiser.

»Er wusste also, dass sie normalerweise keine Waffe tragen dürfen?«, hakte Lisa nach.

Andreas räusperte sich. »Ich hatte den Eindruck. Und meine Arbeitgeber, die Schliewa Security, wird ihn entsprechend darauf hingewiesen haben. Die sind da korrekt. Ich verstehe sowieso nicht, warum gerade ich den Job bekommen habe. Bei der Schliewa gibt es genügend Leute, die eine Waffe tragen dürfen.«

Peter machte sich eine Notiz. Es wäre interessant zu erfahren, warum Zuber eine externe Firma bemüht hatte. Die Wachmänner in Altwarmbüchen gehörten ganz offensichtlich auf die Gehaltsliste der PharmaBel, und wenn der

Konzernchef schon illegal eine Waffe weggab, konnte er das genauso gut bei seinen eigenen Leuten machen.

»Wir werden dem nachgehen«, fasste Peter laut seine Gedanken zusammen, »trotzdem bleibt die Tatsache, dass Sie an dem Abend eine Waffe bei sich hatten.«

»Die nicht geladen war«, fügte Andreas trotzig hinzu.

»Was zu beweisen wäre«, legte Peter nach und platzierte einen durchsichtigen Plastikbeutel der Spurensicherung vor Andreas auf den Tisch. »Ist das die Waffe?«

»Sie sieht so aus«, zögerte der Student.

»Das, Herr Obermeyer, ist auf jeden Fall die Mordwaffe«, schaltete Lisa sich ein, »und sie ist auf Herrn Zuber registriert.«

Bei dem Wort ›Mordwaffe‹ schrak Andreas zusammen. »Ich habe aber niemanden erschossen, vielleicht hat Herr Zuber mehrere von diesem Modell.«

»Laut Waffenregister keine diesen Typs.«

»Ich war es aber nicht!« Der Gesichtsausdruck des Studenten wurde panisch. »Da waren doch die ganze Zeit Leute, die mich gesehen haben. Ich kann es gar nicht gewesen sein«, sah er Hilfe suchend die beiden Kommissare an.

»Sie haben angeblich während des Feuerwerks einen Rundgang um das Gelände gemacht. Hat Sie da auch jemand gesehen?«, fragte Lisa.

Andreas senkte den Blick. »Ich habe gar keinen Rundgang gemacht. Ich bin gleich am Anfang der Runde diesen Tierschützern begegnet. Die haben am Hoteleingang Mahnwache gehalten, und da bin ich hängengeblieben«, seine Miene erhellte sich, »die können das bezeugen, ich war die ganze Zeit während des Feuerwerks bei denen.«

»Das werden wir überprüfen. Haben Sie Namen?« Lisa zückte ihren Kuli.

Andreas sackte zusammen und schüttelte resigniert den Kopf.

»Herr Obermeyer, wir müssen Sie leider vorerst hierbehalten.«

*

»Wie ein Mörder kommt er mir nicht vor«, äußerte Lisa ihre Zweifel kurz darauf in der Cafeteria.

»Nein, mir auch nicht.« Toni stellte das Tablett mit den Kaffeebechern auf dem Tisch ab und setzte sich. »Es passt alles zu gut, kommt einem irgendwie inszeniert vor.«

Peter stimmte ihr zu. »Aber die Indizien sprechen gegen ihn, und er hatte ein Motiv und möglicherweise auch die Gelegenheit. Ich nehme mir das Protokoll von Uwe Kerbholz' Befragung vor. Der hat doch eine Alexa erwähnt, der Nachname fällt mir gerade nicht ein, die er angeblich bei der Mahnwache gesehen hat. Vielleicht sollte ich zum Tierheim fahren«, setzte er gedankenverloren lächelnd hinzu. Wenn er Glück hatte, würde er die nette Ärztin wiedersehen und sie könnten noch einen Tee zusammen trinken.

»Dann nehmen wir uns mal diese Schliewa vor«, riss Lisa ihn aus seinen Träumen. »Mich würde interessieren, warum die ausgerechnet Andreas Obermeyer zu so einem Auftrag das erste Mal allein losgeschickt haben.«

*

Alexa Stein, das war der Name, den der Zeuge Kerbholz genannt hatte. Die junge Dame war tatsächlich engagierte Tierschützerin und freiwillige Helferin im Tierheim, so hatte Peter bei einem Anruf erfahren. »Sie ist oft nachmittags hier. Das ist uns eine große Hilfe, weil die meisten erst abends Zeit haben, nach der Arbeit.«

Peter versuchte es unter der Handynummer, die er vom Tierheim bekommen hatte, aber da meldete sich nur die Mailbox. Also beschloss er, erst mal zum Mittagessen zu gehen und dann auf gut Glück im Tierheim vorbeizufahren. Wer weiß, dachte er versonnen. Vielleicht war Christa Eisele auch da, immerhin war Mittwoch, und Mittwochnachmittags hatten viele Arzt- respektive Tierarztpraxen zu. Kurz darauf schaute er in Fritz Eberhards Büro.

»Warst du schon essen?«

Fritz verneinte und zeigte Peter eine Tupperbox mit Möhren und Paprikastreifen. »Hilde macht Diät, und sie meint, mir würden ein paar Kilo weniger auch nicht schaden.«

»Seit wann denn das?« Peter erinnerte sich, dass der Kollege am Montagabend neben drei alkoholfreien Bieren auch eine Haxe mit Brot bezahlt hatte.

»Naja, eigentlich seit Sonntag«, grinste Fritz schief. »Wir waren mit den Enkeln im Freibad, und da habe ich in meiner Badehose wohl nicht die beste Figur gemacht.«

Peter schaute auf Fritz' Bäuchlein, der Kollege hatte tatsächlich etwas zugelegt, seit sie das letzte Mal zusammen an einem Fall gearbeitet hatten.

»Mich selbst stört es ja gar nicht. Auch bei Hilde nicht, was will ich denn mit so einem mageren Kleiderständer?«, entrüstete sich Fritz, »aber da lässt sie nicht mit sich reden: Seit drei Tagen gibt es bei uns zu Hause nur noch Gemüse – davon wird man doch nicht satt.«

»Dann geh ich mal besser allein essen.« Peter wollte sich zurückziehen.

»Wo gehst du hin?«, fragte Fritz hastig und sperrte seinen PC.

»Wahrscheinlich in die Kantine.«

»Wir könnten zum Italiener.« Fritz stand auf. »Der hat einen Mittagstisch, und ich kann einen gemischten Salat essen.«

*

Lisa und Toni hatten sich ebenfalls für italienisches Essen entschieden. Nicht zuletzt deshalb, weil sich neben der Geschäftsstelle der Schliewa Security ein kleines italienisches Restaurant befand, das einen günstigen Mittagstisch anbot und bei dem man draußen sitzen konnte. Schweren Herzens machten sie sich nach Tomatensalat und Pasta des Tages wieder an die Arbeit. Der Empfangsbereich der Schliewa Security war klein und zweckmäßig eingerichtet. Im hinteren Teil des Raumes saßen an zwei sich gegenüber stehenden Schreibtischen zwei Frauen mittleren Alters. Davor befand sich eine Art Tresen, der Besucher daran hindern sollte, direkt zu den Tischen durchzugehen. Als Lisa und Toni eintraten, erhob sich eine der Frauen und fragte sie nach ihren Wünschen. Die beiden Kommissarinnen stellten sich vor und wiesen sich aus.

»Es geht um einen Auftrag vom vergangenen Sonnabend, ein Personenschutz bei einem Herrn Zuber von der PharmaBel AG.«

Die Kollegin, die am Schreibtisch sitzen geblieben war, tippte etwas in ihren PC ein. »Ja, hier ist es«, schaltete sie sich ein, »so wie ich es sehe, war das ein kleinerer Auftrag, nur eine Person. Trotzdem hat das Herr Keilmann persönlich eingegeben. Das ist einer unserer Geschäftsführer.«

»Ist das ungewöhnlich?«, fragte Lisa nach.

Die Frau schüttelte den Kopf. »Wir sind ein ziemlich kleiner Betrieb. Wir beide«, sie zeigte auf ihre Kollegin, »machen die Buchhaltung. Dann haben wir drei sogenannte Außendienstmitarbeiter. Die meisten Aufträge werden mit denen vor Ort besprochen. Unser Team im Bereich Personenschutz besteht zum Großteil aus freien Mitarbeitern, festangestellte Bodyguards haben wir nur acht.«

»Und wenn es sich dann gerade ergibt«, ergänzte ihre Kollegin, »kommt es schon mal vor, dass einer unserer beiden Geschäftsführer mit den Kunden redet und Verträge abschließt.«

»Normal kümmern sich die beiden natürlich hauptsächlich um die größeren und Stammkunden«, setzte die erste Kollegin hinzu.

»Ist der besagte Herr Keilmann denn im Moment zu sprechen?«, unterbrach Toni den Redefluss der beiden.

»Er ist auf jeden Fall da, ich schau mal, ob er Zeit hat«, erklärte die Sekretärin, die am Tresen stand. Sie verließ das Büro und bat die beiden Kommissarinnen kurz darauf mitzukommen.

Herr Keilmann entsprach in seiner äußeren Erscheinung mehr der Vorstellung eines Bodyguards als der eines Geschäftsführers. Er war mittelgroß und sehr muskulös, glattrasiert mit kurzgeschorenen Haaren. Statt eines Anzugs, wie von einem Geschäftsführer zu erwarten, trug er Jeans und T-Shirt und unter dem T-Shirt-Ärmel lugte ein Teil einer Tätowierung hervor, deren Motiv allerdings nicht zu erkennen war.

»Wie kann ich Ihnen helfen? Frau Schober sagte, es dreht sich um einen Auftrag, den ich in unserem System eingegeben habe?«, nahm er die beiden Kommissarinnen in Empfang.

Lisa erklärte, worum es ging, und der Geschäftsführer rief etwas auf seinem Bildschirm ab, dann nickte er.

»Jetzt erinnere ich mich wieder. Herr Zuber hat mich letzten Mittwoch angerufen und das Ganze selbst in Auftrag gegeben. Es war nur ein kleiner Auftrag – eigentlich nichts Besonderes. Stimmt was nicht damit?« Sein Blick wurde unsicher.

»Herr Zuber hat uns gegenüber behauptet, er habe einen bewaffneten Personenschutz erwartet und sei sehr überrascht gewesen, dass der junge Mann keine Waffe dabei hatte«, stellte Lisa den Sachverhalt dar.

Keilmann runzelte irritiert die Stirn. »Dann haben wir uns aber gründlich missverstanden. Vor allem kannte er, soweit ich mich erinnere, den jungen Mann, Andreas Obermeyer, persönlich und hat explizit ihn angefordert. Da hätte er das mit der Waffe doch wissen müssen. Wir haben ihm gleich einen Vertrag gefaxt, und wenn er den gründlich gelesen hätte ...« Er winkte ab und ließ den Satz unvollendet. »Hat er scheinbar nicht, aber unterschrieben hat er.«

»Sind Sie sich da ganz sicher, dass er speziell Andreas Obermeyer angefordert hat?«, hakte Toni nach.

»Ich meine schon. Wie wäre ich sonst ausgerechnet auf ihn gekommen? Normal haben wir Obermeyer eher für andere Aufträge eingesetzt. Wenn es nicht so war, muss das ein großes Missverständnis gewesen sein.« Er schüttelte ungläubig den Kopf, »das ist mir in meiner fast 10-jährigen Laufbahn jedenfalls noch nicht passiert.«

*

Socke döste in der Mittagssonne und dachte ausnahmsweise einmal nicht an den Mord. Das Rascheln im Gebüsch hörte er zwar, war aber zu bequem, um zu reagieren. Man musste den Mäusen auch mal eine Pause gönnen. Obwohl, das Geräusch ließ auf ein größeres Tier schließen.

»Steh auf, du fauler Kater, wir müssen den Mörder fangen.« Clooneys Stimme war von einer Entschlossenheit, die der trägen Katze normalerweise abging.

»Was hat dich denn gebissen?« Socke öffnete vorsichtig die Augen.

»Ich finde keine Ruhe, solange da draußen ein Mörder herumläuft.« Das klang eher nach einem Satz, den Clooney bei den Menschen aufgeschnappt hatte.

Socke richtete sich auf und blickte seine Nachbarin irritiert an.

Die drängelte: »Komm, wir schauen uns am Tatort um.«

»Also erstens haben wir das bereits ohne Ergebnis getan. Und zweitens: Kannst du mir erklären, warum gerade du in der größten Mittagshitze durch die Gegend laufen möchtest?«

Die Grautigerin schluckte. »Schinken«, setzte sie dann zu einer Erklärung an, und Socke verstand sofort. Clooney war sehr beeindruckt von Sockes Belohnung am Morgen gewesen. Die mögliche Anerkennung für weitere sachdienliche Hinweise war zu verlockend.

»Aber wir waren doch schon dort und haben nichts gefunden«, protestierte der Kater schwach.

»Wir müssen weiter in die Umgebung gehen, wir waren nur direkt am Tatort.« Die wohlgenährte Grautigerin schien wild entschlossen.

»Und das bei dieser Hitze«, murrte Socke, stand aber, gutmütig wie er war, auf.

»Ohne Fleiß kein Preis!« Clooney leckte sich die Schnauze, ihre Verfressenheit übertraf ihre Faulheit bei Weitem.

Die Katzen trabten in den Park, in dem die Bäume und Sträucher wenigstens etwas Schatten spendeten. Zunächst steuerten sie die Bank an, auf der sie die Leiche gefunden hatten, aber wie erwartet herrschte ein Durcheinander von Gerüchen. Clooney steckte ihre Nase tief ins dahinterliegende Gebüsch.

»Äh, nach was suchen wir genau, hast du eine Idee?«, erkundigte sich Socke bei ihrem Hinterteil.

»Mist, da war eine Maus, aber sie ist mir entwischt.« Der Kopf der Grautigerin kam zum Vorschein. »Wir suchen nach einem Anhaltspunkt«, erklärte sie dann würdevoll.

»Aha.« Socke verzichtete auf die Aufforderung, diesen Anhaltspunkt näher zu spezifizieren und schnüffelte lustlos durchs Unterholz. Wenn er seiner neuen Nachbarin damit eine Freude machen konnte, würde er halt mitspielen.

Clooney strebte weiter ins Gestrüpp hinter der Bank. In einiger Entfernung war eine Mauer zu sehen, auf die die Katzen zugingen.

»Was ist da hinter der Wand?«, wollte Socke wissen.

»Da ist die Straße, und gegenüber geht's aufs Messegelände.« Die Grautigerin kannte sich aus.

Socke sprang auf die Einfassung und blickte auf eine vierspurige Fahrbahn. Einen Gehweg gab es hier nicht, nur einen schmalen Grünstreifen.

Keuchend landete die mollige Clooney neben ihm. »Vielleicht ist der Mörder hier entlanggekommen«, schnaufte sie.

Die Wand war zwar nicht so hoch, dass ein Mensch sie nicht hätte ohne Hilfsmittel überwinden können, aber der

Kater zweifelte trotzdem an dieser Theorie. Dem ungeachtet war Clooney schon auf den Randstreifen gehopst und schnüffelte aufgeregt.

»Jede Menge Spuren«, rief sie ihrem Nachbarn euphorisch zu.

Socke zögerte, seine Erfahrung mit stark befahrenen Straßen war alles andere als gut. Seine Mutter hatte ihn und seine beiden Schwestern auf einem Autobahn-Rastplatz geboren, nachdem sie dort als werdende Mutter ausgesetzt worden war. Mehr schlecht als recht konnte die Mutterkatze ihre kleine Familie ernähren, und sie musste das Trio öfter sich selbst überlassen, als es ihr lieb war. In einem dieser unbehüteten Momente war der vorwitzige Socke auf Wanderschaft gegangen. Die laut brummenden Dinger, die die Menschen Autos nannten, hatten ihn dabei nicht eingeschüchtert. Mit aufgeplustertem Pelz hatte er sich so einem Ungetüm entgegengestellt und war prompt erwischt worden. Hätte seine Mutter nicht sofort reagiert und den blutenden Kater von der Straße gezerrt, so wäre es das Ende gewesen. Glücklicherweise hatten sich kurz darauf tierliebe Menschen gefunden, die die vier Katzen schnellstmöglich ins Tierheim brachten. Aber davon hatte Socke schon gar nichts mehr mitbekommen. Seine Erinnerung setzte erst wieder ein, als er in der Krankenstube des Tierheims aufwachte. Dort verbrachte er eine sehr lange Zeit. Er wurde gepiekst, verdreht und fixiert, bekam übel schmeckende Medizin und hatte oft Schmerzen, doch endlich konnte er als geheilt in die Normalstation überwechseln. Geblieben waren ihm sein gelähmter Schwanz und die vage Erinnerung an die Mutter und seine Schwestern. Die drei Katzen hatte man in der Zwischenzeit gemeinsam in gute Hände weitervermittelt.

»Schau dir das an.« Clooneys Stimme holte ihn in die Realität zurück. Stolz präsentierte ihm die Grautigerin einen Fetzen Zeitungspapier und wuchtete sich mitsamt ihrer Beute zu ihm auf die Mauer.

Socke konnte zwar nicht nachvollziehen, warum gerade dieser Papierfetzen ein Indiz für den Mord sein sollte, wollte aber seiner Nachbarin den Spaß nicht verderben und gab daher bewundernde Geräusche von sich.

»Das eine Zimmermädchen hat doch von Zeitungsartikeln gesprochen«, begründete Clooney ihre Überzeugung. Socke hatte ihr von dem belauschten Gespräch ausführlich berichtet. Trotzdem blieb er skeptisch und folgte der Grautigerin nachdenklich aus dem Park hinaus.

*

»Das wäre dann zweimal das Tagesangebot Pizza Salami, einmal mit extra Käse, zwei Cola light und zwei Espresso.«

»Ich bezahle.« Fritz zückte sein Portemonnaie.

»Nix da, ich bin dran. Außerdem habe ich dich quasi überredet, mit mir essen zu gehen.« Peter schnappte sich die Rechnung. Er verlor kein Wort darüber, dass Fritz statt des angekündigten Salats, ohne mit der Wimper zu zucken, die Pizza mit extra Käse bestellt hatte. Immerhin gab es dazu, zur Beruhigung des Gewissens, ein Lightgetränk.

Die junge Bedienung verdrehte die Augen, sie hatte eigentlich schon seit zehn Minuten Feierabend. Die beiden Männer hatten so angeregt miteinander diskutiert, dass sie nicht gemerkt hatten, wie sich das Lokal mehr und mehr leerte. Als endlich die Gläser dieser beiden letzten Gäste leer waren, hatte die junge Frau sie gefragt, »wollen Sie zahlen oder haben Sie noch einen Wunsch?« Worauf die beiden, zu ihrem Entsetzen, noch einen Espresso bestellten.

Inzwischen war es Viertel nach zwei, und mit einem »wir schließen jetzt« präsentierte sie den beiden die Rechnung. Peter bezahlte.

»Dann bin ich aber morgen dran.« Fritz steckte sein Portemonnaie ein. »Morgen ist Pasta-Tag.« Die Bedienung verdrehte abermals die Augen – sie hatte auch am Folgetag Dienst –, wurde aber durch ein großzügiges Trinkgeld besänftigt.

»Schönen Tag noch.« Sie beeilte sich, hinter den beiden die Tür abzuschließen.

»Oh Mann, schon so spät.« Erstaunt schaute Fritz auf seine Uhr und machte sich auf den Weg zum Präsidium.

Peter steuerte Richtung Tiefgarage. Die beiden Männer hatten den Fall gründlich durchgesprochen. Sie zweifelten beide an der Schuld von Andreas Obermeyer, je länger sie über die Sachlage diskutierten. Der nächste auf der Liste der Verdächtigen war Anton Killian, er hatte Gelegenheit und Motiv. Gelegenheit hatten allerdings viele, und einige Verdachtsmomente sprachen auch gegen Zuber, allerdings hatte der bisher kein Motiv.

»Wir müssen uns intensiver in Finkenburgs Umfeld umschauen. Könnte sein Partner ein Motiv haben? Oder doch die Ehefrau?«, fragte Peter.

»Das Offensichtliche habe ich inzwischen durch, Testament, Ehevertrag und Bilanzen der Klinik, da war nichts. Auch kein Hinweis auf krumme Geschäfte. Aber ich bin noch dran.« Und wenn es irgendwo Unregelmäßigkeiten gab, würde Fritz sie finden.

»Und stell bitte eine Liste zusammen, wo überall Waffen des Typs Walther P22 in Hannover registriert sind.

Der Verdächtige hat mich da auf eine Idee gebracht«, bat Peter seinen Kollegen.

»Meinst du, jemand hat die Waffen vertauscht? Da wäre Zuber ja der heißeste Kandidat«, schlussfolgerte Fritz.

»Der, oder jemand aus seinem näheren Umfeld.«

Peter machte sich auf den Weg zum Tierheim. Er schaltete das Radio an. Für den Abend wurden Gewitter angekündigt, aber das tat seiner guten Laune keinen Abbruch.

*

Auf seine Frage nach Alexa Stein brachte ihn der nette junge Mann im Tierheim in die Katzenkrankenstube.

»Alexa, Besuch für dich«, rief er der jungen Frau zu, die gerade dabei war, ein Katzenklo sauber zu machen, dann zog er sich mit einem Winken zurück.

»Guten Tag, mein Name ist Peter Flott von der Kripo Hannover«, stellte Peter sich vor.

»Hallo, das trifft sich gut, dann können Sie mir gleich mal helfen, Mietzi ihre Tablette zu geben.« Alexa Stein reichte Peter ein Paar dicke Stulpenhandschuhe, dann besann sie sich wohl auf seine Worte, »Kripo? Ist was passiert?«

Peter erklärte ihr, worum es ging.

»Können Sie mir trotzdem helfen, danach habe ich alle Zeit der Welt für Sie.«

Peter schmunzelte und nickte, Alexa Stein hatte eine sehr überzeugende Art. Sie war etwas kleiner als er, hatte große dunkle Augen und dunkelbraune Haare, die zu einem Pferdeschwanz gebunden waren. Sie trug Jeans und ein T-Shirt mit dem Tierheim-Logo.

»Das ist Mietzi«, deutete sie auf eine Katze, die allein in

einem kleinen Käfig saß. »Sie ist herzkrank und braucht jeden Tag eine Tablette, leider ist das bei ihr etwas schwierig. Die meisten Tiere nehmen Medikamente in einem Stück Leberwurst oder Fisch, aber bei Mietzi braucht es härtere Bandagen.« Sie lachte und deutete auf die Handschuhe.

Eigentlich sah Mietzi, eine schwarz-weiße Katze, ganz harmlos aus, wie sie sich da in die Ecke ihres Käfigs drängte, aber Peter zog folgsam die Handschuhe über.

»Wenn ich den Käfig aufmache, geben Sie mir Deckung«, erklärte Alexa nun die Strategie, »ich muss die Tür ganz aufmachen, dass ich sie richtig zu fassen kriege, da wird sie versuchen zu entwischen. Sie sorgen dafür, dass das nicht gelingt. Fest zupacken und nicht mehr loslassen.«

»Okay, ich werde es versuchen.« Langsam wurde es Peter doch etwas mulmig.

»Jetzt!«, kam das Kommando zum Start. Dann ging alles ganz schnell, Mietzi schoss wie ein Blitz vor, aber an Peter kam sie nicht vorbei. Er hielt sie fest, obwohl sie fürchterlich zappelte und kratzte, Peter war froh, die Handschuhe angezogen zu haben. Alexa wickelte die Patientin in ein Badehandtuch und klemmte sie sich unter den rechten Arm. Mit der linken Hand öffnete sie geschickt das Mäulchen.

»Schnell die Tablette!« Mit dem Kinn deutete sie auf eine kleine grüne Pille auf dem Tisch hinter Peter. »Ins Maul«, keuchte Alexa.

Peter tat, wie ihm geheißen war, und nachdem Alexa der zappelnden Mietzi eine Weile die Schnauze zugehalten hatte, entspannte sie sich schließlich.

»So, das wär's fast. Geben Sie mir noch mal Deckung.«

Sie setzte die Katze samt Handtuch in den Käfig und schloss die Tür. Durch das Gitter legte sie Mietzi ein paar Leckerlis hin, die diese allerdings verschmähte.

»Das hätten wir, vielen Dank.« Alexa zog sich die Handschuhe aus.

Peter tat es ihr gleich und brachte währenddessen die Sprache auf den Samstagabend und Andreas Obermeyer.

»Ja, ich erinnere mich an ihn. Der war eigentlich ganz nett, obwohl er für diesen Pharma-Konzern gearbeitet hat. Er ist eine ganze Weile bei uns gestanden, wir haben uns über Tierschutz unterhalten.«

»Erinnern Sie sich, ob er eine Waffe getragen hat?«, wollte Peter wissen.

»Tut mir leid, da habe ich echt nicht drauf geachtet. Aber sie können Joe und Didi fragen, die waren auch dabei. Die haben für so was wahrscheinlich eher einen Blick.« Alexa lachte. »Ich kann Ihnen gleich die Telefonnummern raussuchen.«

»Und die korrekten Namen«, fügte Peter schmunzelnd hinzu.

»Klar. Die helfen Ihnen bestimmt gern. Wir sind nämlich gar nicht so böse, wie uns die Presse neulich dargestellt hat.« Alexa sah an ihm vorbei und erstarrte plötzlich, »oh nein.«

Peter folgte ihrem Blick und sah, wie Mietzi die Leckerlis mit Genuss verspeiste. Neben ihr lag eine grüne Tablette, die eben noch nicht dagewesen war.

»Dieses Biest!«, entrüstete sich Alexa.

»Und jetzt?« Peter fürchtete schon, der kleine Nahkampf von eben würde sich wiederholen.

»Das ist ein Fall für Chris, unsere Tierärztin. Wer keine Tabletten nimmt, der muss jeden Tag eine Spritze kriegen.« Der zweite Teil ihres Satzes war an die renitente Mietzi gerichtet.

»Ist Frau Eisele denn auch da?«, versuchte Peter sich betont beiläufig zu erkundigen.

»Nee, sie kommt erst in etwa einer halben Stunde. Wenn Sie auf sie warten wollen, mache ich gerne solange mit Ihnen eine Tierheimführung?«

»Ach nein, das tut nicht not, Sie haben sicher Besseres zu tun«, antwortete der Kommissar verlegen.

»Ich mache es gerne, vielleicht entschließen Sie sich sogar, ein Tier aufzunehmen.«

»Das habe ich schon, Socke ist bei mir untergekommen. Den müssten Sie eigentlich auch kennen.«

Alexas Miene hellte sich auf. »Sie sind das. Dann müssen Sie unbedingt hierbleiben. Chris, ich meine Frau Eisele, freut sich bestimmt.« Offenbar lag der jungen Frau nicht nur die Katzenvermittlung am Herzen.

*

Die Beobachtung des Mörders gestaltete sich als schwierig. Sie hatte alle möglichen Aufenthaltsorte aufgesucht, ihn aber nicht zu Gesicht bekommen. Schließlich war sie wieder in ihre Wohnung zurückgekehrt. Sie durchforschte das Internet und sämtliche verfügbaren Tageszeitungen. Der Mord war in den Printmedien zwar angekommen, aber die Berichte blieben allgemein, wahrscheinlich tappte man im Dunkeln. Das Gefühl der Macht, das sie beim Lesen empfand, war unvergleichlich. Sie allein kannte den Mörder. Sie hatte ihn gesehen, und sie konnte ihn ausliefern. Das Leben des Mannes, der ihr die Rache versagt hatte, lag in ihrer Hand. Sie konnte sein Leben zerstören, so wie ihr

Leben zerstört worden war. Und sie würde sein Leben zerstören. Noch ahnte er nichts, doch das würde sich ändern. Vor ihr lag ein weißes Blatt Papier. Sie holte die Schere aus ihrer Küchenschublade und machte sich ans Werk.

*

»S-o-n-d-e-r«, buchstabierte Mikey. Clooney beobachtete ihn ungeduldig dabei, wie er den Text auf dem Zeitungsfetzen entzifferte.

Sonder. Die Katzen kannten kein Wort, das so lautete. Aber das Papier war an dieser Stelle durchgerissen, und so galt es, diesen Ausdruck zu vervollständigen.

»Sonder-bar«, schlug Mikey vor, dem die ganze Situation suspekt anmutete.

»Nein. Sonder-angebot!« Clooney war sich ihrer Sache sicher, und Socke gab ihr insgeheim recht. Allerdings war er, anders als die Grautigerin, der Meinung, dass es sich bei diesem Angebot um eine ganz normale Werbeannonce handelte. Die Abbildung, die unter dem Wortfetzen zu erkennen war, erinnerte ihn an ein Stück Fleisch, und wahrscheinlich handelte es sich hier um eine Anzeige für Grillfleisch, denn das hatte im Sommer Saison. Clooney wiederum war überzeugt, dass auf dem Bild Implantate zu sehen seien und fühlte sich weiter in ihrer Überzeugung bestätigt, weil schließlich eines der Zimmermädchen ebenfalls in diesem Zusammenhang von Sonderangeboten gesprochen hatte. Socke hatte der Grautigerin das belauschte Gespräch tatsächlich nahezu wortgetreu berichtet, war aber jetzt trotzdem erstaunt, wie gut seine Katzenfreundin, entgegen ihrer sonstigen Art, sich alles gemerkt hatte.

»Sonderangebote können sich auf alles beziehen. Im Tierheim war zum Beispiel öfter die Rede von welchen für Katzenfutter«, versuchte er Clooneys Euphorie zu dämpfen.

Er erinnerte sich genau, dass im Tierheim immer wieder Sonderangebote jeglicher Art das Thema gewesen waren und rege genutzt wurden. Eine freiwillige Mitarbeiterin, die dunkelhaarige Alexa, hatte sogar öfter derartige Offerten genutzt und sie zum Wohl ihrer Schützlinge aus eigener Tasche bezahlt. Eines ihrer zahlreichen Schnäppchen, günstige Baldriankissen, waren dabei besonders in Sockes Erinnerung geblieben. Alexa hatte für jeden Bewohner des Katzenhauses eines gekauft, was dort für eine nie dagewesene Hochstimmung gesorgt hatte. Besonders dem dicken Willi, einem roten Kater, den Besucher oft mit dem Comic-Kater Garfield verglichen, hatten es die Kissen angetan. Er bearbeitete seines so intensiv, dass es schließlich zerriss und sein Inhalt, eine Art streng riechende Sägespäne, sich im ganzen Raum verteilte. Willi war selig und Alexa bekam Ärger. Die Katzen wurden für einen Tag evakuiert, und als sie zurückkamen waren Sägespäne und Baldriangeruch verschwunden, sehr zum Leidwesen des roten Willi.

»Aber auf der Abbildung ist eindeutig ein Implantat«, insistierte Clooney und lenkte Sockes Aufmerksamkeit auf die aktuelle Situation.

»Woher weißt du denn überhaupt, wie so etwas aussieht?«, warf Mikey zaghaft ein.

»Das weiß man«, wischte Clooney seinen Einwand beiseite. »Wir müssen uns nur noch überlegen, wie wir dem Kommissar diese Information zukommen lassen.« Sie kratzte sich nachdenklich hinter dem Ohr. »Und er muss natürlich wissen, dass ich die Informantin bin«, setzte sie dann hinzu und betrachtete geistesabwesend ihre Pfote.

Die beiden Kater wechselten einen resignierten Blick, sie wussten, wann sie verloren hatten.

»Leg es vor die Haustür und ein paar deiner Haare dazu«, regte Mikey an.

»Das fliegt doch beim ersten Windstoß weg«, zweifelte Socke. »Wir müssen es mit einem Stein beschweren.«

»Gute Idee! Die könnte von mir sein«, war die Grautigerin sofort Feuer und Flamme von diesem Vorschlag und drapierte Papier nebst Stein auf Peters Eingangspforte. Mit ihren Krallen riss sie sich anschließend ein Haarbüschel aus, doch mit dem Ergebnis war sie nicht zufrieden: »Man sieht gar nicht, dass es von mir ist.«

»Man sieht die Haare überhaupt nicht«, präzisierte Mikey.

»Ich hab eine Idee«, schaltete Socke sich wieder ein. »Wartet einen Moment.« Er verschwand in Richtung Park.

Mikey sah ihm sehnsüchtig hinterher, denn Clooney ließ sich sogleich wortreich über ihre nahende Karriere als Detektivin aus. »Ich muss meine Menschin dazu bringen, mir einen eigenen Kühlschrank anzuschaffen, in dem ich die zu erwartenden Belohnungen aufbewahren kann. Er muss für Katzen zu öffnen sein, damit ich jederzeit …«

»Mikey!«, schallte es aus dem benachbarten Garten. Die kleine Louisa rief nach ihrem Kater. Der reagierte, ganz im Gegensatz zu seiner Gewohnheit und wider die kätzische Natur, sofort: »Ich muss leider los. Mach's gut.« Und weg war er.

»Selbstverständlich sollte ich darauf achten, regelmäßige Pausen einzuhalten. Ein Mittagsschläfchen ist wichtig, und man sammelt Energie für weitere Ermittlungen …«, setzte Clooney ihr Selbstgespräch fort, ohne den Abgang ihres Nachbarn zu bemerken.

*

Lisa sah auf die Uhr. Wenn seine Helferin recht hatte, musste Dr. Jankowitz gleich Feierabend machen. Sie und Toni hatten sich die Arbeit aufgeteilt, nachdem sie von der Befragung der Security-Firma zurückgekommen waren. Da Lisa bereits mit dem Kieferorthopäden gesprochen hatte, sollte sie auch die heutige Befragung übernehmen, während Toni den Bericht über den Besuch bei der Schliewa schreiben würde. Lisa war zwar versucht gewesen zu kneifen, aber das wäre ihr unprofessionell erschienen. Jankowitz hatte sich ihr gegenüber völlig korrekt verhalten, und es war nicht das erste Mal, dass ein Zeuge versucht hatte, sich mit ihr zu verabreden. Er konnte schließlich nichts dafür, dass seine blauen Augen sie ein klein wenig nervös machten. In diesem Moment trat der Arzt aus der Tür. Lisas Herz machte einen unkontrollierten Hüpfer. Sie hatte bei ihrem Anruf in seiner Praxis nicht gebeten, ihm Bescheid zu geben, allerdings auch kein explizites Stillschweigen verlangt. Aber ganz offensichtlich hatte die Helferin ihr Telefonat nicht erwähnt. Jankowitz wirkte ehrlich und, wie es schien, angenehm überrascht.

Strahlend kam er auf Lisa zu: »Guten Tag, das ist ja eine schöne Überraschung. Haben Sie es sich doch anders überlegt?«

Seine Freude machte Lisa verlegen, sie schüttelte den Kopf. »Ich habe noch ein paar dienstliche Fragen.«

»Wenn Sie mögen, können wir dabei trotzdem etwas trinken«, er deutete mit dem Kopf auf ein Café gegenüber,

»dort gibt's zwar keinen Champagner, aber vielleicht ein Glas Rotwein oder …«

»Zwei alkoholfreie Bier«, bestellte er kurz darauf bei dem weißbeschürzten Kellner.

»Herr Jankowitz«, ging Lisa gleich zum dienstlichen Teil über, »Ihr Partner hat seiner Geliebten gegenüber etwas von einer einträglichen Sache erzählt, die ihm angeblich in nächster Zeit viel Geld bringen sollte. Wissen Sie, was das sein könnte?«

Bei der Erwähnung der Geliebten verzog Carsten Jankowitz sein Gesicht, als habe er Zahnschmerzen, dann schüttelte er langsam den Kopf. »Eine Geliebte hatte er also, davon wusste ich nichts. Daran sieht man, wie fremd mir mein ehemaliger Studienkollege geworden ist. Vor Jahren haben wir zusammen in einer Studenten-WG gewohnt und waren so was wie befreundet. Er war schon damals eher der Forschere, Risikofreudigere von uns beiden. Als er geheiratet hat, haben wir uns aus den Augen verloren. Manchmal habe ich über ihn in der Zeitung gelesen. Das mit dem Skandal wegen der defekten Implantate habe ich natürlich mitbekommen. Damals sind wir uns zufällig über den Weg gelaufen.«

Das Bier wurde gebracht, und Jankowitz nahm einen Schluck, bevor er fortfuhr: »Er war in Geldschwierigkeiten, und ich habe gerade nach einer Klinik gesucht, in der ich ein paar Belegbetten nutzen konnte. Also sind wir ins Geschäft gekommen. Wir haben beide profitiert – wie heißt das heute so schön: eine Win-win-Situation.« Er lachte freudlos, nahm einen weiteren Schluck und betrachtete nachdenklich sein Glas. »Ab und zu haben wir uns auf ein Bier zusammengesetzt, aber ansonsten spielten wir gesellschaftlich nicht in der gleichen Liga. Naja, ich war da auch nicht scharf drauf.«

»Sie wissen also nicht, was er mit seinen Andeutungen gemeint haben könnte?«, kam Lisa auf ihre Ausgangsfrage zurück.

Resigniert schüttelte der Arzt den Kopf. »Wir waren uns fremd. Sogar noch fremder, als ich gedacht habe, wie sich jetzt herausstellt. Eine Geliebte ...« Er schien es nicht glauben zu können. »Wenn wir mal was zusammen trinken waren, ging es eher um allgemeine Themen wie Fußball oder wenn es sein musste mal um Politik. Privates kam selten zur Sprache.«

»Und Geschäftliches?« Lisa beobachtete ihr Gegenüber aufmerksam.

»Hm«, Jankowitz machte ein nachdenkliches Gesicht, »mir ist da in den letzten Tagen jedenfalls nichts Ungewöhnliches aufgefallen, seit ich die Klinikleitung kommissarisch übernommen habe. Haben Sie schon mit seinem Anwalt gesprochen?«

»Das tun wir natürlich, aber manchmal sind solche Geschäfte nicht unbedingt in den offiziellen Unterlagen zu sehen.«

Jankowitz nickte und trank aus. »Ich glaube, jetzt brauche ich doch ein richtiges Bier.« Er winkte dem Kellner. »Wie sieht es mit Ihnen aus?«

*

»Das halte ich echt für ein bisschen übertrieben«, maulte Clooney.

»Also ich finde es perfekt.« Wohlgefällig betrachtete Socke die fette Maus vor Peters Tür, die nun statt dem

Stein den umstrittenen Zeitungsfetzen beschwerte. »So weiß Peter genau, dass der Tipp von uns kommt.« Wenn man davon absah, dass es sich bei dem Papierabschnitt um einen recht fragwürdigen Fingerzeig handelte, fand der Kater seine Idee mit der Maus genial.

»Ja, aber du weißt doch gar nicht, ob Peter Mäuse mag, womöglich wirft er sie weg. Wir …«, die Grautigerin schluckte, »wir könnten sie doch auch gleich aufessen. Ein kleiner Imbiss käme mir jetzt ganz gelegen. Detektivarbeit macht hungrig.«

Der Kater musste zwar zugeben, dass Peter die Mäusegabe von neulich kommentarlos in den Mülleimer entsorgt hatte, blieb aber stur. »Wenn du einen Stein hinlegst, denkt keiner, dass das Papier von uns ist.«

»Ich halte Wache, bis er kommt«, bot Clooney an, »und wenn er den Hinweis entdeckt, werde ich ihm gegenübertreten, und dann wird er schon verstehen. Er ist schließlich Kommissar.« Die Katze hielt viel von diesem Berufsstand, wusste man doch aus dem Fernsehen, dass diese Ermittler beinahe jeden Fall lösten.

»Das kann dauern, bis er heimkehrt. Du möchtest doch sicher auch mal weg«, beharrte Socke.

»Papperlapapp! Wenn wir die Maus verzehren, bin ich gestärkt genug, um durchzuhalten. Wenn du mir deinen Anteil abgibst, bleibe ich sogar die ganze Nacht, das ist überhaupt kein Problem«, gab Clooney an und betrachtete sehnsüchtig das wohlgenährte Nagetier.

»Falls du in der Nähe bleibst, kannst du ihm die Maus sofort wieder abbetteln. Dann hast du gleich zwei Belohnungen.« Socke ließ nicht mit sich handeln.

Die Tür des Nachbarhauses wurde geöffnet und Frau Bilgur trat auf die Schwelle: »Na, ihr beiden. Habt ihr

Hunger?«, fragte sie, glücklicherweise galt ihr Blick ausschließlich den Katzen, und sie bemerkte weder Maus noch Zettel auf der Türschwelle nebenan.

»Miau, und wie!« Clooney rieb sich an ihrem Bein.

»Und was ist mit dir, Socke?«, wandte sich die freundliche alte Dame an den Weißpfotigen. Der war, wenn er es sich recht überlegte, einer kleinen Zwischenmahlzeit nicht abgeneigt und näherte sich daher gleichfalls dem nachbarlichen Schienbein.

»Na, dann kommt«, lachte Frau Bilgur.

»Wenn man schon keine Maus essen darf«, brummte Clooney unwillig und drängelte sich neben Socke in die Wohnung und an den gut gefüllten Futternapf.

*

Toni schaltete ihren PC aus. Wenn sie sich beeilte, konnte sie heute Abend noch eine Runde um den Maschsee laufen, bevor das angekündigte Gewitter kam. Ein Jogginglauf um den See würde ihr hoffentlich helfen, einen klaren Kopf zu bekommen. Soeben hatte sie sich nämlich heftig mit ihrer Kusine gestritten, die einfach nicht verstehen wollte, warum Toni bei ihrer Hochzeit nicht als Brautjungfer fungieren wollte. Auf Tonis, zugegebenermaßen recht emotionale Argumentation gegen dieses Amt, hatte ihre Kusine ihr an den Kopf geworfen, sie sei eine engstirnige Emanze und würde sicher nie einen Mann finden. Toni hatte geantwortet: »Besser kein Mann als so ein widerlicher Macho wie deiner« und hatte aufgelegt.

Jetzt tat ihr diese heftige Reaktion leid, der Mann ihrer Kusine war nämlich eigentlich ganz in Ordnung. Außerdem würde es sicher nicht lange dauern, bis ihr Vater Wind von der Sache bekäme und sie zur Rede stellen würde. Das Telefon klingelte und sie zuckte zusammen. Dann besann sie sich. Ihr Vater konnte das nicht sein, aus ihrer Familie kannte niemand ihre dienstliche Nummer. Für einen Moment war sie trotzdem versucht, den Anruf zu ignorieren. Dann siegte ihr Pflichtbewusstsein und auch Neugier.

»Er war's nicht!«, erklang eine männliche, etwas verwaschene Stimme aus dem Hörer.

Toni runzelte die Stirn »Hallo, wer ist da?«

»Ich bin's, Udo. Der Wohnungsss…genoss…sse von Andreas.« Bei dem Wort ›Wohnungsgenosse‹ verhaspelte er sich etwas. »Hallo, Toni. Ich wollte nur sagen, ihr habt den Falschen verhaftet, Andy war's nicht!«

»Also, erstens wird er nur vorrübergehend festgehalten und zweitens, wenn er es nicht war, werden wir das schon feststellen, und dann kommt er ganz schnell wieder frei«, erklärte Toni geduldig. Sie hatte gleich gemerkt, dass der Freund von Andreas nicht mehr ganz nüchtern war.

»Hast du Lust, mit mir ein Bier trinken zu gehen? Dann erkläre ich dir, was für ein ehrlicher Kerl Andreas ist.« Udo machte eine kurze Pause, »und ich bin auch nicht übel!«

Toni musste lachen, »das ist Beeinflussung der Polizei.«

»Das ist die Wahrheit!«

»Udo, hör zu, du solltest erst mal deinen Rausch ausschlafen, und wenn du dann immer noch mit mir ausgehen möchtest, können wir darüber reden.«

»Ich bin nicht betrunken, nur traurig, weil ihr den Falschen verhaftet habt.« Er kicherte plötzlich, »versprichst du, mit mir auszugehen?«

»Ich werde es mir überlegen.« Toni legte auf.

*

Nach ihrer Mahlzeit hatte Frau Bilgur die Katzen durch die Terrassentür in den Garten entlassen, und Socke war endlich dazu gekommen, sein vor langer Zeit begonnenes Mittagsschläfchen zu Ende zu bringen. Er erwachte, als Peter seinerseits in den Garten trat. Der Kommissar hielt in einer Hand den Zeitungsausschnitt, in der anderen einen Stein, wie Socke verwundert feststellte. An seinem Arm baumelte eine Einkaufstasche. Der Kater ging auf ihn zu und reckte sich nach dem Papierfetzen.

»Na, was hat es denn mit diesem Ding auf sich?«, fragte Peter erstaunt. »Zuerst zeigt Clooney so ein ausgiebiges Interesse daran und jetzt auch noch du. Ist da Katzenminze dran?« Er betrachtete das Papier eingehend, die darauf abgedruckte Nachricht schien ihn nicht sonderlich zu beeindrucken.

Also wohl doch eher Grillfleisch und keine Implantate, mutmaßte Socke.

Wie zur Bestätigung fuhr der Kommissar fort: »Man könnte meinen, ihr habt das Angebot erkannt und wollt jetzt, dass ich euch ein Steak kaufe.« Er grinste, »so ein Zufall, rate mal was es heute Abend zu essen gibt.« Er betrat das Haus und warf als Erstes Zettel und Stein in den Müll.

Socke folgte ihm. Er hatte also recht behalten, blieb die Frage, was mit der fetten Maus geschehen war. Doch auch hierfür ahnte der Kater die Antwort, und er verzieh Clooney großmütig den Mundraub, während er beobachtete, wie Peter ein riesiges Stück Fleisch aus seiner Einkaufstüte zog.

*

Socke saß neben Peter auf einem Gartenstuhl und träumte von seinem neuesten Leibgericht. Rindersteak! Peter hatte sich zum Abendessen einen Salat gemacht und dazu das Steak gebraten. Und ein Streifen des Fleisches war ungewürzt in Sockes Napf gewandert. So etwas Köstliches hatte der noch niemals gegessen. Auch Peter schien zufrieden zu sein. Versonnen sah er in den Sternenhimmel – das Gewitter ließ noch immer auf sich warten.

»Socke, ich habe morgen Abend eine Verabredung, ein Date«, teilte er dem Kater mit, »mit dieser netten Tierärztin, Chris heißt sie.«

Bei der Erwähnung der Tierärztin schreckte Socke hoch. Seine Ohren wackelten nervös.

»Sie will mit mir essen gehen.« Peter zündete sich eine Verdauungszigarette an.

Socke entspannte sich, Essen gehen war auf jeden Fall nichts Schlimmes.

Er wusste natürlich schon, dass ›Essen gehen‹ bei den Menschen mehr bedeutete als die bloße Nahrungsaufnahme, und Peter hatte außerdem von einer Verabredung gesprochen. Aber der Kater war der Meinung, wenn es mit Essen verbunden war, konnte es nicht schlecht sein. Er hatte auf diesem Gebiet als Beobachter so seine Erfahrungen gesammelt. Uwe Kerbholz zum Beispiel, der Mann bei dem er die vergangenen Monate gewohnt hatte, war mit Frauen immer nur ›einen trinken‹ gegangen. Oft war auch das nicht geschehen und offensichtlich nie zu Uwes Zufriedenheit. Mit einem Mädchen namens Cora, die er an der Straßenbahnhaltestelle kennengelernt hatte, war er einmal ›Cocktails trinken‹ gewesen und kam schlecht gelaunt nach Hause. Andere Frauen – echte nicht so komische verkleidete wie bei dem besagten Junggesellenabschied – waren in seiner Wohnung gar nicht aufgetaucht, und wenn er mit seinen Kumpels mal über das weibliche

Geschlecht redete, klang das nicht sehr respektvoll, und die Frauen taten Socke leid. Ganz anders Arno, ein Pfleger aus dem Tierheim. Arno war ein Bär von einem Mann mit einem weichen Herz, nicht nur für Tiere. Arno hatte mit Socke nach dessen Unfall regelmäßig trainiert. Der Kater musste einige Zeit in einer engen Box sitzen, damit er sein verletztes Bein nicht übermäßig belasten konnte. Zweimal täglich hatte Arno mit ihm Gymnastikübungen zum Aufbau der Muskulatur gemacht und dabei sein Privatleben vor dem Kater ausgebreitet. Arno war Single und hatte regelmäßig Verabredungen zum Essen. Während Socke auf einem Balken entlangbalancierte, um das Leckerchen am anderen Ende zu erreichen, schwärmte Arno ihm von den Frauen vor, die er ausgeführt hatte. Zumeist lud er seine derzeitige Flamme dabei in ein vegetarisches Restaurant in Hannovers Innenstadt ein. Das kam bei der Damenwelt zum einen gut an, zum anderen kannte Arno den Koch und war mit ihm befreundet. Die beiden hatten sich sogar eine besondere Werbemaßnahme für das Tierheim ausgedacht, von der auch das Restaurant profitierte. Einmal im Monat nahmen sie fürs regionale Fernsehen eine Kochsendung auf. Das Gericht, das die beiden Männer zauberten, stand dann für den aktuellen Monat auf der Speisekarte. Wer es bestellte, spendete damit einen Teil des Preises fürs Tierheim. Arno gelangte mit dieser Aktion zu einer gewissen Berühmtheit und hatte seither noch mehr Glück bei den Frauen. Und wenn er auch selbst kein Vegetarier war, so ging er mit seiner jeweils gerade Angebeteten gerne dorthin, sonnte sich in ihrer Bewunderung und erfreute sich nebenbei an einem gesunden und trotzdem köstlichen Essen. Socke hatte einige seiner Kochsendungen gesehen und war nicht weniger beeindruckt als seine weiblichen Fans. Einzig suspekt blieb für ihn die Tatsache, dass hier ohne Fleisch gearbeitet wurde. Als Kater, so war er der Meinung, verspeiste man Mäuse und andere Kleintiere – oder eben Katzenfutter. Sojaschnitzel und Grünkernbratlinge konnte er sich als Mahlzeit nicht vorstellen.

»Menschen sind diesbezüglich anders als Katzen«, zerstreute Arno schließlich Sockes Zweifel. »Katzen sind Carnivoren, deren Verdauungstrakt ist hauptsächlich auf Fleisch ausgelegt. Menschen sind Allesfresser.« Dabei lachte er und lobte den Kater, als der sich auf seine Hinterpfoten stellte, um am Kratzbaum die Krallen zu schärfen.

Socke wusste zwar nicht, was ein Verdauungstrakt und noch weniger was eine Carnivor war, gab sich aber mit dieser Erklärung zufrieden, zumal ihm Arno am Ende seiner Übung tatsächlich mit einem Stückchen Trockenfleisch belohnte, das ihm sehr mundete. Der Kater freute sich immer mehr auf die regelmäßigen Übungsstunden mit dem netten Tierpfleger und erwartete mit Spannung die Fortsetzung der Berichte aus dessen Liebesleben, das stets eng mit Nahrungsaufnahme verbunden war. Dieser Mann war nach Sockes Geschmack, und Peter schien ihm ähnlich zu sein, auch wenn er sich ausgerechnet eine Tierärztin für sein nächstes Date ausgesucht hatte.

KAPITEL 6

Nachts war schon wieder Silvester, oder so was Ähnliches. Es knallte und blitzte jedenfalls, und Socke versteckte sich hinterm Sofa. Als Peter schlafen ging, folgte der Kater ihm heimlich und verkroch sich bei ihm am Fußende unter der Bettdecke. Von Peter kam nur ein leises Schnarchen als Kommentar, aber keinerlei Protest.

*

Am nächsten Morgen war der Spuk vorbei. Es war nur kühler als in den letzten Tagen und noch nass vom nächtlichen Regen. Socke beeilte sich, sein Geschäft zu erledigen, er mochte keine feuchten Pfoten. Auf dem Rückweg zu Peters Haustür begegnete ihm Clooney.

»Das war vielleicht ein Krach letzte Nacht«, eröffnete die Grautigerin das Gespräch.

»Ein Gewitter, Jasper ist völlig fertig«, erklang Suleikas Stimme von oben. Wie immer saß die Perserin auf der Mauer zum Nachbarhaus.

»Nicht nur Jasper, so was setzt allen Tieren zu«, erwiderte Clooney leicht verschnupft.

»Ja, aber der arme Jasper hatte gestern Abend ein weiteres traumatisches Erlebnis.«

Was die immer mit ihrem Traum hat, dachte Socke.

»Er wurde von einer Katze angegriffen«, redete Suleika ungefragt weiter.

Socke blieb die Schnauze offen stehen. »Übertreibst du jetzt nicht ein bisschen?«

»Nicht im Geringsten«, antwortete die Perserin mit selbstgerechter Miene, »Jasper musste gestern zum Tierarzt, er bekommt jetzt Spritzen gegen seine Allergie. Und als Belohnung hat ihm unser Mensch ein ganzes Wiener Würstchen gegeben.« Sie verzog angewidert ihr Gesicht, »das ist natürlich ungesund, aber der Tierarztbesuch war so schlimm für ihn und er hat das so tapfer durchgestanden.«

Clooney betrachtete eingehend ihre nassen Vorderpfoten.

»Er hat sich mit seiner Belohnung in den Garten zurückgezogen, um sie in Ruhe zu verzehren«, machte die Perserin eine Kunstpause.

Socke sah erwartungsvoll zu ihr auf, Clooney widmete sich inzwischen der Körperpflege.

»Und hier ist ihm eine Katze auf den Rücken gesprungen, die muss da auf der Mauer gesessen haben, wo ich jetzt sitze. Vor Schreck und Angst hat er das Würstchen fallen lassen und ist ins Haus geflüchtet.«

Socke konnte es nicht recht glauben. Clooney schien nichts gehört zu haben, sie putzte weiter hingebungsvoll ihre Pfoten.

»Ich war leider so erschöpft wegen des nahenden Gewitters, dass ich ruhen musste und nichts mitbekommen habe. Als er mich schließlich wach bekommen … äh, ich meine informiert hat und wir zusammen nachgeschaut haben, waren Würstchen und Katze verschwunden.« Suleika schien darüber sehr verärgert zu sein.

Clooney hatte sich inzwischen zur Seite gedreht und bearbeitete ihren Rücken.

»Habt ihr vielleicht was gesehen oder gehört, gestern Abend so gegen 19 Uhr?«

Socke schüttelte den Kopf, wahrscheinlich hatte er um die Zeit gerade zufrieden auf der Terrasse gedöst.

Clooney war noch mit dem Putzen ihres hinteren Rückens beschäftigt und enthielt sich – ganz entgegen ihrer sonstigen Art – jeglichen Kommentars.

»Ach, die Welt wird immer schlimmer, jetzt werden schon wehrlose, kranke Hunde überfallen«, lamentierte die Perserin.

Socke fragte sich, was sie wohl getan hätte, wenn sie den Übeltäter erwischt hätte. Außer der Fähigkeit, gedrechselte Reden zu schwingen, hatte er an Suleika noch keine Talente entdecken können.

»Ich muss los, gleich gibt es Frühstück«, verabschiedete sich Clooney plötzlich.

»Jetzt erst, sonst gehst du doch nie ohne Frühstück aus dem Haus?«, murmelte Socke und blickte ihr nachdenklich hinterher.

*

Andreas schloss die Haustür auf. Nach der Nacht in dieser Arrestzelle brauchte er zuerst eine Dusche.

»Hey, haben sie dich wieder freigelassen?« Udo stand in der Küchentür.

Andreas betrachtete seinen übernächtigten Wohnungsgenossen. Der sieht auch nicht besser aus, als ich mich fühle, ging es ihm durch den Kopf.

»Willst du einen Kaffee? Ich koche gerade welchen.« Udo gab den Weg frei, und die beiden setzten sich an den Küchentisch.

»Alles klar?«, fragte Udo verlegen.

Andreas nickte, »ich denke. Sie haben mich jedenfalls rausgelassen. Zum Glück haben sich ein paar Zeugen gefunden, die mich zur Tatzeit gesehen haben. Ich bin aber wohl noch verdächtig. Ich darf die Stadt nicht verlassen.«

»Oh Mann. Wie im Krimi!« Udos Stimme war rau.

»Und was ist mit dir passiert? Man meint gerade, du wärst es, der die Nacht in einer Zelle verbracht hat.«

»Dass die Bullen dich verhaftet haben, hat mich fertiggemacht. Die müssen doch wissen, dass du es nicht warst!« Udo stand auf, holte zwei Becher aus dem Schrank und goss Kaffee ein. Dann stellte er einen vor Andreas, »Milch ist leider alle.«

Die beiden Freunde tranken ihren Kaffee und hingen schweigend ihren Gedanken nach.

»Mirja hat gestern Abend angerufen«, begann Udo nach einer Weile. »Sie ist in Hamburg bei einem Shooting. Sie kommt heute Abend mit dem Zug um 18.23 Uhr. Falls du sie abholen willst.«

»Mal sehen«, war die einsilbige Antwort.

»Ich habe ihr gesagt, du wärst in Sachen Security unterwegs. Also sie weiß nicht …«

»Schon gut.« Andreas stand auf und verschwand ohne ein weiteres Wort in seinem Zimmer.

»Schön, dass du wieder da bist«, murmelte Udo hinter ihm her und stierte in seine Kaffeetasse.

Andreas warf sich auf sein Bett. Er hatte letzte Nacht viel Zeit zum Nachdenken gehabt. Mirja hatte also hier angerufen – klar, sein Handy war bei der Polizei. Und Udo hatte ihr lieber nicht die Wahrheit gesagt. Die arme hilflose Prinzessin – diese Rolle beherrschte sie perfekt. Als er von ihr vor einem halben Jahr abserviert worden war, hatte sie sich hinter diesem alten Knacker versteckt. Und als der erschossen worden war, kam sie, ohne Zögern, wieder bei ihm an und heulte sich aus. Selbst Udo bekam ein weiches Herz und log dieses schutzbedürftige Wesen lieber an, als sie mit der bösen Wahrheit zu konfrontieren. Scheinbar fielen alle Männer auf diese Masche rein. Allen voran er. Er war der größte aller Idioten. Wahrscheinlich würde sie sich, wenn er wieder in den Knast käme, einen Polizisten anlachen, der sie tröstete. Wütend hieb er mit der Faust auf die Bettdecke ein. Er musste sich erst einmal abreagieren und nachdenken, wie es weitergehen sollte.

*

Nach der Freilassung des Verdächtigen trafen sich die Ermittler am späten Vormittag im Besprechungsraum. Peter hatte zuvor noch ein ausführliches Gespräch mit dem Staatsanwalt geführt. Glücklicherweise blieb Dr. Breithaupt, wie es seine Art war, trotz drängender Pressestimmen gelassen. Ganz im Gegensatz zu Meike Heitmann; die Pressesprecherin rief den Kommissar beinahe im Stundentakt an, um den aktuellen Ermittlungsstand zu erfragen und gab so einen Teil des Drucks aus der Öffentlichkeit weiter.

»Also«, fasste Peter zusammen, »im Moment haben wir drei, mehr oder weniger Verdächtige: Anton Killian, Klaus Zuber und Andreas Obermeyer.« Er schrieb die drei Namen nebeneinander auf eine Tafel an der Wand. Links daneben schrieb er ›Motiv‹ und ›Gelegenheit‹ und nach kurzem Nachdenken ›Indizien‹.

»Obermeyer hat ein Motiv, er war eifersüchtig auf Finkenburg. Killian hatte möglicherweise Angst vor Entlarvung oder er wollte noch mehr Geld, also Habgier«, begann Lisa. »Bei Zuber fällt mir erst mal nichts ein.«

»Wir kennen zumindest kein Motiv. Er hat immerhin auch mit Finkenburg Geschäfte gemacht«, warf Toni ein.

»Ja, aber Zuber ist ein sehr reicher und mächtiger Mann – kann dem ein vergleichsweise unbedeutender Schönheitsdoktor gefährlich werden?«, gab Fritz zu bedenken.

Peter schüttelte den Kopf, »auf den ersten Blick nicht. Aber viele Indizien sprechen gegen ihn. Zum Beispiel war die Mordwaffe auf ihn registriert.«

»Aber er hat sie oder eine andere diesen Typs für die Dauer der Feier an Obermeyer weitergegeben«, schaltete Toni sich ein. »Von den Tierschützern, die dem Studenten ein Alibi geben, konnte zumindest einer bestätigen, dass der tatsächlich eine Walther P22 bei sich getragen hat.«

»Demnach wäre die Mordwaffe während der Tatzeit in Obermeyers Besitz gewesen und der hat ein Alibi.«, resümierte Fritz.

»Besonders komisch kommt mir vor, dass Zuber angeblich explizit auf Obermeyer als Bodyguard bestanden haben soll.« Peter runzelte die Stirn. »Wie verlässlich ist da die Aussage von dem Security-Chef?«

Lisa und Toni sahen sich an. »Ganz sicher wäre ich nicht«, begann Lisa vorsichtig. »Er hat sich gewundert und ein paar Mal erwähnt, man müsse sich wohl missverstanden haben. Möglicherweise ist ihm selbst was durcheinandergekommen.«

»Oder er wollte nicht zugeben, dass ihn jemand um einen Gefallen gebeten hat«, setzte Toni hinzu.

»Gut, wenn wir aber davon ausgehen, dass Obermeyer es nicht war, muss er eine andere Waffe von Zuber bekom-

men haben, denn die, die wir bei dem Manager sichergestellt haben, ist eindeutig die Mordwaffe. Auf Zuber ist
keine weitere registriert, die der Sichergestellten ähnlich
wäre. Wo also kommt die Waffe her, die Andreas Obermeyer während der Tatzeit bei sich hatte?« Fritz schaute
fragend in die Runde.

»Wir haben eine Liste sämtlicher registrierter Waffen
des Typs Walther P22 – als gestohlen ist keine gemeldet«,
dachte Peter laut nach. »Und wenn es eine illegale Waffe
gewesen ist, ist das ganz schwierig rauszukriegen – die
Jungs vom Diebstahl sind zwar dran, machen uns aber
wenig Hoffnung.«

»Vielleicht hat jemand seine Waffe verliehen?« Lisa
zögerte, sie schien selbst nicht so recht an diese Theorie zu glauben, Schusswaffen wurden in der Regel nicht
so ohne Weiteres verliehen. »Oder der Diebstahl ist aus
irgendeinem Grund noch nicht bemerkt worden.«

»Wir überprüfen das heute«, Fritz sah Toni auffordernd
an. Die zog die Augenbrauen hoch. Vorsicht!, sagte ihr
Blick.

Fritz wurde rot. Er wusste genau, dass seine Kollegin
es nicht leiden konnte, wenn man etwas über ihren Kopf
hinweg verfügte. Gerade er, der im gleichen Alter wie ihr
Vater war, hatte diesbezüglich schlechte Karten. Bei ihrem
letzten gemeinsamen Fall waren sie deswegen diverse Male
aneinandergeraten. Und Toni war heute nicht besonders
guter Laune, hatte sie doch erst am Morgen einen erbitterten Streit mit ihrem Vater gehabt. Das Telefonat mit ihrer
Kusine hatte den Anlass dazu gegeben, und Vitali Bocca-
bello hatte seiner Tochter lautstarke Vorwürfe gemacht.
Diesbezüglich waren sich Vater und Tochter ähnlich – sie
waren beide sehr temperamentvoll.

»Also ich meine«, stotterte Fritz, der lieber seine Ruhe hatte, »ich werde das überprüfen. Aber vielleicht kannst du mich dabei unterstützen?« Er sah Toni um Verzeihung bittend an.

Die nickte, knuffte ihn freundschaftlich in die Seite und raunte ihm zu, »sorry, war nicht persönlich gemeint. Ist heute nicht so mein Tag.«

»Und wir beide«, wandte sich Peter an Lisa, der die Auseinandersetzungen seiner Kollegen kannte und wusste, dass es besser war, den Mund zu halten. »Wir fühlen diesem Killian auf den Zahn. Er war am Tatort, wusste wahrscheinlich von der Waffe und hatte als Angestellter der PharmaBel Zugang zum Fitnessbereich und damit zu Obermeyers Handy.«

*

»Hm, meinst du, er hat gemerkt, dass du es warst?« Socke sah seine Nachbarin unschuldig an.

Die Sonne hatte die letzten Spuren des Gewitters getilgt, und die beiden Katzen genossen die verbliebene Kühle im Schatten des Fliederbaums.

»Äh, wa… was?« Clooney blickte desorientiert drein.

»Du hast keinen Schinken abgekriegt. Aber, gib zu, leer ausgegangen bist du auch nicht.«

Clooney drehte sich weg, um ihren unteren Rücken zu putzen. »Ich weiß nicht, was du meinst«, murmelte sie undeutlich. »Er hat es mir quasi freiwillig gegeben.«

»Was hätte er damit auch anfangen sollen?«, stimmte der Kater zu.

Die Grautigerin hielt inne und sah ihn von unten herauf an, »na essen«, antwortete sie verblüfft. »Gut, er ist etwas moppelig«, lenkte sie dann ein, »aber er hätte es wahrscheinlich trotzdem gegessen.«

»Moppelig?« Socke machte einen verschmitzten Gesichtsausdruck. »Finde ich nicht.«

Entgeistert beendete Clooney ihre Putzaktion. »Na hör mal, ich habe jetzt nicht genau darauf geachtet, aber Idealgewicht ist das nicht.«

Socke wandte sich ab und kicherte kurz vor sich hin, dann erlöste er seine Nachbarin: »Ich finde Peter überhaupt nicht zu dick …«

»Peter?«, entfuhr es der Grautigerin.

»… und die Maus hätte er sowieso nicht gegessen. Er isst viel lieber Steaks«, gab der Kater an.

»Ach so, ja.« Clooney leckte fahrig über ihre rechte Vorderpfote. »Also, tatsächlich«, räusperte sie sich, »in der Tat, er hatte nichts dagegen, dass ich die Maus verspeiste.«

»So so.«

»Ja, und mein Hinweis war wohl doch nicht so wichtig. Ich glaube, er hatte alles schon selbst rausbekommen«, ergänzte sie.

»Wahrscheinlich hast du recht«, stimmte Socke ihr zu. »Aber eins würde mich noch interessieren.«

»Was?«, parierte Clooney eilfertig.

»Ich wüsste zu gerne, was das für eine Katze war, die Jasper das Würstchen geklaut hat.«

»Das wüsste ich auch gerne«, krächzte seine Nachbarin.

*

»Was wollen Sie denn noch von mir?«, empfing der Chefchemiker der PharmaBel die beiden Kommissare unfreundlich.

Es hatte gerade angefangen zu regnen, und da er nicht im Eingangsbereich mit ihnen reden wollte, bat Killian sie widerstrebend, mit ins Labor zu kommen. Jetzt saßen sie in einem kleinen Aufenthaltsraum ohne Fenster. Das Ganze hatte den Charme einer Abstellkammer. Tisch und Stühle passten nicht zusammen, und die Sitzgelegenheiten waren zudem sehr ungemütlich. Die Kaffeemaschine auf dem Tisch war ausgeschaltet, der Kaffee darin offensichtlich kalt.

»Herr Killian, wir hätten gerne gehört, wie genau der Mordabend aus Ihrer Sicht verlaufen ist«, begann Lisa höflich.

Der Chemiker umklammerte mit beiden Händen einen Becher, der keinen Kaffee enthielt. »Habe ich Ihnen das nicht alles schon gesagt?«

»Um genau zu sein, wollen wir Ihr Alibi überprüfen«, redete Peter Klartext, »wo waren Sie während des Feuerwerks?«

Killian stellte den Becher ab, stand auf und drehte ihnen den Rücken zu. »In meinem Zimmer«, antwortete er, ohne sich umzudrehen.

»In Ihrem Zimmer?« Lisa schielte vorsichtig in seine Kaffeetasse, sie enthielt eine klare Flüssigkeit. Wasser oder Wodka – Lisa tippte auf Letzteres.

»Ja, ich hatte ein Zimmer im Hotel gemietet, besser gesagt, die PharmaBel hat es für mich gemietet.« Killian drehte sich um, blieb aber stehen.

»Sie sind vor dem Feuerwerk auf Ihr Zimmer gegangen?«, hakte Peter nach.

»Richtig«, antwortete der Chefchemiker patzig, »ich hatte die Nase voll von dem ganzen falschen Getue.«

»Und Sie waren allein?«

Killian verschränkte die Arme vor der Brust und schaute unruhig im Zimmer hin und her. »Ich war allein«, sagte er schließlich leise, »und bevor Sie danach fragen, ich weiß nicht, ob mich jemand gesehen hat. Gesprochen habe ich jedenfalls mit niemandem.« Er begann unruhig im Zimmer herumzulaufen.

»Herr Killian, bitte setzen Sie sich wieder«, forderte Lisa ihn auf.

Erstaunlicherweise folgte der Chemiker ihrer Bitte ohne Widerspruch, lehnte sich zurück und sah resigniert in die Runde.

»Wissen Sie, dass Ihr Chef eine Waffe besitzt und diese in seinem Büro im Hotel aufbewahrt?«, wechselte Peter das Thema.

»Natürlich. Er hat ja genug Wirbel darum gemacht, nachdem er bei dieser Demo vor zwei Wochen angegriffen wurde. Ist das die Mordwaffe …?« Er grinste kurz, wurde aber sofort wieder ernst.

Die Kommissare gaben ihm keine Antwort.

»Hören Sie, ich kann nicht mit Waffen umgehen. Ich …«

»Was meinten Sie eigentlich vorher damit, dass Sie die Nase voll hätten von dem falschen Getue?«, versuchte es Lisa mit einem erneuten Themenwechsel.

»Nach was klingt es denn?«, brauste Killian plötzlich auf, »das war doch alles eine Show um eine riesige Lüge. PliaBel! Das neue Wundermittel gegen Falten wurde gefeiert. Ich habe das entwickelt! Aber natürlich bin ich Mitarbeiter der PharmaBel, also gehört mein geistiges Eigentum dem Konzern. Dafür gibt's nur ein bisschen Schweigegeld – für meinen Einsatz im Dienste der Wissenschaft. Dass ich nicht lache!«

»Schweigegeld?« Peter wurde hellhörig.

»Fragen Sie doch den feinen Herrn Zuber, warum er sein PliaBel unbedingt als Medizinprodukt deklarieren wollte.« Killian schnaufte verächtlich durch, »weil die Zulassung von Arzneimitteln viel strengeren Regularien unterliegt, deshalb! Das Ganze dauert viel länger, man benötigt klinische Studien und …«, er brach ab, »das sind Beträge in zweistelliger Millionenhöhe, da kann man schon mal ein Monatsgehalt extra für seinen Chemiker springen lassen.«

»Wollen Sie behaupten, das Mittel wurde nicht ausreichend getestet?« Lisas Herz klopfte, das wäre allerdings eine Riesensache.

»Zumindest nicht offiziell.«

»Und inoffiziell gab es Vorfälle, die seine Zulassung verhindert hätten?«, fragte die Kommissarin mit angehaltenem Atem.

»Ich weiß natürlich nichts Genaues«, antwortete Killian vorsichtig, »aber kurz nachdem ich Finkenburg das Zeug verkauft habe, ist eine Patientin von ihm gestorben. Und ich hatte vorher schon festgestellt, dass das Mittel bei Überdosierung zu Herzrasen führt.«

Peter pfiff leise durch die Zähne. Wenn das stimmte, dann hätten sie endlich das fehlende Motiv für den Leiter der PharmaBel.

*

»Das sind schwere Vorwürfe gegen Zuber, die er da ausgesprochen hat«, sagte Lisa etwas später auf der Rückfahrt.

»Die Frage ist, ob er Zuber wirklich von seinem Verdacht berichtet hat – dann hätte er auch zugeben müssen, dass er das Mittel vorab mehrfach verschachert hat«, zweifelte Peter.

Im weiteren Gespräch hatte der Chefchemiker zugegeben, dass die inoffiziellen Studien von durchaus zahlungswilligen Kollegen des Herrn Dr. Finkenburg durchgeführt worden waren. Außerdem waren nicht alle Patienten darüber informiert, was da an ihnen getestet worden war.

»Wir sollten auf jeden Fall erneut mit Zuber sprechen. Er hat scheinbar einen Weg gefunden, offizielle Studien nahezu ganz zu umgehen.« Lisa gefiel der Pharma-Manager als neuer Hauptverdächtiger ganz gut.

Peters Handy klingelte, »Hallo Fritz«, meldete er sich nach einem Blick auf das Display.

»Chef, wir haben was gefunden, das solltet ihr auf jeden Fall gleich wissen.«

Der Kommissar schaltete auf Lautsprecher. »Schieß los, Lisa hört mit.«

»Es ist tatsächlich eine Waffe des Typs Walther P22 verschwunden. Und zwar vom Schützenverein Hannover Süd – das ist ein ganz exklusiver Club, auch wenn der Name das nicht vermuten lässt. Nur Unternehmer unter den Mitgliedern.« Kurze Pause. »Unter anderem Klaus Zuber.«

»Wow«, kam leise der Kommentar von Lisa, »langsam wird die Luft auf der Chefetage dünner.«

»Seit wann wird die Waffe vermisst, und warum melden die das erst jetzt?« Peter war noch nicht ganz überzeugt.

»Die haben gerade Sommerpause, die meisten Mitglieder sind wahrscheinlich auf Elefantenjagd in Afrika«, konnte Fritz sich eine Spitze nicht verkneifen. »Heute Morgen habe ich beim Vorstand angerufen, der scheinbar gerade aus seinem Urlaub zurückgekommen war. Er hat das Wachpersonal gebeten, die Vereinsräume zu überprüfen, und so wurde der Verlust bemerkt. Die Kollegen vom Einbruch sind unterwegs.«

»Na, dann auf zur offiziellen Dependance der Pharma-Bel AG.« Peter wechselte die Spur. »Mal sehen, was Killians Chef uns zu sagen hat.«

*

Der Kontrast hätte nicht größer sein können. Schon der Empfangsbereich des PharmaBel-Gebäudes in Hannovers Innenstadt war gediegen. Nicht zu vergleichen mit dem eher schäbigen Ambiente in Altwarmbüchen. Statt eines uniformierten Wachmanns stand hier eine attraktive und sehr gepflegte junge Frau im Joop-Kostüm hinter dem mit Orchideen geschmückten Tresen und fragte sie nach ihren Wünschen. Für einen Moment verschwand ihr Lächeln, als sie Lisas und Peters Ausweise sah.

»Ich weiß nicht, ob Herr Zuber einen Termin frei hat«, versuchte sie, Zeit zu schinden.

»Er wird sich die nehmen müssen, wir ermitteln in einem Mordfall«, brachte Peter filmreif hervor.

Lisa grinste, mit ihrer Reaktion hatte die Empfangs-dame schon verraten, dass Herr Zuber im Hause war – die junge Frau musste offensichtlich noch viel lernen. Unent-schlossen griff sie zum Telefonhörer, besann sich aber und bat die beiden Kommissare, sich zu setzen. Lisa und Peter beobachteten von der schokoladenbraunen Ledergarni-tur aus, wie sie telefonierte. Es dauerte eine ganze Weile. Inzwischen war das Lächeln der jungen Frau einem ver-kniffenen Gesichtsausdruck gewichen. Schließlich kam sie auf die beiden Kommissare zu. »Er wird in 15 Minuten hier sein. Kann ich Ihnen etwas zu trinken anbieten?«

Beide lehnten dankend ab.

Eine gute halbe Stunde später erschien ein sichtlich gereizter Klaus Zuber in der Empfangshalle und kam auf die Kommissare zu. Dabei schaute er ungeduldig auf seine Uhr.

»Ich habe nicht viel Zeit, was gibt's denn?« Mit Begrüßungsfloskeln hielt sich der Pharma-Chef heute nicht auf.

»Guten Tag, Herr Zuber, wollen Sie sich zu uns setzen oder sollen wir das Gespräch im Stehen führen?«, fragte Lisa betont freundlich.

Einen kurzen Moment dachte Zuber nach, dann drehte er sich abrupt um. »Kommen Sie mit!«, bellte er und ging auf eine dickgepolsterte Ledertür zu.

Peter und Lisa wechselten einen Blick und folgten ihm schulterzuckend. Der Leiter der PharmaBel führte sie in einen leeren Besprechungsraum. Sie befanden sich hier in der Führungsebene, und das konnte man sehen. Ein massiver Eichentisch stand in der Mitte des Raumes, umrundet von wahrscheinlich ergonomisch perfekt geformten Stühlen mit dunklem Lederbezug. Die Kommissare nahmen unaufgefordert Platz. Zuber tat es ihnen gleich und trommelte ungeduldig mit den Fingern auf den Tisch.

»Herr Zuber«, ließ sich Lisa durch die Ungeduld des Konzern-Führers nicht aus der Ruhe bringen, »wir haben eben mit Ihrem Chefchemiker Anton Killian gesprochen.« Zuber hob erstaunt die Augenbrauen, »er hat uns gegenüber Versäumnisse bei der Zulassung Ihres neuen Mittels ...«, sie blätterte in ihren Notizen.

»PliaBel!«, kam es von Zuber.

»Genau, PliaBel. Angeblich wurde gänzlich auf offizielle Studien verzichtet.«

»Es wurden alle notwendigen Unterlagen für ein Medizinprodukt beigebracht«, antwortete Zuber gereizt.

»Herr Killian ist scheinbar der Meinung, dass schon die Eingruppierung als Medizinprodukt falsch sei«, ließ sich die Kommissarin nicht beirren.

»Herr Killian soll sich lieber um seine eigentliche Arbeit kümmern«, schnappte der Manager. »Für die Eingruppierung ist das Wirkprinzip des Produkts maßgeblich. Sicher gibt es da unterschiedliche Meinungen, welches dabei das herausragendste ist. Aber letztendlich liegt die Entscheidung beim Hersteller. Ich will sie nicht mit Einzelheiten langweilen, aber glauben Sie mir, unsere Rechtsabteilung hat das genau geprüft. Ich kann Ihnen gerne die Unterlagen zur Verfügung stellen.«

»Wir bitten darum!«, schaltete Peter sich ein. »Bleibt trotzdem die Frage, warum Sie Ergebnisse aus Studien ignoriert haben?«

»Wer behauptet das? Dieser versoffene Chemiker?«

»Herr Zuber, werden Sie jetzt bitte nicht ausfallend.« Lisa fühlte sich bestätigt. Die heftige Reaktion zeigte, dass sie den Finger in eine Wunde gelegt hatten. »Herr Killian hat Ihnen angeblich von Nebenwirkungen beim Einsatz des Mittels berichtet …«

Zuber sprang auf. »Ich weiß nicht, wem er was berichtet hat, aber mir jedenfalls nicht.« Er haute mit der Faust auf den Tisch, »diese verkrachte Existenz, ich hätte ihn schon längst rausschmeißen sollen.« Er setzte sich langsam hin. »Entschuldigen Sie, aber ich wusste wirklich von nichts. Herr Killian hat ein Alkoholproblem. Das war mir bekannt, und … ich hätte reagieren sollen.« Er schaute demonstrativ auf die Uhr.

Die Kommissare sahen sich kurz an, ganz glaubwürdig erschienen ihnen die Beteuerungen des Pharma-Chefs nicht.

»Herr Zuber, Sie sind Mitglied im Schützenverein Hannover Süd und hatten dort Zugang zu einer Waffe des Typs Walther P22 – die dort vor einiger Zeit verschwunden ist«, versuchte Lisa ihn damit zu überrumpeln.

»Wollen Sie mir vorwerfen, dass ich mich in meiner knappen Freizeit für regionale Vereine engagiere?«, reagierte der Manager unangemessen wütend. »Oder wollen Sie mich des Diebstahls bezichtigen? Lächerlich! Sie verschwenden Ihre und meine Zeit.« Er erhob sich, »mit diesen haltlosen Anschuldigungen werden sich, wenn nötig, meine Anwälte befassen. Ich habe seit 20 Minuten ein wichtiges Meeting. Ich denke, Sie finden alleine raus. Guten Tag!« Wütend stürmte er aus dem Raum.

»Mann oh Mann, der war ja auf 180«, sah ihm Lisa kopfschüttelnd hinterher.

*

»Eine Hausdurchsuchung wurde leider nicht genehmigt.« Fritz zuckte bedauernd mit den Schultern.

Peter hatte ihn gleich nach dem Gespräch mit dem Pharma-Chef angerufen und ihn gebeten, sich diesbezüglich mit dem Staatsanwalt in Verbindung zu setzen.

»Das hatte ich schon fast befürchtet, Zuber ist prominent.« Peter biss in das Brötchen, dass er mangels Mittagessen aus der Cafeteria geholt hatte.

»Und wo sollten wir auch suchen? Im Hotel, in seinem Haus in Bemerode oder in den Geschäftsräumen in der Innenstadt?« Lisa hatte sich ein Stück Käsekuchen statt der ausgefallenen Mahlzeit gegönnt.

Fritz schob eine Tupperdose mit mundgerecht zugeschnittenen Möhrenstückchen in die Mitte des Besprechungstischs, »hier greift zu, ein paar Vitamine.«

»Ich schaue auf jeden Fall gleich bei den Kollegen vom Einbruch vorbei.« Peter nahm sich einen Möhrenstreifen, »vielleicht ist die verschwundene Waffe inzwischen schon gefunden worden oder es gibt Hinweise auf ihren Verbleib.«

Fritz nickte zustimmend, »und wir nehmen uns die restliche Liste mit den registrierten Waffen vor.« Er wandte sich an Lisa, »der Kuchen sieht gut aus, hatten die davon noch welchen in der Cafeteria?«

*

Elena Zuber sah auf die Uhr. Wenn ihr Mann nicht in den nächsten zehn Minuten käme, würden sie auf jeden Fall zu spät zu ihrer Essenseinladung erscheinen. Sein Handy hatte er abgestellt. Sie rief in seinem Büro an, doch da teilte man ihr nur mit, dass er bereits vor einer Stunde das Haus verlassen hatte. Nein, eine Nachricht habe er nicht für sie hinterlassen. Aber das hatte sie auch nicht erwartet. Klaus meldete sich nie bei ihr ab. Selbst als sie heute Morgen, nachdem sie aus München zurückgekommen war, bei ihm im Büro angerufen hatte, befand er es offensichtlich nicht für nötig, sie persönlich zurückzurufen. Er hatte lediglich etwas später seine Assistentin beauftragt, sie von der abendlichen Essenseinladung in Kenntnis zu setzen. Was seine Arbeit anging, war Klaus ein Macher, der sich sogar kleine Aufgaben ungern aus der Hand nehmen ließ. Aber am privaten Teil seines Lebens hatte er offensichtlich das Interesse verloren. Bereits kurz nach der Hochzeit hatte das angefangen. Sie sprach mehr mit seiner Assistentin als mit ihm. Elena Zuber war noch nie so viel alleine gewesen wie in der kurzen Zeit ihrer Ehe.

Voller Wehmut erinnerte sie sich an die vergangenen drei Tage mit ihrer Freundin Kaja in München. Die beiden waren früher zusammen im Modelbusiness tätig gewesen. Im Konkurrenzkampf von damals hatte es keinen Platz für echte Freundschaften gegeben. Aber als Elena Klaus Zuber kennenlernte und sich immer weniger um die Shootings und Schauen bemühte, war Kaja zu ihrer Vertrauten geworden. Zuber war damals noch verheiratet und hielt seine Beziehung zu Elena mehr oder weniger geheim. Doch Kaja erfuhr recht schnell von dem Verhältnis, und Elena war froh, ihr Geheimnis mit jemandem teilen zu können. Jetzt arbeitete die Freundin für einen Escort-Service und verdiente viel Geld. Sie hatten nicht darüber gesprochen, was Kaja als Begleitperson so alles machte. Die Freundin hatte jegliche Diskussion darüber schnell mit dem Satz »es gibt Schlimmeres, und immerhin wird es fürstlich bezahlt« im Keim erstickt. Elena ließ das Thema dann auf sich beruhen und genoss es, mit Kaja shoppen und feiern zu gehen. Ganz wie in alten Zeiten. Und Kaja war immerhin ihre eigene Herrin und konnte selbst über ihr Leben bestimmen. Und was war mit ihr, Elena? War sie nicht auch nur so etwas wie ein Begleitservice für ihren Mann? Immer verfügbar, wenn ihm danach war. Heute Abend zu dem Essen und manchmal mit besonderen Aufgaben. Und ihre Freundin konnte wenigstens Nein sagen, wenn ihr danach zumute war. Heute beim Frühstück war Kaja kurz auf das Thema Escort-Service zurückgekommen. Als sie nämlich bemerkte, wie Elena enttäuscht die Nachrichten auf ihrem Handy kontrollierte und wie sie sichtlich den

Augenblick des Abschieds von ihr hinauszögerte. »Im Escort-Business ist es anders als beim Modeln«, erklärte Kaja, »es gibt keinen Konkurrenzkampf. Hier ist es sogar besser, wenn man zu zweit ist.«

Elena schaute erneut auf die Uhr, sie würden auf jeden Fall zu spät kommen. Sie nahm ihr Handy, suchte die eingespeicherte Rufnummer und wählte.

*

Mit 50-minütiger Verspätung wegen eines Oberleitungsschadens kam der Zug in Hannover Hauptbahnhof an. Am Bahnsteig wartete niemand auf sie, und ein kurzer Blick auf ihr Handy bestätigte, dass sie keinen Anruf verpasst hatte. Als Mirja bewusst wurde, wie sehr die Situation der vom Sonntagabend ähnelte, bekam sie eine Gänsehaut. Sie rief sich selbst zur Vernunft, wahrscheinlich hatte Udo nur vergessen, Andy von ihrem Anruf zu berichten. Statt eines Taxis nahm sie die U-Bahn. Sie musste sparsamer haushalten, wenn die Unterstützung von Karl-Heinz jetzt wegfiel. Während sie in die Linie 1 Richtung Langenhagen stieg, überlegte sie, wo sie noch Einsparungen vornehmen könnte. Auch wenn sie gute Aufträge bekam, musste sie wahrscheinlich auf Dauer nebenher jobben, wenn sie bei ihrer derzeitigen Agentur bleiben wollte. Vielleicht konnte sie Andreas fragen, ob sie sich gemeinsam eine Wohnung nehmen wollten. Warum er sie wohl nicht abgeholt hatte? War ihm doch alles zu schnell gegangen? Mirja musste sich eingestehen, dass ihr Anruf neulich bei ihm ziemlich spontan und egoistisch gewesen war. Zwar hatte sie sich eingeredet, ihn warnen zu wollen, weil sie dieser Kommissarin von ihm erzählt hatte, aber die Wirklichkeit sah anders aus. Geholfen hatte sie ihm jedenfalls damit nicht. Während der Fahrt versuchte sie sich vorzustellen, wie das Ganze aus seinem Blickwinkel aussehen musste. Und als sie die Tür zu ihrer Wohnung aufschloss, meinte sie zu verstehen, warum er nicht zum Bahnhof gekommen war. Sie kontrollierte trotzdem ihren Anrufbeantworter, aber auch hier gab es keine Nachricht von ihm. Nach kurzer Überlegung wählte sie die Festnetznummer der Wohngemeinschaft. Diesmal war Mike am Apparat.

»Tut mir leid, ich bin eben zur Tür reingekommen. Ich war mit Anni ein paar Tage in Bremerhaven bei ihrer Schwester. Aber so wie es aussieht, ist keiner da …«

*

»Socke! Kannst du mir mal helfen?«

Irritiert sah Socke sich um.

»Hier oben, auf dem Papierkorb.«

Erst jetzt bemerkte Socke die graugetigerte Katze, die halb in der schmalen Öffnung des grauen Abfalleimers steckte.

»Clooney, was machst denn du da?«, betrachtete der Kater erstaunt Clooneys Schwanz.

»Kannst du mir bitte mal helfen? Ich stecke fest«, tönte ihre Stimme dumpf aus dem Inneren des Mülleimers.

Socke versuchte, ohne zu großen Kralleneinsatz am Hinterteil der Grautigerin zu ziehen. Die Ratschläge, die sie ihm dabei gab, waren wenig hilfreich: »Du musst mehr um den Bauch rum fassen. Aua! Zieh die Krallen ein!«

Schließlich gelang es ihm, die jammernde Clooney zu befreien. Diese zog ihrerseits eine Papiertüte aus dem Müll und polterte mitsamt deren Inhalt auf den Gehsteig.

»Na endlich«, schien die Katze mit ihrem Werk zufrieden.

Vor den beiden Katzen lagen neben der zerrissenen Tüte ein angebissener Apfel, eine zerknüllte Serviette, eine leeres Gummibärentütchen und ein in eine weitere Serviette verpacktes Brötchen. Offensichtlich handelte es sich um das von einem Kind verschmähte Pausenbrot.

»Auf dem Brötchen ist Schinken, das rieche ich«, erklärte Clooney und begann die Serviette in kleinen Streifen abzuziehen.

»Möchtest du auch was?«, nuschelte sie und schien erleichtert über Sockes Kopfschütteln.

Die Pausenmahlzeit war tatsächlich mit reichlich Kochschinken belegt, und die Grautigerin machte sich darüber her.

»Was macht eigentlich Gismo? Man sieht ihn so selten«, erkundigte sich Socke und begann mit dem Apfel zu spielen.

»Der hat seit Neuestem eine Schwäche fürs Fernsehen«, schmatzte Clooney, »er hat rausgefunden, wie man die Fernbedienung benutzt.«

Socke, der den Apfel an der Bordsteinkante in die Enge getrieben hatte, sah erstaunt hoch.

»Das ist bei uns ganz leicht. Unsere Menschin ist schon älter und sieht ein bisschen schlecht, da hat ihr Sohn ihr eine Fernbedienung mit extra großen Tasten besorgt, die kann man auch mit der Pfote drücken.« Clooney hatte ihre Mahlzeit beendet und begann sich zu putzen. »Am liebsten schaut er Krimis«, berichtete sie Socke derweil weiter. »Es klappt allerdings nicht immer, gestern haben sich die Tasten irgendwie verklemmt und unsere Menschin war nicht da. Wir mussten die ganze Zeit so eine komische Musik-Show gucken, das war ein Gejaule.«

In dem Moment bog Peter auf seinem Roller um die Ecke, und mit einer Behändigkeit, die man ihr nicht zugetraut hätte, verschwand die mollige Katze im Gebüsch und ließ den verdatterten Socke allein zurück. Der blieb dann auch, wo er war. Peter hatte ihn schon gesehen, weshalb Flucht zwecklos war.

»Socke, was hast du denn nur angestellt!« Verärgert machte der Kommissar sich daran, den Müll wieder in den Abfalleimer zurückzustopfen.

»Miau!« Socke rieb sich an seinem Bein und hoffte, dass er das Friedensangebot annahm.

»Hast wohl noch Hunger, hm«, missdeutete Peter das Verhalten des Katers. »Na dann komm.«

»Du hast echt ein Glück mit deinem Menschen«, vernahm er Clooneys Stimme undeutlich aus der Hecke zum Park.

Socke folgte dem Kommissar zu dessen Haus und bei einer doppelten Portion Rind mit Leber erzählte ihm der von seinem wunderschönen Abend mit Chris. Mit gemischten Gefühlen hörte Socke, dass die Tierärztin am Sonnabend zum Frühstücken kommen würde.

*

Sie hatte ihn gesehen. Es war ihr sogar gelungen, heimlich ein Foto von ihm zu machen. Sie studierte sein Gesicht, das er mürrisch verzogen hatte. Ob er ihren Brief schon gelesen hatte? Aber ihr Ziel war es nicht, ihn zu verärgern. Nein, er sollte Angst spüren. Hatte ihr Brief keine Wirkung gezeigt? Sie hatte versucht, seine Telefonnummer herauszubekommen. Aber im Internet war nur eine Handynummer zu finden, von der sie nicht wusste, ob es tatsächlich seine war. Sie hatte einem Jugendlichen an der U-Bahn-Haltestelle zehn Euro gegeben, um mit seinem Handy die Nummer anrufen zu können, aber das Gerät auf der anderen Seite der Leitung war ausgeschaltet. Sie würde ihm also persönlich gegenübertreten müssen. Und vielleicht war das sogar besser so, denn dann konnte sie ihm in die Augen schauen und seine Angst sehen. Ja, das war definitiv besser so!

Jetzt galt es nur noch, den richtigen Moment festzulegen. Alles musste sorgfältig geplant werden, aber sie durfte nicht zu lange zögern, die Zeit drängte. Die Polizei ermittelte in alle Richtungen. Es gab zwar keinen Hinweis dafür, aber sie wollte auf keinen Fall, dass man ihr wieder zuvorkam. Noch mal würde man sie nicht um ihre Rache betrügen!

KAPITEL 7

Obwohl er bei seinen Ermittlungen gerade in einer Sackgasse steckte, erwachte Peter am Freitag mit blendender Laune. Er gönnte sich ein ausgiebiges Frühstück, ignorierte die Zeitung und ließ den gestrigen Abend Revue passieren. Er und Chris hatten sich auf Anhieb verstanden, und die Gesprächsthemen waren ihnen nicht ausgegangen. Die Tierärztin gab viele lustige Anekdoten aus dem Tierheim zum Besten. Sie stellten fest, dass sie beide gerne und gut aßen und auch kochten, wenn es ihre Zeit zuließ. Beide waren sie beruflich sehr engagiert und hatten keinen Acht-Stunden-Job. Beide verbrachten sie einen nicht unbeträchtlichen Teil ihrer Freizeit mit Lesen und teilten dabei die Vorliebe für die gleichen Bücher. Und mit einer angeregten Diskussion über die jeweils aktuelle Lektüre war schließlich der zweite Teil des Abends wie im Flug vergangen. Der Funke war übergesprungen, zumindest bei ihm.

Peter stellte gerade sein Frühstücksgeschirr in die Spülmaschine, als Socke von seinem morgendlichen Rundgang zurückkehrte und sich seinerseits über sein Frühstück hermachte. Heute um elf Uhr war die Beerdigung von Karl-Heinz Finkenburg. Der Kommissar suchte eilig ein dunkles Jackett und ein weißes Hemd aus seinem Kleiderschrank. Er fand nur eins mit langen Ärmeln, das musste trotz der Hitze gehen. Schnell stopfte er einige Kleidungsstücke in die Waschmaschine und schaltete diese an. Dann machte er sich auf den Weg zur Arbeit.

*

Andreas stolperte in die Küche. »Hat jemand eine Kopfschmerztablette?«, fragte er.

Mike und seine Freundin Anni waren beim Frühstück und beobachteten erstaunt, wie ihr Mitbewohner die Küchenschublade durchwühlte. In der hintersten Ecke fand sich noch ein zerknautschtes Päckchen Aspirin.

»Wie lange ist das Zeug denn haltbar?«, fragte er.

»Das müsste draufstehen.« Anni erhob sich und nahm ihm die Kopfschmerztabletten aus der Hand. Andreas holte sich indes ein Glas aus dem Schrank, füllte es mit Leitungswasser und trank es in einem Zug aus. Dann ließ er sich schwer auf einen der Küchenstühle plumpsen.

»Das ist vor zwei Monaten abgelaufen.« Anni gab ihm die Aspirinpackung zurück, »aber das geht trotzdem noch, oder was sagst du als angehender Mediziner?«

»Geht!« Andreas nahm gleich zwei Tabletten und spülte sie mit einem Schluck aus Mikes Kaffeetasse hinunter.

»Was ist denn mit dir passiert?«, fragte sein Kumpel.

»Wenn ich das so genau wüsste …«

Er hätte sich gestern doch mit Sport abreagieren sollen. Stattdessen war er in einer Kneipe gelandet und hatte einen Kommilitonen getroffen, der sich gerade mit seiner Freundin gestritten hatte. Gemeinsam hatten sie ihren Kummer ertränkt. Später waren weitere Freunde dazugestoßen. Andreas, der Alkohol nicht gewöhnt war, hatte recht bald die Erinnerung verloren. Irgendwann

waren sie zu einem Mädchen aus seinem Anatomie-
kurs nach Hause gegangen, um sich Pizza zu bestellen.
Er wusste nicht mehr, ob er davon gegessen hatte, und
ebenso wenig hatte er eine Ahnung, wie er nach Hause
gekommen war.

Das Telefon klingelte. Anni ging dran und kam kurz
darauf in die Küche, »für dich Andreas, Mirja.«

Die hatte ihm jetzt gerade noch gefehlt.

*

Der Anruf kam kurz nach neun. Ein mutmaßlicher Selbstmord in einer Wohnung in der List, und das Opfer war
ein gewisser Anton Killian. Die herbeigerufenen Beamten
hatten gleich eins und eins zusammengezählt und neben
der Spurensicherung auch Peter als Leiter der Soko Messe
informiert. Lisa und Peter machten sich auf den Weg in
die List.

»Wenn das wirklich ein Selbstmord war, könnte das die
Lösung für unseren Fall sein«, machte sich Lisa Hoffnung.

»Sehr wahrscheinlich«, stimmte Peter ihr zu, »ob er
wohl einen Abschiedsbrief hinterlassen hat?«

»Dafür ist er, glaub ich, nicht der Typ«, zweifelte seine
Kollegin.

*

Am Tatort nahm sie ein Kollege in Empfang. »Die Putzfrau hat ihn gefunden. Sie hat einen Schlüssel und kommt
immer freitagmorgens zum Saubermachen.« Er zeigte
auf einen Streifenwagen, in dem die ältere Dame neben
einer Beamtin saß. »Sie hat einen Schock und konnte uns

nicht viel sagen. Vielleicht wollt ihr euch erst mal drinnen umschauen? Gerichtsmedizin und Spusi sind schon da.«

Peter nickte. »Willst du mit?«, fragte er an Lisa gerichtet, »ansonsten kannst du versuchen, mit der Putzfrau zu sprechen.«

Lisa entschied sich, erst einen Blick auf den Tatort zu werfen, bevor sie mit der Zeugin reden wollte. Gemeinsam stiegen die Kommissare in den dritten Stock, einen Aufzug gab es nicht. An der Tür zu Killians Wohnung kam ihnen der Chef der Spurensicherung Ulrich Zeitler entgegen.

»Muss so was ausgerechnet heute passieren?«, begrüßte er die beiden und zog sein Handy aus der Tasche. »Eigentlich wäre ich jetzt auf dem Weg nach Bad Harzburg. Wellness und Wandern, das habe ich meiner Frau zum Hochzeitstag geschenkt. Und was macht mein blöder Stellvertreter? Legt sich mit dem Motorrad auf die Klappe.« Dann besann er sich seiner Worte. »Entschuldigt, aber es ist doch wahr! Wenn ich einmal wegfahren will! Christian hat einen komplizierten Beinbruch und ist gestern operiert worden«, informierte er die Kollegen über den Gesundheitszustand seines Vertreters.

Dann drängte er sich an den beiden vorbei. »Tut mir leid, ich muss kurz meine Frau anrufen.« Er entfernte sich bis zum nächsten Treppenabsatz, und man hörte ihn beschwörend in sein Handy flüstern.

Lisa und Peter traten in die Wohnung. Dort herrschte geschäftiges Treiben der Spurensicherung.

»Bitte nichts anfassen!«, mahnte eine Beamtin im Vorbeigehen.

Killian lag noch auf dem Sofa, ein Arzt untersuchte ihn. Diesmal hatte Prof. Dr. Kremski seinem Kollegen Dr. Eilig den Vortritt gelassen. Als der die beiden Kommissare sah, erhob er sich und kam zu ihnen. Peter begrüßte ihn und stellte seine Kollegin vor, die bis jetzt noch nicht mit ihm zu tun gehabt hatte.

»So wie es aussieht, war es ein Suizid«, erklärte Dr. Eilig. »Er lag auf dem Sofa, die Waffe in der rechten Hand. Er war übrigens Rechtshänder«, gestattete er sich ein kurzes Lächeln – ein klassischer Fehler bei der Vortäuschung eines Selbstmords war es, einem Linkshänder die Waffe in die rechte Hand zu legen. »Er muss den Lauf in den Mund geschoben und abgedrückt haben.«

»Könnte jemand nachgeholfen haben?«, erkundigte sich Peter routinemäßig.

»Theoretisch ja«, deutete der Arzt auf ein leeres Glas und eine leere Wodkaflasche auf dem Tisch, »so viel, wie der intus hatte, hätte er sich gegen einen Angreifer nicht besonders effektiv wehren können. Aber im Moment spricht nichts dafür.«

Die Kommissare bedankten sich und wandten sich an eine Mitarbeiterin der Spurensicherung.

»Die Tatwaffe ist eine Walther P22.« Sie präsentierte ihnen einen Plastikbeutel mit der Pistole. Peter und Lisa tauschten einen vielsagenden Blick.

»Habt ihr die Registrierungsnummer?«, erkundigte sich der Kommissar.

»Klar.« Die Beamtin ging zu einem Laptop am Schreibtisch und grinste, »ich habe sogar schon das entsprechende Formular ausgefüllt.« Dann suchte sie die Nummer raus und schrieb sie auf.

Lisa schnappte sich den Zettel. »Dann geh ich mal telefonieren und spreche danach mit der Putzfrau«, verkündete sie im Hinausgehen.

»Sonst irgendwelche Auffälligkeiten?«, erkundigte sich Peter.

»Alles deutet auf eine Selbsttötung hin«, machte die junge Frau eine ausholende Bewegung. »Die Wohnung ist ziemlich unordentlich, aber es gibt keine Spuren von weiteren Personen. Allerdings auch keinen Abschiedsbrief. Und das Opfer schien psychisch labil. Wir haben jede Menge Medikamente gefunden, Schmerzmittel und auch Psychopharmaka, davon einiges sicher illegal beschafft. Und Distraneurin, das kriegen normalerweise Alkoholiker.«

Peter bedankte sich. Dass Killian Alkoholiker war, hatte er schon vermutet. War die Frage, warum er sich nicht auf die sanfte Tour aus der Welt verabschiedet hatte, Medikamente und Alkohol hätte er dafür jedenfalls genug im Haus gehabt. Aber vielleicht wollte er ein Zeichen setzen. Ulrich Zeitler tauchte im Türrahmen auf und steckte gerade sein Handy weg.

»Hast du alles, was du wissen wolltest?«, wandte er sich an Peter. Der nickte, obwohl natürlich viele Fragen offen waren.

»Dann geh uns aus dem Weg«, machte der Chef der Spurensicherung eine ungeduldige Handbewegung, »du kriegst unseren Bericht früh genug.«

*

»Bei der Waffe handelt es sich um die P22, die im Schützenverein Hannover Süd vermisst wird«, teilte Lisa ihm kurz darauf mit.

»Sieht fast so aus, als wollte er uns mit der Wahl der Waffe noch etwas mitteilen.« Peter war geneigt, an einen Selbstmord zu glauben.

»Ich höre mich trotzdem ein bisschen hier um und spreche mit der Zeugin«, zeigte Lisa mit dem Kopf Richtung Streifenwagen.

»Und ich muss mich beeilen, dass ich pünktlich zur Beerdigung komme.«

*

Socke und Clooney betrachteten interessiert das kleine Plakat, das jemand in Menschenaugenhöhe am einzigen Baum vor Peters Haus aufgehängt hatte.

»Da ist ein Hund drauf«, stellte Socke fest.

»Das ist Jasper«, klärte Clooney ihn auf, »hat ganz schön zugelegt, der Gute.«

»Wieso sollte jemand ein Bild von Jasper an den Baum hängen?«, wunderte sich Socke. »Was steht denn da daneben?«

»Mikey!«, maunzte Clooney laut, »Miiiikey!!!!« Socke machte einen erschrockenen Satz von der Grautigerin weg. »Schon vergessen? Er kann doch lesen«, erklärte die ihm, »Miiiiikeyyy!!«

Socke zwängte seinen Kopf durch die Hecke zu Mikeys Haus. In diesem Moment spurtete der Gerufene um die Ecke.

»Was ist denn los? Ist was passiert?«, fragte er atemlos.

»Schau mal da, was steht da? Lies vor!«, forderte Clooney ihn auf.

Konzentriert schaute Mikey auf das Plakat. »Ffff ... ärr m ii... st«, buchstabierte er.

»Vermiest.« Clooney nickte ernst. »Aber warum steht das da?«

»Vermisst! Das heißt bestimmt vermisst, ist Jasper fortgelaufen?«, kombinierte Socke.

»Würde mich nicht wundern«, murmelte Clooney leise.

»Er ist nicht fortgelaufen«, kam es plötzlich von oben, »man hat ihn bestimmt entführt!« Suleikas Stimme klang nicht ganz so entschlossen wie sonst, und die graue Perserin sah auch etwas mitgenommen aus, wie sie da mit hängenden Schnurrhaaren von der Mauer auf die drei herunterblickte.

»Was ist denn passiert?«, erkundigte sich Mikey.

»Gestern Abend«, Suleika seufzte schwer, »unser Mensch ist mit ihm spazieren gegangen. Das macht er immer, bevor er ins Bett geht. Jasper ist nicht gerade begeistert davon, aber da lässt unser Mensch nicht mit sich handeln. Die beiden sind die Straße bis zum Hotel vorgelaufen und kommen dann durch den Park zurück. Das ist ihre übliche Route. Aber gestern ist Jasper plötzlich auf der Höhe des Hotels verschwunden und nicht wieder aufgetaucht. Heute Morgen hat unser Mensch dieses Plakat gemacht und es überall aufgehängt.« Suleika holte zitternd Luft, »aber bis jetzt keine Spur.«

»Der Mörder, es wird ihn doch nicht dieser Mörder erwischt haben!«, rief Clooney dramatisch.

»Aber wieso sollte der Mörder einen Hund schnappen?« Mikey schaute verständnislos drein.

»Einen Riesenschnauzer«, verbesserte Suleika.

»Der ist verrückt, da machen die Menschen ganz komische Sachen.« Clooney war von ihrer Idee nach wie vor überzeugt. »Ich habe neulich einen Krimi im Fernsehen gesehen, da ...«

»Das war doch nur ein Film«, fiel Socke ihr ins Wort und sah die Grautigerin beschwörend an, um gleich darauf einen verstohlenen Blick auf die in sich zusammengesunkene Suleika zu werfen.

»Hm, vielleicht hat er nur was zu Fressen gefunden und darüber die Zeit vergessen«, lenkte Clooney wenig überzeugend ein.

»Oder er wurde versehentlich irgendwo eingesperrt«, schlug Mikey vor, »wir sollten ihn suchen gehen.«

»Wer weiß, vielleicht ist er in die Küche von diesem Hotel gelaufen oder in die Speisekammer – wir müssen auf jeden Fall nachschauen«, begeisterte sich Clooney für Mikeys Idee. »So was ist man seinem Nachbarn schuldig, auch wenn er ein Hund ist.«

»Ein Riesenschnauzer«, kam es mit gebrochener Stimme von der Mauer.

*

Die Putzfrau hieß Katharina Wenzel und war bei der Firma EuroClean als Reinigungskraft angestellt. In dieser Funktion putzte sie unter anderem die Laborräume der Pharma-Bel AG. Und dort hatte Anton Killian sie vor einiger Zeit angesprochen und gefragt, ob sie sich noch etwas dazuverdienen wolle. Da Katharinas Mann seit längerer Zeit arbeitslos war, hatte die Mittfünfzigerin das Angebot gerne angenommen. Dass sie damit zugab, schwarzgearbeitet zu haben, belastete ihr Gewissen nicht sonderlich. Vielmehr trauerte sie der verloren gegangenen Einnahmequelle nach, nachdem sie ihren Schock überwunden hatte. Lisa fragte sie nach ihrem Eindruck von Anton Killian. Die Dame erklärte rund heraus, dass sie ihn für einen Alkoholiker halte.

»Er hat das nicht besonders gut verborgen. Obwohl er wusste, dass ich einmal die Woche in seine Wohnung komme, standen immer wieder leere Schnapsflaschen herum. Und eine Unordnung war das! Im Labor war alles tiptop, aber hier …« Katharina Wenzel schüttelte missbilligend den Kopf.

»Auf der Arbeit hat man also nichts von seinem Alkoholismus mitbekommen?«, wollte Lisa wissen.

»Ich glaube, gewusst haben die es auch. Aber da fragen Sie besser selbst nach. Immerhin hat er dort den Schein gewahrt. In seinen eigenen vier Wänden hat ihn das offenbar nicht interessiert, wenn man sehen konnte, dass er ein Säufer ist. Genauso war es ihm egal, was ich von ihm gedacht habe«, fügte sie beleidigt hinzu, »er ist selbstverständlich davon ausgegangen, dass ich den Mund halte.«

Wahrscheinlich ist sie für ihr Schweigen auch gut bezahlt worden, dachte Lisa, erstaunt über die plötzliche Gefühlskälte der Frau, die eben angeblich unter einem Schock gelitten hatte. Außer weiteren Klagen über die Unordnung ihres Kunden war aus der Putzfrau nichts, vor allem nichts Neues, rauszukriegen. Lisa fasste in Gedanken zusammen, was sie in den letzten Tagen über Anton Killian erfahren hatte: Er war definitiv ein Alkoholiker gewesen. Und zwar im fortgeschrittenen Stadium. In so einem Fall konnte der Bezug zur Realität schon mal, zumindest in Teilen, gestört sein. Da konnte die Angst vor Enthüllung einer Straftat zu einer Bedrohung hochstilisiert werden, die in den Augen der betroffenen Person nur mit einem Mord abzuwenden war. Trotz allem war Killian nach wie vor ein brillanter Wissenschaftler gewesen und deshalb sicher in der Lage, den Mord an Karl-Heinz Finkenburg zu planen. So wie es aussah, hatten sie ihren Fall gelöst.

*

Die Witwe sah in dem schlichten schwarzen Seidenkleid umwerfend aus und das trotzdem sie von den derzeit gängigen Modelmaßen weit entfernt war. Sie stand am Grab, machte eine angemessen traurige Miene und nahm gefasst die Beileidsbekundungen entgegen. An ihrer Seite der ehemalige Studienfreund und spätere Partner ihres Mannes Dr. Carsten Jankowitz und etwas hinter ihr ein untersetzter älterer Herr, der Anwalt der Familie. Ab und zu hörte man den Auslöser einer Kamera klicken. Die Vertreter der Presse entsprachen dem Wunsch der Familie, von der Trauerfeier fern zu bleiben, zwar nicht, bemühten sich aber um Diskretion. Peter hielt sich im Hintergrund und beobachtete die Szenerie. Aber nicht, wen oder was er da sah, war bemerkenswert. Vielmehr erstaunte es den Kommissar, wen er nicht sah. Neben Klaus Zuber, immerhin einem Geschäftsfreund des Verstorbenen, war auch seine ehemalige Geliebte Mirja Schlicht nicht zur Beerdigung erschienen. Peter hatte vorsichtig nachgefragt, ob es ein Gespräch zwischen Ehefrau und der Geliebten gegeben hatte. Doch Frau Finkenburg hatte verneint. Sie hatte deutlich gemacht, dass ihr die junge Frau herzlich egal sei und viel zu belanglos, als dass sie sich die Mühe gemacht hätte, sie von der Trauerfeier fernzuhalten. Und Peter glaubte ihr. Das Fernbleiben der Geliebten musste andere Gründe haben.

Inzwischen war die Reihe der Kondolierenden an der Witwe vorbeigezogen. Die Menge um das Grab löste sich auf, die Trauergäste machten sich in kleinen Grüppchen auf den Weg zum Parkplatz.

»Es gibt noch einen kleinen Imbiss bei Meyers Hof, Sie sind herzlich eingeladen«, ließ die Witwe durch ihren Anwalt ausrichten. Sie selbst hielt sich am Rand des

Geschehens und nickte Peter nur kurz zu, Carsten Jankowitz wich nicht von ihrer Seite.

Der Kommissar lehnte die Einladung dankend ab, weitere Erkenntnisse würde ihm das nicht bringen.

*

Socke lauerte an der Hintertür des Hotels. Heute war sie
geschlossen. Aber auf dem kleinen Parkplatz stand ein Lie-
ferwagen. Der Kater konnte zwar nicht lesen, aber dem
Bild auf dessen Seite nach zu urteilen handelte es sich um
einen Wäschelieferanten. So eine Anlieferung würde sicher
nicht allzu lange dauern, und wenn der Fahrer des Liefer-
wagens zurückkam, könnte Socke ins Gebäude gelangen.
Mikey suchte derweil den Park nach Jasper ab. Clooney
hatte darauf bestanden, ihr Glück an der Terrassentür des
Restaurants zu versuchen. Sie war inzwischen fest davon
überzeugt, dass nur die Verlockung einer leckeren Mahlzeit Jasper so weit und so lange von zu Hause fernhalten
konnte. Suleika, so hatte man beschlossen, sollte während
der ganzen Aktion auf ihrer Mauer die Stellung halten, für
den Fall, dass sich der verlorene Sohn von allein wieder
einfinden würde. Zu etwas anderem war sie im Moment
eh nicht zu gebrauchen, hatte Clooney den beiden Katern
zugeraunt. Hinter der Tür war ein Rumpeln zu hören, und
Socke machte sich bereit. Er hatte Glück. Der Lieferant
war allein und bugsierte zwei Container mit Schmutzwäsche zu seinem Wagen. Während dieser Aktion hatte
Socke bequem Gelegenheit, ins Innere des Gebäudes zu
gelangen. Dort kannte er sich ja aus. Er befand sich in
einem breiten Gang, von dem viele Türen abgingen. Am
anderen Ende des Flurs war die Tür zum Fitness-Bereich,

die der Kater zuerst ansteuerte. Es handelte sich um eine schwere Brandschutztür, die leider fest verschlossen war. Socke schnüffelte sorgfältig, kein Hundegeruch. Langsam arbeitete er sich wieder zurück. An keiner der Türen haftete Jaspers Geruch. Wenn er tatsächlich gestern oder heute hier gewesen wäre, hätte der Kater das wahrgenommen, denn der Boden war mit weichem Teppich ausgelegt. Da konnte selbst ein Staubsauger nicht alle olfaktorischen Spuren beseitigen. An einer der Türen allerdings sträubten sich trotzdem Sockes Nackenhaare. Der Geruch weckte schlechte Erinnerungen. Während er noch versuchte herauszufinden, was diese unangenehmen Assoziationen in ihm wachrief, trat ein Mann in einem dunkelgrauen Anzug in den Flur. Er kam schnurstracks auf Socke zu und, ohne ihn zu bemerken, öffnete er die Tür zu genau jenem Zimmer und ging hinein. Der Kater schlüpfte hinterher und taxierte kurz den Raum: ein wuchtiger Schreibtisch gegenüber der Tür, eine Glasvitrine dahinter, links und rechts Regale mit Büchern und Akten. Hinter einem dieser Regale versteckte er sich schnell.

Der Mann sprach währenddessen in sein Handy: »Wo bist du? Wo warst du gestern Abend?« Das klang sehr wütend.

Socke quetschte sich hinter ein paar Ordner.

»Das ist ja lächerlich! Denk nur nicht, dass du einen Cent von mir siehst, wenn wir uns scheiden lassen«, schimpfte der Dunkelgraue und ging unruhig im Raum hin und her. »Lass bloß die Zeitungsschmierer aus dem Spiel!« Er blieb dicht vor Sockes Versteck stehen. Der wagte nicht sich zu bewegen.

»Das wirst du bereuen!« Das kam noch einige Tonlagen lauter, danach beendete der Mann das Gespräch und tippte

eine Nummer in sein Mobiltelefon. Socke hielt die Luft
an.«Besorgen Sie mir einen Flug nach München!«, blaffte
der Mann, lauschte kurz, um dann zornig hinzuzufügen:
»Natürlich heute noch! Das ist mir doch egal, ob Urlaubszeit ist!« Wütend beendete er auch dieses Gespräch. »Blöde
Kuh!«, warf er in den Raum, machte auf dem Absatz kehrt
und verließ mit lautem Türenknallen das Büro.

Stille. Vorsichtig lugte Socke aus seinem Versteck. Der
Mann war weg. Der Kater untersuchte das Büro. Die Fenster waren geschlossen. Bei der Tür handelte es sich um eine
schwere Eichentür, die nach innen öffnete. Socke reckte
sich nach der massiven Klinke. Für einen leicht unterge-
wichtigen Kater bestand keine Chance, sie allein aufzu-
kriegen. Er war eingesperrt!

*

Mirja sah auf ihre Uhr. Die Beerdigung war jetzt wahrscheinlich vorbei. Und sie hatte es nicht über sich gebracht
hinzugehen. Zunächst hatte sie sich noch eingeredet, aus
Rücksicht auf die Familie nicht teilnehmen zu wollen.
Aber vor sich selbst konnte sie diese Lüge nicht aufrechterhalten. In Wirklichkeit war sie zu feige. Sie hatte Angst
vor der Reaktion der Witwe und fürchtete sich vor dem
Getuschel ihrer ehemaligen Kolleginnen aus der Klinik.
Sie hasste sich selbst dafür, dass sie nicht genug Rück-
grat besaß, den anderen vor die Augen zu treten. Aber
jetzt war es sowieso zu spät. Unruhig ging sie in ihrer
Wohnung hin und her. Sie brachte es nicht fertig, etwas
Vernünftiges anzufangen. Warum rief Andreas sie nicht
zurück? Sie wusste genau, dass er zu Hause war. Vorges-
tern hatte er ihr erzählt, dass er am Freitag an seiner Haus-

arbeit weiterarbeiten wolle. Ihre Wut richtete sich gegen ihn. Seit zwei Tagen telefonierte sie ihm hinterher. Was bildete der sich eigentlich ein! Genau in diesem Moment klingelte ihr Telefon. Ohne nachzudenken ging sie sofort dran. Andreas. Mirja brach in Tränen aus, aber er zeigte darauf keine Reaktion.

»Wir müssen reden. Hör bitte auf zu weinen«, begann er ungeduldig.

»Ach Andy, heute Morgen war die Beerdigung«, schluchzte Mirja.

»Und? Ich dachte, der Kerl hat dir nichts bedeutet«, antwortete der ungehalten.

»Sei doch nicht so herzlos, da ist immerhin ein Mensch gestorben.«

»Ja, und mich haben sie deswegen in den Knast gesteckt, bis sie gemerkt haben, dass sie den Falschen erwischt haben«, schrie Andreas aus dem Hörer.

»Sie haben was? Oh, wie furchtbar!«, brach Mirja erneut in Tränen aus.

»Hör endlich auf zu heulen, wenn jemand Grund zum Weinen hätte, dann ja wohl ich.«

»Ich kann doch nichts dafür, ich will doch nur …«, ihre Stimme brach.

»Genau das ist das Problem: *Du* willst immer nur – denkst du eigentlich auch mal an andere?«

»Ich, ich …«

»Ja, immer ich«, unterbrach Andreas sie laut, »alles dreht sich nur um dich. Überleg dir mal, was für ein verwöhntes Balg du bist. Versuch erst mal, dein Leben alleine in den Griff zu kriegen. Und wenn du dann noch willst – und ich auch – dann können wir mal über ein Wir nachdenken.«

Mirja schluckte. »Andy?«, fragte sie zaghaft in den Hörer, aber er hatte schon aufgelegt.

Wie betäubt sank sie auf ihr Sofa. Plötzlich wollten keine Tränen mehr kommen. Andreas war ziemlich wütend gewesen.

Sie hatte es sich so schön ausgemalt. Mit ihm hätte sie ihre Modelkarriere sicher fortführen können, aber allein? Was er zu ihr gesagt hatte, war wie ein Schlag ins Gesicht gewesen. War sie wirklich so egoistisch? Eine ganze Weile saß sie so da und dachte über seine Worte nach. Sie erhob sich langsam und ging in die Küche. Sie würde sich jetzt erst mal einen schönen Tee kochen und dann in Ruhe über ihre Zukunft nachdenken. Ob mit oder ohne Andreas würde sich noch zeigen …

*

Nach der Beerdigung telefonierte Peter mit Lisa. Es gab keine neuen Erkenntnisse zu Killians Tod. Angehörige waren bis jetzt nicht ausfindig gemacht worden. Die Obduktion lief zur Stunde, aber man rechnete nicht mit Überraschungen. Peter beraumte für 16 Uhr eine Dienstbesprechung an. Bis dahin lag der mündliche Bericht aus der Pathologie vor. Dann beschloss er, nach Haus zu fahren, um das weiße Hemd gegen ein bequemeres und vor allem luftigeres T-Shirt auszutauschen, denn es war inzwischen ziemlich schwül geworden. Einem Impuls folgend fuhr er dabei von hinten an den Karl-Schurz-Weg heran und damit am Hotel vorbei. Auf dem Parkplatz stand ein schwarzer Porsche Cayenne, der Hausherr war also zugegen. Peter hielt an und stieg aus. Er konnte Zuber genauso gut jetzt gleich vom Tod seines Chefchemikers in Kenntnis setzen. Er war gespannt auf dessen Reaktion und nach wie vor der Meinung, dass der feine Herr nicht so eine saubere Weste hatte, wie er sie das gerne glauben machen wollte. In diesem Moment trat der PharmaBel-Chef aus dem Hotel. Er schien nicht gerade bester Laune und wirkte irgendwie derangiert. Seine Krawatte war gelockert und hing schief. Die Jacke seines grauen Anzugs hatte er ausgezogen, die Hemdsärmel nachlässig hochgekrempelt. Nervös betrachtete er das Display seines Mobiltelefons.

»Guten Tag, Herr Zuber«, grüßte Peter, »zu Ihnen wollte ich.«

Der Manager schreckte hoch und sah Peter unwirsch an. »Ich bin in Eile. Machen Sie einen Termin mit meiner Assistentin.«

Er wollte an Peter vorbeigehen, aber der verstellte ihm den Weg. »Es dauert nur einen Augenblick, es geht um Ihren Chefchemiker Anton Killian.«

Langsam, als ahne er nichts Gutes, steckte der Manager sein Mobiltelefon weg. »Also gut, eine Minute.« Er besann sich. »Gehen wir in mein Büro.«

Sie durchquerten die Empfangshalle. Umständlich kramte Zuber nach seiner Magnetkarte, die ihm den Zutritt zum Personalbereich ermöglichte. Es gelang ihm nur schlecht, seine Nervosität zu verbergen, und Peter fragte sich, was der Grund dafür war.

*

Socke hatte alle Möglichkeiten geprüft. Aus eigener Kraft würde er nicht aus diesem Raum herauskommen. Doch immerhin handelte es sich nicht um einen Schuppen, sondern um ein Büro. Früher oder später würde also jemand hier hereinkommen. Der Mann, dem dieses Büro gehörte, hatte gerade einen Flug nach München gebucht. Aber es musste sicher mal jemand kommen, um aufzuräumen, so ordentlich wie das hier war, wurde bestimmt regelmäßig sauber gemacht. Von draußen waren keine Geräusche zu hören, also hörte es wahrscheinlich auch keiner, wenn er laut maunzte.

»Nur keine Panik aufkommen lassen!«, versuchte Socke sich selbst zu beruhigen.

Er setzte sich auf den Fenstersims und schaute hinaus. Vielleicht würde ihn jemand sehen und befreien. Der Blick aus dem Fenster offenbarte einen hübschen, aber leider menschenleeren Kräutergarten. Hier war Geduld gefragt, etwas, das jede Katze braucht, wenn sie eine Maus fangen will.

»Geduld!«, beschwor sich Socke, als gerade in seinem Rücken die Tür geöffnet wurde.

Zuber trat zuerst in den Raum, und sein Blick fiel, beinahe sofort, auf die schwarze Katze auf dem Fenstersims. Spielten ihm seine Nerven einen Streich? Einen Moment starrten sich Kater und Mann wie hypnotisiert an. Als der Pharma-Chef merkte, dass das Tier keine Ausgeburt seiner Fantasie war, entlud sich seine Anspannung in einem wütenden Aufschrei: »Ist das etwa der neueste Streich dieser Tierschützerterroristen? Jetzt sind sie zu weit gegangen!«

Er versuchte, Socke als das vermeintliche Corpus Delicti zu greifen. Der setzte zu einem Sprung über seine Schulter an. Zuber griff in blinder Wut nach dem Katzenschwanz, etwas, was Socke überhaupt nicht leiden konnte. Mit Krallen und Zähnen bearbeitete er die Hand des Managers.

Inzwischen hatte Peter die Situation erfasst, auch wenn ihm nicht ganz klar war, was Socke hier machte. Mit einer Hand hielt er den Kater am Nackenfell fest, mit der anderen griff er nach Zubers Arm und bemühte sich vorsichtig, ihn den Katzenpfoten ohne weitere Kratzer zu entwinden. Dabei redete er beruhigend auf Socke ein, der, kaum befreit, wie von tausend Furien gehetzt in den Flur lief.

»Der Kater gehört hier in die Gegend, der hat nichts mit den Tierschützern zu tun. Wahrscheinlich hat er sich nur verlaufen«, versuchte der Kommissar Zuber zu beruhigen, während dessen Blut auf seinen blütenweißen Hemds-ärmel tropfte. Dabei überlegte er, wieso sich zum Teufel Socke immer in dieses Hotel verlief.

»Tut mir leid.« Der Pharma-Chef zeigte mit dem Kinn auf Peters blutiges Hemd, »ich übernehme selbstverständ-lich die Reinigungskosten.« Offensichtlich hatte er sich wieder im Griff.

»Schon gut, wir waren wohl beide Opfer«, grinste Peter. Dann wurde er wieder ernst: »Herr Zuber, heute Mor-gen wurde in seiner Wohnung in der List die Leiche Ihres Chefchemikers Anton Killian gefunden.«

»Hat er sich endlich totgesoffen?«, zeigte der Manager keinerlei Betroffenheit über den Tod seines Angestellten. »Tut mir leid, wenn ich das so hart sage, aber ich kann kein Verständnis dafür aufbringen, wenn jemand nicht genug Disziplin hat, seinen Alkoholkonsum in den Griff zu bringen.«

»Alkoholismus ist eine Krankheit«, begann Peter, aber Zuber winkte ab.

»Heutzutage gibt's doch für alles eine Entschuldigung. Der Mann war Mitte 50, hatte eine sehr gute Position bei uns – verdiente überdurchschnittlich viel und hatte, zumindest früher einmal, einen hervorragenden Ruf.«

»So wie es aussieht, hat er sich selbst das Leben genommen«, unterbrach ihn Peter leise.

»Und wenn man sich das Leben versaut hat, dann macht man sich aus dem Staub, anstatt seine selbst verursachten Probleme zu lösen«, war die hartherzige Antwort.

Viel Mitleid hatte der Chef nicht mit seinem verstorbenen Mitarbeiter, aber in einem hatte Zuber recht: Probleme hatte Killian reichlich gehabt.

»Wissen Sie, ob es Angehörige gibt?«, erkundigte sich der Kommissar.

Zuber schüttelte den Kopf. »Seine Exfrau ist nach Indien ausgewandert, zu der hatte er keinen Kontakt mehr. Er war, glaube ich, eine Zeitlang mit einer Kollegin aus dem Labor zusammen – aber als die zur Konkurrenz gewechselt und nach Berlin gezogen ist, ist die Sache eingeschlafen. Hm, so wie es aussieht, sollte sich die PharmaBel wohl um die Beerdigung kümmern …«

»Wenn sich sonst keine Familie findet …« Wie Peter von Lisa erfahren hatte, waren Killians Eltern beide schon lange verstorben. Es existierte noch ein jüngerer Bruder, aber den hatte man bisher nicht gefunden.

*

Als Peter um 16 Uhr den Besprechungsraum betrat, hatte er leider keine guten Nachrichten für seine Kollegen. Die Autopsie konnte nicht zweifelsfrei einen Suizid bestätigen. Killian hatte zum Zeitpunkt seines Todes eine große Menge Alkohol sowie Schlaf- und Beruhigungsmittel im Blut.

»Ein normaler Mensch wäre nicht mehr in der Lage gewesen, sich selbst das Leben zu nehmen«, hatte ihm Dr. Eilig erklärt. »Allerdings handelt es sich bei dem Opfer um einen Alkoholiker, da ist durch den regelmäßigen Konsum die Schwelle möglicherweise höher.«

»Fazit ist aber«, ergänzte Peter, »wir können nicht hundertprozentig sicher sein, dass es Selbstmord war. Und das bedeutet, wir müssen weiter ermitteln, die Nachbarn befragen und vor allem«, er warf einen bedauernden Blick in Richtung Ulrich Zeitler, der sich ebenfalls in der Runde eingefunden hatte, »weiter in der Wohnung jede Faser untersuchen.«

Der Chef der Spurensicherung seufzte. »Meine Frau ist schon alleine losgefahren. Ich habe Himmel und Hölle in Bewegung gesetzt, um das für heute Abend geplante Candlelight-Dinner auf morgen zu verlegen. Ich hoffe, ich kann wenigstens morgen nachfahren.«

»Wie geht es übrigens Christian?«, erkundigte sich Toni nach seinem verunglückten Stellvertreter.

»Der hat die OP gut überstanden, liegt im Krankenhaus und hat ein schlechtes Gewissen.« Zeitler zuckte mit den Schultern, »es ist halt alles dumm gelaufen, aber dafür kann ich mir auch nix kaufen.«

»Angenommen, es war kein Selbstmord«, begann Peter, »dann gibt es, meiner Meinung nach zwei Möglichkeiten: Killian war der Mörder von Finkenburg und wurde gerade deswegen oder aus einem anderen Grund von einer dritten Person getötet. Oder, der Mörder von Finkenburg hat auch Killian auf dem Gewissen und hofft, ihn als Selbstmörder und Sündenbock darstellen zu können.«

»Also ich neige zu Variante zwei«, kam es von Lisa. Toni und Fritz nickten zustimmend.

»Ich auch«, bestätigte Peter. »Und bei der Theorie wäre der Kreis der Verdächtigen sehr überschaubar.«

»Andreas Obermeyer und Klaus Zuber«, zählte Lisa langsam auf. »Und da bin ich wiederum für die zweite Variante.«

Der Kommissar stimmte ihr zu und berichtete von seiner Begegnung mit dem Manager, ließ allerdings Sockes Rolle unerwähnt.

»Also«, beendete er seine Ausführungen, »vor diesem Hintergrund sollten wir erneut Killians und Zubers Umfeld befragen. Ich fürchte, wir müssen eine Wochenendschicht einlegen. Lisa, nimmst du dir seine Kollegen vor? Ihr beide«, er nickte Toni und Fritz zu, »sprecht noch mal mit den Nachbarn, vielleicht hat einer am Donnerstagabend einen Besucher bei Killian gesehen oder gehört. Ich versuche mein Glück bei Zubers Ehefrau und seiner Assistentin.«

Man einigte sich darauf, die Ergebnisse telefonisch auszutauschen und sich gegebenenfalls am Sonntag zu einem Arbeitsfrühstück zu treffen, falls es die Situation erforderte.

*

»Endlich«, rief Clooney Socke entgegen, als dieser von seinem Erkundungsgang zurückkam, »wir dachten schon, der irre Mörder hat dich geschnappt.«

Die Grautigerin saß mit Mikey vor Peters Haus. Von Suleika war nichts zu sehen.

»Sie ruht, die Ereignisse haben sie doch sehr mitgenommen«, erklärte Clooney in gestelztem Tonfall.

»Hat einer von euch eine Spur von Jasper gefunden?«, erkundigte sich Socke.

Die beiden Grauen schüttelten unisono ihre Köpfe.

»Im Park scheint er nicht gewesen zu sein.« Mikey hatte jeden Baum und Strauch abgeschnüffelt, keine frische Hundespuren.

»In der Hotelküche auch nicht, wirklich komisch.« Clooney hatte Freundschaft mit dem Soßenkoch des Hotelrestaurants geschlossen. Der war bei seiner Raucherpause auf die Grautigerin gestoßen und schloss sie, weil genauso mollig wie er selbst, sofort ins Herz. Clooneys Suchaktion hatte sich darauf beschränkt, einen eilig herbeigeholten Teller mit Bratenresten leer zu futtern. Trotzdem war sie davon überzeugt, dass ihr Informant es ihr erzählt hätte, wenn vor Kurzem ein anderer tierischer Kostgänger die Hotelküche beehrt hätte. Und wahrscheinlich hatte sie damit sogar recht und Jasper war tatsächlich nicht dort gewesen. Ratlos saßen die drei Katzen um den Baum mit Jaspers Plakat herum und überlegten angestrengt, was sie weiter unternehmen sollten.

Plötzlich richtete Clooney ihren Blick starr auf einen Punkt hinter den beiden Katern. »Vielleicht war das schwere Essen doch zu viel für meine zarte Statur ...«, murmelte sie. Dann schüttelte sie den Kopf, als sei sie von Ohrmilben geplagt.

»Zarte Statur? Hab ich eben richtig verstanden ...« Mikey schaute sich irritiert um, und Socke tat es ihm gleich.

Die Straße entlang kam ein großer, leicht übergewichtiger Hund leichtfüßig getrippelt, fast als schwebe er.

»Jasper?«, fragte Mikey vorsichtig.

Jetzt erkannte auch Socke den Hund von dem Bild. Tatsächlich, das war Jasper, allerdings hatte er auf dem Foto nicht diesen entrückten Gesichtsausdruck.

»Sie hat gesagt, ich sei ein großer, starker Hund. Und sie liebt kräftige Hunde. Und ihr gefällt meine Frisur.« Jasper schüttelte sich schwungvoll, seine Umwelt schien er nicht wahrzunehmen.

»Jasper!« Mikey sprang ihm auf den Rücken.

Überrascht sah ihn der Riesenschnauzer an, dann entdeckte er Clooney und Socke, »was macht ihr denn hier?«

»Wir wohnen zufällig nebenan, schon vergessen?«, fand Clooney ihre Sprache wieder.

»Und wir machen uns gerade Gedanken, wie wir dich finden können«, fügte Mikey hinzu.

»Wieso finden?« Der Riesenschnauzer schaute verständnislos drein, »ich bin doch da.«

»Ja, aber letzte Nacht bist du nicht nach Hause gekommen. Suleika ist ganz krank vor Sorge«, warf Mikey ihm vor.

»Suleika!« Jasper sprach den Namen aus, als hörte er ihn zum ersten Mal, »ach, Kinder – ich habe die schönste Frau der Welt getroffen. Angelique, eine Langhaardackeldame! Sie hat gesagt, sie mag mich.«

»Erstaunlich, so wie du riechst.« Mikey war von Jaspers Rücken gesprungen und hatte sich etwas von ihm entfernt.

»Ich musste gestern Abend in Angeliques Garten hinter dem Kompost auf sie warten, ihr Herrchen ist gegen unsere Verbindung«, antwortete Jasper würdevoll, »aber Liebe findet ihren Weg.«

»Du hast die Nacht auf einem Misthaufen verbracht?« Clooney nannte die Tatsachen beim Namen.

»Wenn du es so nennen möchtest. Aber es hat sich gelohnt, heute Morgen durfte Angelique in den Garten, und wir waren bis eben beisammen, hach! Morgen früh werden wir uns wiedersehen.« Beschwingt machte Jasper kehrt und lief auf die andere Seite des Hauses, wo sich die offizielle Eingangstür befand. Von dort hörten die Katzen ihn kurz darauf bellen.

»Ob das Suleika gefallen wird?«, zweifelte Mikey.

»Immerhin scheint es ihm gut zu gehen«, war Socke pragmatisch.

»Aber ein Bad könnte er trotzdem gebrauchen.« Clooney schüttelte sich bei dem Gedanken an so viel Wasser, »diesen Gestank wittert doch jede Beute auf einen Kilometer gegen den Wind.«

*

Peters Gespräch mit der Assistentin von Zuber brachte keine neuen Erkenntnisse. Sie verwaltete zwar seinen Terminkalender und kümmerte sich um die organisatorischen Dinge, inhaltlich wusste sie über das Tun und Lassen des Managers allerdings nur wenig. Wenn es tatsächlich fragwürdige Transaktionen bei der Zulassung des neuen Antifaltenmittels gegeben haben sollte, so war ihr das nicht bekannt. Sie merkte aber an, dass illegale Absprachen höchstwahrscheinlich sowieso ohne ihr Wissen stattgefunden hätten. Oder hatten? Die einzige Neuigkeit, die Peter aus dem Gespräch mitnahm, war, dass seine Assistentin für Zuber einen Flug in der 18-Uhr-Maschine nach München und ein Zimmer im Hotel Deutscher Hof gebucht hatte. Über den Zweck der spontanen Reise war der jungen Dame nichts bekannt. Leider konnte auch die Ehefrau keinen Aufschluss darüber geben. Sie war, wie Peter nach vergeblichem Klingeln an der Zuberschen Villa von einem Nachbarn erfuhr, schon seit gestern Abend mit unbekanntem Ziel verreist. Der ältere Herr hatte gesehen, wie sie am Vorabend gegen halb acht in ein Taxi gestiegen war. Deshalb, so wusste der Rentner weiter zu berichten, hatte keine zehn Minuten später der Hausherr nur ein leeres Haus vorgefunden. Und das war für Zuber möglicherweise wiederum der Grund, weitere zehn Minuten danach ebenfalls zu verschwinden, mutmaßte er weiter. Über den restlichen Verlauf der Nacht in der und um die Villa des Managers konnte der Herr zu seinem größten Bedauern nichts zu Protokoll geben, war er doch, wie immer, zeitig zu Bett gegangen. Peter pries den neugierigen Nachbarn und rief schnell bei Zubers Assistentin an, um die Zeiten des gestrigen Abends zu vervollständigen. Der Pharma-Chef hatte sein Büro ziemlich genau um 18 Uhr verlassen. Killian war gegen 18.45 Uhr gestorben. Erst um 19.40 hatte der Zeuge Zuber bei seiner Villa ankommen sehen. Er hatte also aktuell für den Todeszeitpunkt seines Angestellten kein Alibi. Nach dem Telefonat mit der Assistentin rief Peter kurz seine Kollegen an. Aber auch bei Toni, Lisa und Fritz gab es keine Neuigkeiten, und so beschloss er, für heute Feierabend zu machen. Immerhin war Freitagabend, und für das morgige Frühstück erwartete er einen ganz besonderen Gast, da galt es vor Ladenschluss einzukaufen. Neben Räucherlachs, Parmaschinken, Melone und getrüffelter Leberwurst fand auch eine Flasche Champagner den Weg in Peters Einkaufswagen. Die Schlange an der Kasse war furchterregend lang. Als er draußen war, fiel ihm ein, dass er die Butter vergessen hatte. Um sich eine weitere Runde durch den Supermarkt zu ersparen, rief er spontan Christa an. Die versprach lachend, neben den verabredeten Brötchen auch ein Stück Butter mitzubringen. Beschwingt machte Peter sich auf den Heimweg. Jetzt noch eine Runde mit dem Staubsauger durchs Haus drehen – dann konnte es Feierabend werden.

*

Misstrauisch beäugte Socke Peters Treiben. Der Inhalt der großen Einkaufstüte war vollständig im Kühlschrank verschwunden. Für den Kater war scheinbar diesmal nichts dabei. Jetzt war Peter mit einem riesigen dunkelroten Monster beschäftigt. Das Ungetüm mit dem langen Schlauch vorne dran machte einen Höllenlärm. Peter führte es durch die ganze Wohnung. Dabei hatte Socke den Eindruck, dass selbst Peter Schwierigkeiten hatte, das Ding unter Kontrolle zu halten. Mit so einem Wesen hatte es der Kater bisher weder im Tierheim noch bei Uwe Kerbholz zu tun bekommen. Aus sicherer Entfernung, um seinem Menschen notfalls helfen zu können, beobachtete er das Treiben. Doch so plötzlich wie es begonnen hatte, endete das Gedröhne des Monsters wieder. Letztendlich bedurfte es nur eines einzigen Knopfdrucks. Socke hatte es genau beobachtet und merkte sich die Stelle des Schalters gut. Beim nächsten Mal würde er eingreifen. Peter sollte noch viel Spaß mit ihm und dem Staubsauger haben.

Nachdem diese Aktion beendet war, begann Peter mit einem hellen Lappen über die Möbel zu wischen. Da traute sich der Kater näher dran. Fasziniert beobachtete er, wie das Ende des Staubfängers lustig hin und her wedelte. Der Esstisch, die Stuhllehnen, die Lampe – beim Bücherregal würde Socke zum Angriff übergehen. Provozierend bewegte sich das Tuch über das erste Regalbrett. Der Kater setzte zum Sprung an und ... schnapp – er hatte es!

»Autsch!« Peter zog seine Hand zurück. Aus einem Kratzer auf seinem Handrücken tropfte Blut. Socke hielt inne, das hatte er nicht gewollt.

»Heute machst du dauernd Verletzte, das muss ich erst mal verarzten, sonst sieht es hier gleich aus wie auf einem Schlachtfeld«, schimpfte Peter.

Das mit dem Schlachtfeld war maßlos übertrieben, aber er hatte ihn erwischt, das musste der Kater zugeben, und im Gegensatz zu der Sache mit Zuber heute Mittag tat es ihm leid.

Diesmal hatte Peter die Pflaster sofort parat, sie waren bereits vor ein paar Tagen zum Einsatz gekommen. Nachdem er seine Wunde verarztet hatte, fiel sein Blick im Spiegel auf den kaum noch sichtbaren Kratzer am Kinn, den Socke ihm neulich beigebracht hatte. Und plötzlich traf ihn die Erkenntnis wie ein Blitz. In seiner Erinnerung sah er Zuber bei ihrer ersten Begegnung vor sich. Der Manager hatte ebenfalls einen kleinen Kratzer am Kinn. Vom Rasieren, wie sich Peter damals dachte. Aber was, wenn ... Die Blutspur am Katzentransportkorb hatten er und seine Kollegen ganz aus den Augen verloren.

»Socke, du bist ein Genie!«, warf er dem verdatterten Kater zu, der vorsichtig zur Badezimmertür hereinlugte.

Zum Glück hatte er sein weißes Hemd noch nicht gewaschen. Hektisch zog er es aus dem Korb mit der Schmutzwäsche, während er mit einer Hand sein Handy aus der Tasche holte und wählte.

*

»Ja, wir sind mit allem fertig geworden. Zum Frühstück bin ich bei dir.« Zufrieden beendete Ulrich Zeitler, Chef der Spurensicherung, das Telefonat mit seiner Frau.

Die hatte ihm gerade erzählt, dass sie am kommenden Morgen an der Wassergymnastik teilnehmen wolle, und zum anschließenden Frühstück würde Zeitler es auf jeden Fall bis Bad Harzburg schaffen. Gut gelaunt betrachtete er seinen Koffer, den er noch nicht ausgepackt hatte. Alles war bereit. Sein Diensthandy klingelte, und ein kurzer Blick auf das Display verhieß nichts Gutes.

»Peter, was gibt's?«, meldete er sich unwirsch.

Dann lauschte er kurz, »das hat nicht Zeit bis Montag, nein?«

Er kannte die Antwort bereits.

»Ja, alles klar. Wir treffen uns in einer halben Stunde.«

Resigniert drückte er den Aus-Knopf und anschließend die Wahlwiederholungstaste. Das Kuchenbuffet nachmittags im Hotel sollte angeblich nicht schlecht sein.

*

»Und dann hat Peter gesagt, ich bin ein Genie. Also ich, Socke«, erzählte der Kater stolz.

Mit Mikey und Clooney saß er mal wieder vor Peters Haus. Sogar Gismo war heute aus dem Nachbarshaus entwischt und hatte sich zu der Runde dazugesellt. Jetzt lauschte er gebannt Sockes Erzählung.

»Jedenfalls bin ich mir jetzt sicher, dass dieser Zuber der Mörder war – ich habe ihn in der Nacht gerochen. Ihn und den anderen Mann, der, der später tot war.«

»Du hast den Fall gelöst!« Gismo sah Socke bewundernd an. »So ein Fall ist mir selbst nach eingehendem Studium der Medien nicht untergekommen.«

»Er sieht eindeutig zu viel fern«, betrachtete Clooney besorgt ihren Sohn, »so hat er früher nicht geredet.«

»Nur einen Schäferhund als Detektiv gibt es«, informierte Gismo weiter.

»Da sieht man, wie realitätsfern das Fernsehen ist«, erklang plötzlich Suleikas Stimme von der Mauer.

»Hallo Suleika, wie geht's?«, begrüßte Socke sie gut gelaunt.

Die Perserin setzte eine Leidensmiene auf. »Wie soll es mir schon gehen? Man hat mich hintergangen!«

»Du meinst Jasper. Meine Güte hat der gestunken, hat dein Mensch ihn gebadet?«, wollte Clooney wissen.

»Dieser Hund interessiert mich nicht mehr!« Suleika blickte demonstrativ zur Seite.

»Riesenschnauzer«, verbesserte Mikey automatisch.

»Ach«, ereiferte sich die Perserin, »Riesenschnauzer oder Dackel – Hund ist Hund.«

KAPITEL 8

Die Sonne schien, als wüsste sie, dass heute ein ganz besonderer Sonnabend war. Das erste Mal, seit er hier wohnte, hatte Peter Damenbesuch. Wenn man mal die Nachbarin und seine Kollegin ausnahm. Er hatte den Frühstückstisch auf der Terrasse gedeckt. Nervös wartete er auf seinen Gast und vertrieb Socke mit seiner Hektik von dessen Schlafplatz auf einem der Gartenstühle. Es klingelte, und in dem Moment, in dem er die Tür öffnete, war seine Nervosität verschwunden. Sein Herz machte einen kleinen Hopser, als Chris ihn zur Begrüßung herzlich umarmte. Sofort stellte sich die Vertrautheit von der letzten Begegnung zwischen ihnen ein. Sie setzten sich in den Garten und ließen sich das Frühstück schmecken. Peter erzählte, so viel ihm möglich war, von seinem aktuellen Fall und dass sie möglicherweise kurz vor dem Abschluss standen, zu dem Socke seinen Teil beigetragen hatte. Chris amüsierte sich köstlich über seine launige Erzählung, und er genoss es, mit ihr so unbeschwert zu lachen.

»Wenn es ernst wird, kann es leider sein, dass ich kurz ins Labor muss, um den Bericht abzuholen«, beendete er seine Ausführungen mit leichtem Bedauern und zeigte auf sein Handy, das er diskret hinter der Kaffeekanne platziert hatte.

Aber Chris winkte nur lachend ab. »Als Tierärztin kenne ich das. Hauptsache, du kommst wieder zurück.« Danach wartete sie ihrerseits mit nicht weniger lustigen Geschichten aus dem Tierarztalltag auf.

Die Stimmung war ausgelassen, und Socke kam vorsichtig wieder näher. Er setzte sich eng an Peters Bein geschmiegt unter dessen Stuhl und beäugte die Tierärztin misstrauisch.

»Hallo, Socke, dir habe ich auch was mitgebracht.« Chris angelte nach ihrer Handtasche und förderte eine blaue Dose zutage, »mal sehen, ob du das magst.«

Sie öffnete die Dose, schüttete sich ein paar der Leckerchen in die Hand und hielt sie dem Kater hin. Es roch verführerisch. Vorsichtig kam Socke näher und schnupperte. In dem Moment klingelte Peters Handy. Für einen Augenblick erstarrten alle drei in ihren Bewegungen. Dann nahm Peter mit bedauernder Geste das Gespräch entgegen. Socke nutzte die kurze Unaufmerksamkeit, eins der Katzendrops zu probieren. Mundete ausgezeichnet, er ließ sich auch die übrigen Teilchen schmecken. Vorsichtig strich ihm Chris dabei über den Kopf. Gar nicht so übel, dachte er.

Inzwischen hatte Peter sein Gespräch beendet. »Wie ich befürchtet habe, ich muss bei der Spurensicherung vorbeifahren. Aber du kannst gerne hierbleiben, vielleicht dauert es nicht so lange.«

»Wenn du nichts dagegen hast. Dann trinke ich noch eine Tasse Kaffee und genieße die Sonne. Und wenn du doch länger weg bist, räume ich den Tisch ab. Ich meine, wenn es dir recht ist …«

Peter hatte sich über sie gebeugt und küsste sie.

»Hm«, räusperte sich Chris, als sie sich voneinander lösten, »das heißt dann wohl Ja.«

»Ja, und jetzt tut es mir noch mehr leid, dass ich weg muss.«

Socke hatte das Treiben der Menschen mit Misstrauen beobachtet. In Katzenkreisen war es üblich, sich die gegenseitige Sympathie mit einem Nasenküsschen zu zeigen, und bei den Zweibeinern hatte er so etwas Ähnliches gesehen. Aber dass sich zwei so lange und intensiv küssen konnten, war ihm neu. Offenbar hatten Chris und Peter großen Gefallen aneinander gefunden, das spürte der Kater und realisierte es mit gemischten Gefühlen.

Chris, die Tierärztin, hatte ihn damals im Tierheim ziemlich gepiesackt. Seine erste Erinnerung nach seinem entsetzlichen Unfall war der dortige Krankenstall und die Hand der Ärztin, die unnachgiebig seinen gepeinigten Körper abtastete. Auch wenn er damals ein ganz kleines und unerfahrenes Kätzchen war, so hatte ihn seine Mutter bereits gelehrt, Schmerzen zu verbergen, denn das war in der freien Natur überlebenswichtig. »Wenn eure Feinde merken, dass ihr krank oder verletzt seid, habt ihr schon verloren«, hatte die Katzenmutter ihm und seinen Geschwistern eingeschärft, »nur der Stärkere überlebt. Und wir Katzen sind besonders zäh«, hatte sie stolz hinzugefügt. Folglich biss der Kater die Zähne zusammen und wurde beinah ohnmächtig vor Schmerz. Und das war sein erstes Zusammentreffen mit dieser Frau, die jetzt über seine Nasenwurzel streichelte, was wiederum ein äußerst angenehmes Gefühl in ihm wachrief, wie er zugeben musste.

»Na, Socke. Meinst du, du kannst mir verzeihen?«

Der Kater rückte ein winziges Stückchen näher, sodass die Ärztin besser seinen Nacken kraulen konnte.

»Weißt du«, plauderte Chris weiter, »manchmal muss man seine Patienten ziemlich quälen, bis sie gesund werden.«

So etwas Ähnliches hatte Alexa im Tierheim ebenfalls zu ihm gesagt und hatte sogar hinzugefügt: »Ohne Chris wärst du wahrscheinlich nicht mehr am Leben.«

Musste er der Tierärztin womöglich dankbar sein? Dazu konnte sich Socke nicht durchringen, aber er beschloss, ihr eine zweite Chance zu geben. Immerhin schien Peter sie sehr zu mögen. Er machte einen langen Hals und schielte auf den Frühstückstisch. Hm, und dieses letzte Scheibchen Kochschinken dort würde den Vergebungsprozess noch um ein Wesentliches beschleunigen.

*

Klaus Zuber sann nach Rache. Seine Frau hatte ihm gestern Abend mitgeteilt, dass sie die Scheidung einreichen wolle. So etwas war ihm noch nie passiert, er war verlassen worden. Sonst war er es immer gewesen, der gegangen war, und zwar nach seinen Bedingungen. Er hatte Elena gedroht, sie würde keinen Cent sehen. Aber ihr war es egal. Sie hatte ihn an der Haustür der Wohnung ihrer Freundin und in deren Beisein abgefertigt. Diese Demütigung! Das würde sie ihm büßen. Er war noch nicht fertig mit ihr. Seine Erinnerung an den weiteren Verlauf des Abends gestaltete sich vage. Er hatte sich in der Hotelbar einige Drinks genehmigt und war schließlich mit einer Platinblonden auf seinem Zimmer gelandet. Gnädigerweise hatte er ab diesem Zeitpunkt einen kompletten Filmriss. Die Blonde, so viel wusste er noch, hatte zwar passabel ausgesehen, aber, um Himmels Willen, sie war fast in seinem Alter! Er war froh, dass sie nicht über Nacht geblieben war.

Er rief den Zimmerservice an und bestellte sich Kaffee, eine Flasche Wasser und zwei Aspirin. Der Kellner, der kurz darauf seine Bestellung brachte, verzog keine Miene ob dieses ungewöhnlichen Frühstücks. Dafür gab Zuber ihm fünf Euro und fühlte sich gleich besser, als der junge

Mann sich überschwänglich bedankte. Kaum war er allein, klopfte es erneut.

»Was ist denn noch?«, fragte er unwirsch.

Die Tür wurde geöffnet, und zwei Männer traten ein.

»Sind Sie Klaus Zuber?«, fragte der eine, ohne sich mit einem Gruß aufzuhalten.

»Ja, und da Sie das jetzt wissen, können Sie sich vorstellen, dass ich genug Geld habe, einen Anwalt zu bezahlen, der Sie wegen Hausfriedensbruchs verklagt! Wenn Sie nicht augenblicklich mein Zimmer verlassen ...« Der Manager war auf 180.

»Herr Zuber, ich habe hier einen Haftbefehl gegen Sie. Sie sind vorläufig festgenommen, wegen Verdachts des Mordes an Dr. Karl-Heinz Finkenburg.«

*

»Socke, komm, komm zu mir. Gleich kannst du dein Herrchen im Fernseher sehen.« Peter setzte sich auf das Sofa und klopfte mit der rechten Hand auf den Platz neben sich.

Herrchen! Was für ein blödes Wort. Katzen haben keine Herren, auch keine kleinen. Außerdem wollte Socke nicht den Anschein erwecken, er gehorche, wenn man ihn zu etwas aufforderte. Wenn er sich auf das Sofa setzen würde, dann nur, weil er, Socke, es so wollte – nicht weil man es ihm befahl. Es war nur so, dass er sowieso vorgehabt hatte, sich neben Peter aufs Sofa zu setzen. Betont desinteressiert näherte er sich in leichtem Bogen dem Sitzmöbel. Eine kurze Pause unter dem Couchtisch, er musste unbedingt noch die Krallen seiner linken Hinterpfote inspizieren. Dann schlenderte er weiter zu Peter, der ihn amüsiert betrachtete, und mit beiläufigem Schwung sprang er neben ihn. Peter begann, ihn zwischen den Ohren zu kraulen. Hmmm! Man sollte es auch nicht übertreiben mit der Unabhängigkeit. Socke kuschelte sich eng an Peters Oberschenkel. Aus dem Fernseher schaute gerade ein älterer Herr mit Brille ernst in ihr Wohnzimmer.

»Hannover. Im Mordfall Dr. Karl-Heinz Finkenburg hat es eine Verhaftung gegeben. Es handelt sich um den Chef des Pharmakonzerns PharmaBel Klaus Zuber.«

Jetzt kamen Peter und seine Kollegin ins Bild, um sie herum jede Menge Menschen mit Kameras und Mikrofonen. Die Menschen riefen durcheinander. Hauptsächlich handelte es sich um Fragen wie: »Hat er gestanden?«, »Welche Beweise haben zu der Verhaftung geführt?«, »Was war das Motiv?« Die beiden Kommissare lächelten freundlich und antworteten »Kein Kommentar« oder »Bitte wenden Sie sich an unsere Pressestelle«.

Der Nachrichtensprecher informierte schließlich, dass für Sonntagvormittag elf Uhr eine Pressekonferenz geplant war. Danach ging es weiter mit dem Wetter.

*

»Auch in den nächsten Tagen Sonne und hochsommerliche Temperaturen ...« Sie schaltete den Fernseher aus.

Hochsommerliche Temperaturen? Ihr stand der kalte Schweiß auf der Stirn, und sie zitterte. Sie hatten ihn festgenommen. Wie konnte das passieren? Wie konnten sie sicher sein, dass er der Mörder war? Sie allein hatte ihn gesehen. Sie allein hatte die Macht, seine Schuld zu beweisen und über sein Leben zu richten. Die Nachricht musste ein Irrtum sein. Der Mörder war im Fernsehen nicht gezeigt worden, wahrscheinlich stimmte das alles nicht. Verzweifelt suchte sie im Internet nach weiteren Hinweisen zu der Verhaftung. Aber mehr als das, was in den Nachrichten gesagt und gezeigt worden war, konnte sie nicht in Erfahrung bringen. Sie brauchte Klarheit, sie würde morgen an der Pressekonferenz teilnehmen.

KAPITEL 9

Wie vorhergesagt war es schon am frühen Morgen angenehm warm. Socke und Clooney räkelten sich in den ersten Sonnenstrahlen. Peter war heute sehr zeitig aufgebro-
chen. Wie Socke einem Telefonat zwischen ihm und seiner
Kollegin entnommen hatte, wollten sie vor der Pressekonferenz mit dem mutmaßlichen Mörder sprechen, nachdem
der eine Nacht in der Arrestzelle verbracht hatte.

»Obwohl sie wissen, dass er es war, kann es sein, dass er
noch davonkommt«, erklärte Socke seiner Katzenfreundin
fassungslos.

»Menschen sind manchmal ziemlich kompliziert.« Die
Grautigerin gähnte.

»Nicht umsonst ist Justitia blind«, kam es von der
Mauer. Suleika hatte mal wieder ihr Oberlehrergesicht
aufgesetzt, wie Clooney es gerne hinter ihrem Rücken
nannte.

»Wer ist blind?«, fragte Socke.

»Justitia, die Göttin der Gerechtigkeit. Eine Figur der
römischen Mythologie …«, begann die Perserin zu dozie-
ren.

»Kannst du nicht einfach mal die Schnauze halten?«,
raunte Clooney leise, laut fragte sie, »wie geht's eigentlich Jasper?«

Suleika machte ein Gesicht, als habe sie in eine Zitrone
gebissen. Clooney kicherte.

»Dieser Hund ist ein Opfer seiner Hormone!«, keifte
die graue Katze von der Mauer herunter.

»Hor… was?«

»Er macht sich komplett lächerlich«, redete Suleika weiter, ohne die Zwischenfrage zu beachten. »Gestern war der Mensch von diesem krummbeinigen Flittchen da und hat sich beschwert, dass Jasper dauernd bei ihm im Garten rumlungert. Hinter dem Mist!«

»Und? Was hat dein Mensch gesagt?«, interessierte sich Socke.

»Er hat ihm Bier angeboten«, die Perserin schüttelte sich, »dann haben sie getrunken und gelacht. Selbst die Menschen finden Jasper lächerlich!«

Clooney nickte verständnisvoll. »Hunde eben.«

*

In einer halben Stunde würde die Pressekonferenz beginnen. Diesmal konnten sich die Ermittler nicht entziehen. Der Vorraum zum großen Sitzungssaal war brechend voll. Lisa und Peter hatten sich mit der Pressesprecherin Meike Heitmann in eines der anliegenden Büros verzogen und besprachen ihre Vorgehensweise.

»Also, ihr beide kommt mit rein, haltet euch aber im Hintergrund«, wies die Sprecherin an, »es macht immer einen guten Eindruck, wenn Leute aus dem Ermittlungsteam dabei sind, aber das Reden überlasst ihr mir.«

Die beiden Kommissare nickten, das war das übliche Vorgehen. Es klopfte und Dr. Joachim Breithaupt von der Staatsanwaltschaft betrat den Raum. Er tauschte einen Blick mit Meike Heitmann und grüßte knapp in die Runde. Die Pressesprecherin hatte sich die wichtigsten Stichpunkte des Falls notiert, jetzt gingen sie die Liste durch.

»Zuber macht von seinem Recht auf Aussageverweigerung Gebrauch«, erklärte Peter. »Sein Anwalt ist ziemlich gerissen, er hat auf jeden Fall vor, Zuber auf Kaution freizukriegen. Wenn ich das richtig mitgekriegt habe, macht er draußen Stimmung.«

Lisa nickte, »ja, er erzählt den Reportern gerade, was für ein guter und sozialer Mensch sein Mandant ist. Und wie außergewöhnlich die Belastung für ihn war, die Nacht in einer Zelle zu verbringen. Angeblich hat Zuber eine Phobie vor geschlossenen Räumen und ist jetzt nervlich am Ende.«

Der Staatsanwalt hob die Augenbrauen. Meike Heitmann stand auf und warf einen nervösen Blick aus dem Fenster, wo sich immer mehr Schaulustige einfanden.

»Das stimmt natürlich nicht«, beeilte sich Peter zu sagen, »wir haben ihn eben gesehen. Er war lediglich außergewöhnlich schlecht gelaunt. Hat seinen Anwalt ziemlich angeschnauzt. Mit uns spricht er natürlich kein Wort.«

»Gut«, fasste Meike Heitmann zusammen, »dann läuft es aber darauf hinaus, dass er heute noch freikommt?« Sie wandte sich wieder dem Geschehen vor dem Fenster zu.

»Das ist zu befürchten!«, bestätigte Breithaupt und bedeutete der Sprecherin mit einer Handbewegung sich zu setzen.

»Aber das eigentliche Problem ist, dass wir nur Indizienbeweise haben. Zwar ein starkes Motiv und die Gelegenheit zu beiden Morden, aber ein guter Strafverteidiger kann da trotzdem einiges machen.« Peter zuckte resigniert mit den Schultern.

»Wenn wir wenigstens einen Zeugen hätten, der ihn zur Tatzeit in der Nähe von Killians Wohnung gesehen hat«, seufzte Lisa, »in der Wohnung waren seine Fingerabdrücke, aber nur an der Türklinke und die können irgendwann dahin gekommen sein. Genauso wie das Blut an dem Katzentransportkorb.«

Die Pressesprecherin erlaubte sich ein Lächeln. »Das mit dem Katzenkorb ist echt schräg. Aber ich weiß, was du meinst. Wir brauchen einen Zeugen.« Sie machte sich eine kurze Notiz und sah den Staatsanwalt fragend an, »soll ich darauf zu sprechen kommen?« Breithaupt nickte und sie fuhr fort, »ich denke, der Großteil der Journalisten wird nicht allzu viel Mitleid mit dem armen Manager haben und einen Zeugenaufruf für uns drucken.«

Die Anwesenden stimmten ihr zu.

Schade, dachte Peter, dass uns Socke nicht erzählen kann, was er gesehen hat. Der gäbe einen idealen Zeugen ab.

Meike Heitmann schaute auf ihre Uhr und erhob sich. »Na dann, auf in den Kampf!«

∗

Zum ersten Mal seit Langem fühlte sie sich fast wieder wohl in ihrer Haut. Für die Pressekonferenz hatte sie die Verkleidung der letzten Monate endgültig abgelegt. Sie trug ein figurbetontes Sommerkleid, ihre Brust versteckte sie in einem Wonderbra. Sie hatte ein bisschen Make-up aufgelegt und sich sorgfältig frisiert. Jetzt genoss sie beinahe den bewundernden Blick des Beamten, der ihr mit Bedauern den Zutritt zum Pressesaal verwehrte.

»Tut mir leid, Sie stehen nicht auf unserer Liste«, erklärte er gerade. »Sie können sich bestimmt denken, dass wir bei dem Andrang nur die angemeldete Journaille durchlassen dürfen.«

Sie hatte sich als Vertreterin einer Frauenzeitschrift ausgegeben, die aufgrund des ersten Mordopfers, einem Schönheitschirurgen, Interesse an dem Fall bekundete.

»Ist da nichts zu machen?« Ihr Augenaufschlag verfehlte nicht seine Wirkung, der Beamte wurde rot, zuckte aber weiterhin bedauernd mit den Schultern. »Wenn Sie warten, nachher gibt es noch eine Pressemappe ...«

»Geht das hier endlich mal weiter?«, drängelte jemand hinter ihr, »wir müssen noch die Kameras aufbauen.«

Gleichzeitig trat ein Herr im dreiteiligen grauen Anzug aus dem Gebäude. Sofort wandte sich die gesamte Aufmerksamkeit ihm zu.

»Das ist der Anwalt«, hörte sie jemanden sagen.

Sein Anwalt! Voller Abscheu lauschte sie, wie der Verteidiger seinen Mandanten und dessen soziales Engagement lobte. Fasziniert verfolgte sie seinen Bericht über die menschenunwürdigen Zustände, die den Top-Manager in der Untersuchungshaft an die Grenzen seiner Belastbarkeit gebracht hatten. Einen weiteren Aufenthalt als Unschuldiger in der Arrestzelle würde dieser nicht überleben ...

*

Auch an diesem Abend sah sich Socke gemeinsam mit Peter die Nachrichten an. Wobei die morgendliche Pressekonferenz nur einen Teil der Berichterstattung über die Morde ausmachte. Zuber war nämlich tatsächlich am Nachmittag noch auf Kaution freigekommen. Die Meinung der Medien dazu war eindeutig. Hier war einer, der sich mit seinem Geld seine Unschuld erkaufte. Und nicht nur das. Man zog in Betracht, dass hier ein Mörder aus Mangel an Beweisen freigesprochen werden könnte. Frustriert schaltete Peter den Fernseher aus. Zwar war die Situation nicht ganz so ausweglos, wie sie in den Nachrichten dargestellt worden war, aber es schien in der Tat fraglich, ob eine Anklage wegen Mordes aufrechterhalten werden konnte. Er schnappte sich das Telefon und wählte.

»Hallo, Chris, stör ich? Hast du auch die Nachrichten gesehen? Ich brauche mal jemand, der mich auf andere Gedanken bringt ...«

*

Er stand am Fenster und sah auf das nächtliche Hannover. Von hier hatte er einen großartigen Ausblick, aber jetzt war nicht der Zeitpunkt, um das zu genießen. Auf dem Tisch lag ein anonymer Brief. Und dieser Brief beunruhigte ihn.

Bis zu dem Moment, als er sein Büro in der Innenstadt betreten hatte, schien er alles im Griff zu haben. Bewusst war Klaus Zuber nach seiner Haftentlassung erst an seinen Arbeitsplatz zurückgekehrt. Er wollte sich der Loyalität seiner Mitarbeiter versichern. Zwar war am Sonntag normalerweise wenig Betrieb, aber die Security-Mitarbeiter am Empfang hatten selbstverständlich Dienst und begrüßten ihn mit hinreichender Hochachtung. Fast schien er Bewunderung aus ihren Gesichtern herauszulesen. Auch seine Assistentin hatte sich nicht von der Nachricht seiner Verhaftung irritieren lassen und war offensichtlich hier gewesen, um ihm einen ersten Bericht über die Absatzzahlen des neuen Faltenmittels PliaBel auf den Tisch zu legen. Sie war öfter am Sonntag da, damit er zum Arbeitsbeginn einer neuen Woche gleich sämtliche aktuellen Unterlagen und die jüngste Post vorfand. Der anonyme Brief trug den Eingangsstempel vom Freitag. Der Poststempel war vom Donnerstag. Damit musste er vor seiner Verhaftung losgeschickt worden sein. Trotzdem wusste der Verfasser von Zubers Mord an Finkenburg und kannte Details. Er war also entweder Zeuge des Geschehens oder hatte Kontakte zur Polizei und reimte sich den Rest zusammen. So oder so, beide Vorstellungen waren nicht dazu angetan, Zuber zu beruhigen, zumal der Zweck des Briefes nicht offenbart wurde. Wollte man ihn erpressen? Der Manager lachte freudlos. Das hatte dieser Finkenburg auch versucht, aber war bei ihm an den Falschen geraten. Bei dem Gedanken daran entspannte sich Zuber ein bisschen. Er konnte mit unvorhergesehenen Situationen umgehen. Mit Killian war er schließlich auch fertig geworden. Obwohl es ihm um diesen brillanten Wissenschaftler leidtat, aber der Alkohol hatte ihn zu einem unkalkulierbaren Risiko gemacht.

Der Manager drehte dem Fenster den Rücken zu und betrachtete erneut den anonymen Brief auf seinem Schreibtisch. Die Buchstaben waren allesamt aus der Zeitung ausgeschnitten, da hatte sich jemand viel Mühe gemacht. Wer so viel Zeit investierte, hatte wohl nicht vor, am nächsten Tag zur Polizei zu gehen. Leider waren Zuber die Hände gebunden. Er konnte schließlich schlecht die Polizei einschalten. Und einen Privatdetektiv zu beauftragen, erschien ihm ebenfalls zu riskant. So schwer es ihm fiel, er musste abwarten.

KAPITEL 10

Parmaschinken, Tomate-Mozzarella, Pecorino, Fenchel-
salami. Fritz hatte Frühstück vom Italiener geholt.

»Zur Aufmunterung!«

Die Stimmung war trotzdem gedämpft. Nur Fritz aß
mit Appetit, dabei murmelte er zwischen zwei Bissen,
»die ganze Woche Kohlsuppe, und das bei dem Wetter …«

Lisa, Toni und Peter gingen derweil die Liste der Anrufe
durch, die seit gestern Abend zu den Mordfällen einge-
gangen waren. Leider gab es keine konkreten Hinweise.
Ein Rentner hatte angeblich Zubers Auto am fraglichen
Abend im Halteverbot vor Killians Haus bemerkt. Leider stellte sich heraus, dass ein BMW-Cabrio, wie es der
ältere Herr gesehen haben wollte, nicht zum Fuhrpark des
Managers gehörte. Der Rentner bestand zwar darauf, dass
Zuber den Wagen geliehen haben könnte, aber auch dafür
fand sich kein Beweis. Zuber selbst hatte dieser angebli-
che Zeuge leider nicht zu Gesicht bekommen. Und das
war noch einer der seriöseren Anrufe. Die meisten anderen gaben der Polizei mehr oder weniger gute Tipps, wie
sie dem Pharma-Chef ein Geständnis entlocken könne,
oder sie klagten über Nebenwirkungen der Medikamente
aus dem Hause PharmaBel.

»Ich hole mir die Berichte von den Befragungen der
Nachbarn.« Toni stand auf und verließ den Raum. Sie
brauchte dringend etwas Bewegung, um nicht einzu-
schlafen. Gestern Abend war plötzlich ihre Kusine bei
ihr aufgetaucht und hatte ihr unter Tränen gestanden, dass

sie nicht heiraten werde. Offenbar hatte der Zukünftige ihr verboten, einen Minirock zu tragen. Toni brachte ihre Empörung darüber zum Ausdruck und gewährte ihrer Verwandten fürs Erste Asyl, was zur Folge hatte, dass sie beide nicht besonders viel Schlaf fanden.

Peter nickte. »Und wir nehmen uns die Anwesenden bei der Feier zur Hoteleinweihung vor – und zwar diesmal alle persönlich.« Manche davon waren bisher nur telefonisch vernommen worden. »Je mehr – und seien es noch so kleine – Hinweise wir haben, desto größer sind unsere Chancen bei der Verhandlung.«

»Wir sollten Socke vorladen«, versuchte Lisa die Stimmung etwas zu heben.

»Du wirst lachen, da habe ich auch schon dran gedacht«, grinste Peter.

*

Die Worte seines Anwalts hallten in ihrem Kopf wider. Der hatte gesagt, dass sein Mandant keine weitere Nacht in der Arrestzelle überleben würde. Von einer Klaustrophobie war die Rede gewesen. Sie hatte den Begriff im Internet nachgesehen, er hatte Angst vor engen Räumen und geschlossenen Türen. Panische Angst! Sie lachte leise vor sich hin. Etwas, dass man im Gefängnis dauernd vorfand. Laut seinem Rechtsbeistand hatte Zubers Phobie sich in der Haft derartig gesteigert, dass man um sein Leben fürchten musste. Die Öffentlichkeit zeigte zwar wenig Verständnis dafür, aber nicht zuletzt aus diesem Grund war Zuber vorläufig freigelassen worden. Zumal, so der Anwalt, keine Indizien vorlagen, die seinen Mandanten zweifelsfrei überführten. Er ginge sowieso von einem Freispruch aus, hatte er am Sonntag vor der Pressekonferenz den Medien mitgeteilt. Die Polizei bat in den Nachrichten die Bevölkerung um Mithilfe. Selbst vermeintlich unwichtige Beobachtungen rund um die beiden Mordschauplätze seien wichtig, sagte die Pressesprecherin in den Nachrichten. Also fehlten scheinbar tatsächlich Beweise. Sie ballte die Faust. Seit Tagen grübelte sie über eine Möglichkeit, ihn zu vernichten. Denn das war es schließlich, was sie wollte: sein Leben zerstören. Doch sie musste sich eingestehen, dass sie zu feige war, selbst Hand anzulegen. Immer wieder war sie die Szene, mit wechselnden Waffen, in ihrem Kopf durchgegangen. Aber sie wusste, sie würde nicht zustechen, schießen oder zuschlagen können. Und Gift? Im Internet fand sich eine verwirrende Anzahl von Möglichkeiten. Doch wie sollte sie an das Mittel gelangen? Wie Zuber nahe genug kommen, um ihren Plan schließlich umzusetzen? Endlich gestand sie sich ein, dass sie zu so einer Tat nicht den Mut aufbringen würde. Ihre einzige Waffe, die sie noch hatte, war ihr Wissen um seinen Mord …

*

Es klopfte.

»Toni, komm doch rein.« Schwungvoll öffnete Lisa die Tür, vor der aber nicht ihre Kollegin, sondern ein uniformierter Beamter stand.

»Entschuldigen Sie die Störung«, fühlte der junge Mann sich sichtlich unwohl, »äh, draußen steht eine Frau. Sie behauptet, Zeugin des Mordes an Dr. Finkenburg zu sein. Sie …«, er schluckte vor Aufregung, »sie hat Details genannt, also, Sie sollten«, er räusperte sich verlegen, weil er den Kommissaren Ratschläge gab, »ich meine, ich denke, da könnte was dran sein.«

*

Der Bericht der Zeugin klang schlüssig. Sie war, laut ihrer Aussage, Dr. Karl-Heinz Finkenburg am Mordabend bis zur Lichtung gefolgt, hatte beobachtet, wie er den dort deponierten Katzenkorb ins Gebüsch beförderte und auf der Bank Platz nahm. Dann begann das Feuerwerk. Ein Mann näherte sich der Lichtung. Es handelte sich eindeutig um Klaus Zuber, Manager der PharmaBel AG, da war sich die junge Frau sicher. Zuber war hinter die Bank mit dem Schönheitschirurgen getreten und hatte diesen ohne zu zögern erschossen. Danach entdeckte er die Katzentransportbox und wurde, als er versuchte hineinzuschauen, offenbar gekratzt. Ein Detail, das nur ein Augenzeuge kennen konnte, da man es bisher nicht veröffentlicht hatte. Es gab also keinen Zweifel an der Glaubwürdigkeit der Zeugin. Die Begründung für ihre Anwesenheit am Tatort war allerdings etwas eigenartig.

»Ich schreibe die Geschichte einer Frau nieder, die durch einen Kunstfehler von diesem Dr. Finkenburg große körperliche und seelische Schmerzen erleiden musste«, erklärte die Zeugin, »das soll ein großer Enthüllungsbericht werden, ich habe sogar vor Ort in der Klinik Material gesammelt. Ich hatte ihn schon eine ganze Weile im Visier.«

Blieb die Frage, warum sie sich erst jetzt bei der Polizei meldete.

»Ich stand unter Schock«, kam es beinahe trotzig, »meine ganze … hm …«, sie räusperte sich, »meine ganze Reportage hatte plötzlich ihre Grundlage verloren … und ich habe einen Mord beobachtet, das war so surreal, ich konnte es erst gar nicht glauben.«

Die Kommissare beließen es bei dieser Erklärung.

»Ich glaube, wir können uns gratulieren«, meinte Peter euphorisch, als die Zeugin nach allen nötigen Formalitäten gegangen war.

Lisa und Toni klatschten sich übermütig ab.

»Ich hole den Sekt und was zu knabbern …«, kam es von Fritz.

*

Schon der dritte schöne Sonntagmorgen in Folge. Peter hatte den Frühstückstisch auf der Terrasse gedeckt. Chris kam gerade aus dem Badezimmer und krempelte lachend die Ärmel von Peters Bademantel hoch.

»Wie steht mir das?«, fragte sie und drehte sich einmal um die eigene Achse.

»Du siehst zum Anbeißen aus.«

Socke beobachtete erstaunt, dass er sie tatsächlich anzuknabbern schien. Und wo blieb er?

»Miau!«, rieb er seine Flanke an dem rauen Frotteestoff.

»Ich habe Hunger, heißt das«, erklärte Peter ernsthaft.

»Sehr gut, du verstehst den Kater prima. Und das, obwohl es um derart komplizierte Sachverhalte geht.« Chris nahm lachend am Frühstückstisch Platz, während Peter eiligst eine Dose ›Lachs und Thunfisch in delikater Jelly‹ öffnete.

ENDE

Weitere Titel finden Sie auf den
folgenden Seiten und im Internet:

WWW.GMEINER-SPANNUNG.DE

Kater Socke
ermittelt:

1. Fall: Schönheitsfehler
ISBN 978-3-8392-1693-4

2. Fall: Schlüsselreiz
ISBN 978-3-8392-1954-6

3. Fall: Katertrunk
ISBN 978-3-8392-2225-6

4. Fall: Katergericht
ISBN 978-3-8392-2539-4

Weitere Bücher
von Heike Wolpert:

Taubertaltod
ISBN 978-3-8392-2760-2

Mörderisches Taubertal
ISBN 978-3-8392-0058-2

GMEINER SPANNUNG

WWW.GMEINER-VERLAG.DE
Wir machen's spannend

Uwe Ittensohn
Winzerblut
Kriminalroman
352 Seiten, 12,5 x 20,5 cm,
Paperback
ISBN 978-3-8392-0427-6
€ 16,00 [D] / € 16,50 [A]

Vor dem Neustadter Saalbau stirbt auf bizarre Weise
ein Student. Zunächst sieht alles nach einem Unfall aus – eine tödliche Mischung aus jugendlicher
Ausgelassenheit, Leichtsinn und zu viel Alkohol.
Hauptkommissar Achill will den Fall schnell schließen. Doch Privatschnüffler André Sartorius und
Oberkommissarin Bertling ermitteln auf eigene
Faust entlang einer mysteriösen Blutspur weiter. Sie
dringen in die Geheimnisse des Weinbaus vor und
stoßen auf ein weiteres ungewöhnliches Verbrechen.

GMEINER SPANNUNG

WWW.GMEINER-VERLAG.DE
Wir machen's spannend

Gudrun Grägel
Bardolino Criminale
Gardasee-Krimi
344 Seiten, 12,5 x 20,5 cm,
Paperback
ISBN 978-3-8392-0328-6
€ 15,00 [D] / € 15,50 [A]

Worauf hat sie sich da nur eingelassen? Doro Ritter ist
auf dem Weg ins wunderschöne Bardolino am Garda-
see. Über die Aufgabe, die sie dort erwartet, ist die
Gourmetköchin aus München allerdings alles andere
als begeistert. Ihr Vater hat sie dazu überredet, als
Undercover-Detektivin auf dem Weingut der Buccellis
zu ermitteln. Der Hausherr Enzo leidet darunter, dass
sich seine Frau Paola seit geraumer Zeit sehr seltsam
verhält. Doro soll herausfinden, was dahintersteckt.
Bei ihren Nachforschungen macht sie sich keine
Freunde, bis schließlich sogar ein Mord geschieht …

GMEINER SPANNUNG

WWW.GMEINER-VERLAG.DE
Wir machen's spannend

DIE NEUEN